U0026559

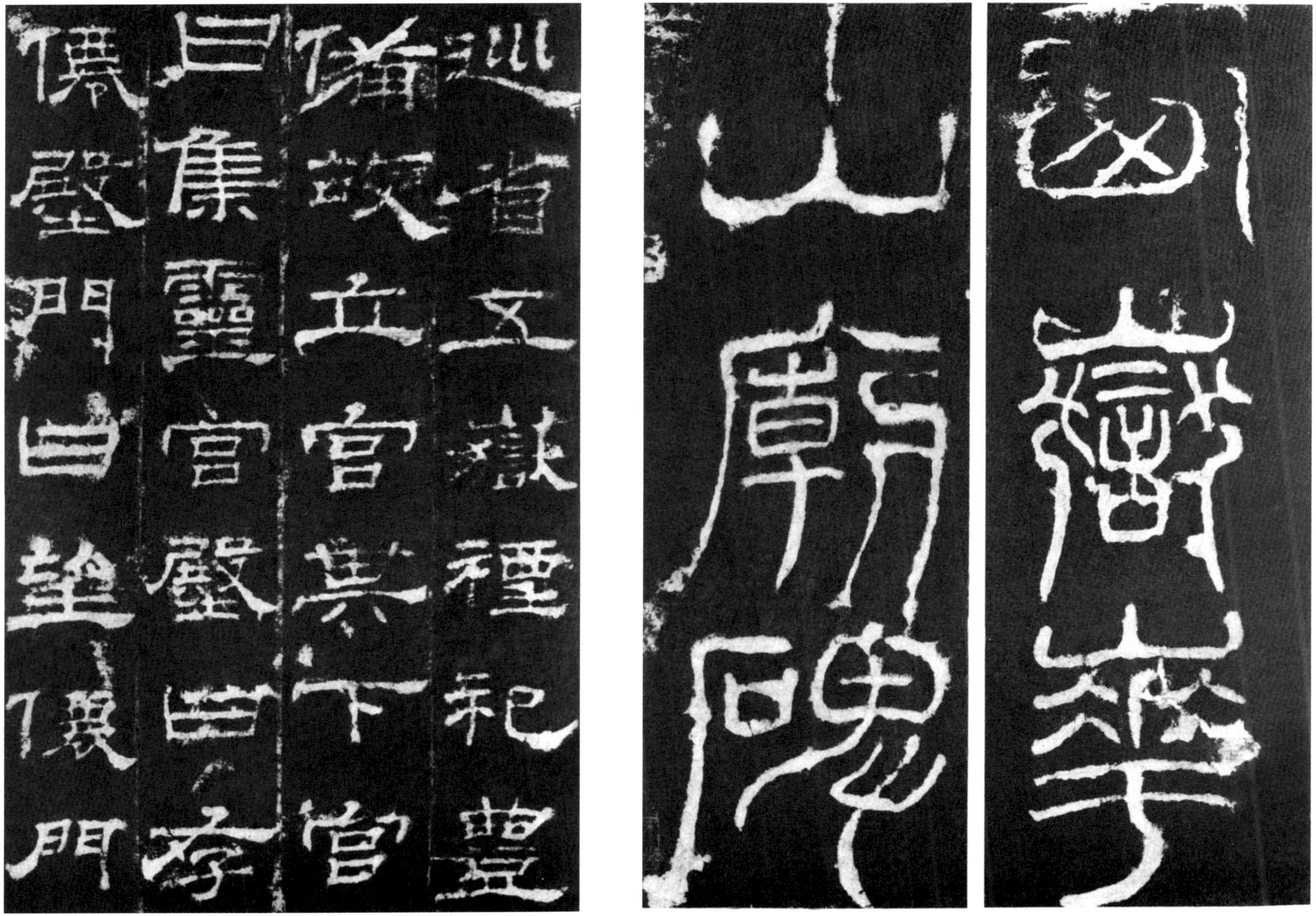

西嶽華山廟碑題額及碑文——漢碑拓片。

華山一景——陳長芬攝。

華山仙掌峯——成大林攝。

華山南峯。

華山之又一景。

以下二圖／王原祁「華山秋色圖」──王原祁，字麓臺，康熙年間重要畫家，江蘇太倉人。此圖寫華山南峯、西峯。原圖狹長，右為上半部，左為下半部。

以下五圖／王履「華山圖」──王履，元末明初醫學家、畫家，著有醫書達百餘卷。「華山圖」四十幅作於明洪武十六年，用筆禿勁凝重，布置茂密，意境深邃，自稱「吾師心，心師目，目師華山」，注重寫實。「華山圖」為王履傳世僅存之作，在明代已負盛譽。今選錄五幅，此為華山「明岩」。

華山「千尺撞」

華山「龍潭」

華山「仙人掌」

華山「蒼龍嶺頂」

紫檀木刻花大椅——此椅上如再加錦披繡墊，任我行非坐一坐不可。

九龍圖掛毯——原為皇宮大內御用之物，武當派所設計之九龍捧日椅套或與此有相似處。

大字版 笑傲江湖

⑧琴簫和諧

金庸

大字版金庸作品集62

笑傲江湖

(8)琴簫和諧 「公元2006年金庸新修版」

The Smiling, Proud Wanderer, Vol. 8

作　　者／金　庸
Copyright © 1963,1980,2006,by Louis Cha. All rights reserved.
*本書由作者查良鏞（金庸）先生授權遠流出版公司限在臺灣地區出版發行。
*使用本書內容作任何用途，均須得本書作者查良鏞（金庸）先生書面授權。
封面設計／唐壽南　內頁插畫／王司馬

發 行 人／王 榮 文
出版・發行／遠流出版事業股份有限公司
臺北市中山北路一段11號13樓
電話／2571-0297　傳真／2571-0197　郵撥／0189456-1

□2006年 8 月16日　初版一刷
□2022年 4 月 1 日　二版五刷

大字版　每冊*380*元（本作品全八冊，共3040元）

〔另有典藏版共36冊（不分售），平裝版共36冊，新修版共36冊，新修文庫版共72冊〕
有著作權・侵害必究（缺頁或破損的書，請寄回更換）
ISBN　978-957-32-8112-2（套：大字版）
ISBN　978-957-32-8111-5（第八冊：大字版）
Printed in Taiwan

YLib 遠流博識網
http://www.ylib.com　E-mail:ylib@ylib.com

目錄

只見岳靈珊的墳上茁發了幾枚青草的嫩芽，令狐冲心想：「小師妹墳上也生青草了。她在墳中，卻又不知如何？」忽聽得背後傳來幾下清幽的簫聲。

三六　傷逝

盈盈生怕令狐冲有失，急展輕功，趕到大車旁，說道：「冲哥，有人來了！」

令狐冲笑道：「你又在偷聽人家殺鷄餵狗了，是不是？怎地聽了這麼久？」盈盈呸了一聲，想到剛才岳靈珊確是便要在那大車之中，和林平之「做眞正夫妻」，不由得滿臉發燒，說道：「他們……他們在說修習……修習辟邪劍法的事。」令狐冲道：「你說話呑呑吐吐，一定另有古怪，快上車來，說給我聽，不許隱瞞抵賴。」盈盈道：「不上來！好沒正經。」令狐冲笑問：「怎麼好沒正經？」盈盈道：「不知道！」這時蹄聲更加近了，盈盈道：「聽人數是青城派沒死完的弟子，果眞是跟著報仇來啦！」

令狐冲坐起身來，說道：「咱們慢慢過去，時候也差不多了。」盈盈道：「是。」她知令狐冲對岳靈珊關心之極，既有敵人來襲，他受傷再重，也非過去援手不可，何況任由他一人留在車中，自己過去救人，也不放心，當下扶著他跨下車來。

令狐冲左足踏地，傷口微覺疼痛，身子一側，碰了碰車轅。拉車的騾子一直悄無聲息，大車一動，只道是趕牠行走，頭一昂，便欲嘶叫。盈盈短劍一揮，一劍將騾頭切斷，乾淨利落之極。令狐冲輕聲讚道：「好！」他不是讚她劍法快捷，以她這等武功，快劍一揮，騾頭便落，毫不希奇，難得的是決斷迅速明快，毫沒思索，竟不讓騾子發出半點聲息。至於以後如何拉車，如何趕路，那是另一回事了。

令狐冲走了幾步，聽得來騎蹄聲又近了些，當即加快步子。盈盈尋思：「他要搶在敵人頭裏，走得快了，不免牽動傷口。我如伸手抱他負他，豈不羞人？」輕輕一笑，說道：「冲哥，可要得罪了。」不等令狐冲回答，右手抓住他背後腰帶，左手抓住他衣領，將他橫著提起，展開輕功，從高粱叢中疾行而前。令狐冲又感激，又好笑，心想自己堂堂恆山派掌門，給她這等如提嬰兒般抓在手裏，如給人見了，當眞顏面無存，但若非如此，只怕給青城派人衆先到，小師妹立遭凶險，她此舉顯然是深體自己心意。

盈盈奔出數十步，來騎馬蹄聲又近了許多。她轉頭望去，只見黑暗中一列火把高舉，沿著大道馳來，說道：「這些人膽子不小，竟點了火把追人。」令狐冲道：「他們拚死一擊，甚麼都不顧了，啊喲，不好！」盈盈也即想起，說道：「青城派要放火燒車。」令狐冲道：「咱們上去截住了，不讓他們過來。」盈盈道：「不用心急，要救兩個人，總還辦得到。」令狐冲知她武功了得，青城派中余滄海已死，餘人殊不足道，當下也放寬了心。

盈盈抓著令狐冲，走到離岳靈珊大車的數丈處，扶他在高粱叢中坐好，低聲道：「你安安穩穩的坐著別動。」

只聽得岳靈珊在車中說道：「敵人快到了，果然是青城派的鼠輩。」林平之道：「你怎知道？」岳靈珊道：「他們欺我夫妻受傷，竟手執火把追來，哼，肆無忌憚！」林平之問道：「大家都手執火把？」岳靈珊道：「正是。」林平之多歷患難，心思縝密，可比岳靈珊機靈得多，忙道：「快下車，鼠輩要放火燒車！」岳靈珊一想不錯，道：「是！否則要這許多火把幹甚麼？」一躍下車，伸手握住林平之的手。林平之跟著也躍了下來。兩人走出數丈，伏在高粱叢中，與令狐冲、盈盈兩人所伏處相距不遠。

蹄聲震耳，青城派眾人馳近大車，先截住了去路，將大車團團圍住。一人叫道：「林平之，你這狗賊，做烏龜麼？怎地不伸出頭來？」眾人聽得車中寂靜無聲，有人道：「只怕是下車逃走了。」只見一個火把劃過黑暗，擲向大車。

忽然車中伸出一隻手來，接住了火把，反擲出來。

青城眾人大嘩，叫道：「狗賊在車裏！狗賊在車裏！」

令狐冲和盈盈見車中有人伸手，接火把反擲，自大出意料之外，萬想不到大車之中另有強援。岳靈珊卻更大吃一驚，她和林平之說了這許久話，全沒想到車中竟有旁人，眼見這人擲出火把，手勢極勁，武功顯是不低。

青城弟子擲出八個火把，那人一一接住，一一還擲，雖沒傷到人，餘下青城弟子卻也不再投擲火把，只遠遠圍著大車，齊聲吶喊。火光下人人瞧得明白，那隻手乾枯焦黃，青筋突起，是老年人之手。有人叫道：「不是林平之！」另有人道：「也不是他老婆。」有人叫道：「龜兒子不敢下車，多半也受了傷。」

衆人猶豫半晌，見車中並無動靜，突然間發一聲喊，二十餘人一擁而上，各挺長劍，向大車中捙去。

只聽得波的一聲響，一人從車頂躍出，手中長劍閃爍，竄到青城派羣弟子之後，長劍揮動，兩名青城弟子登時倒地。這人身披黃衫，似是嵩山派打扮，臉上蒙了青布，只露出精光閃閃的一雙眼珠，出劍奇快，數招之下，又有兩名青城弟子中劍倒地。

令狐冲和盈盈雙手一握，想的都是同一個念頭：「這人使的又是辟邪劍法。」但瞧他身形絕不是岳不羣。兩人又是同一念頭：「世上除岳不羣、林平之、左冷禪三人外，居然還有第四人會使辟邪劍法。」

岳靈珊低聲道：「這人所使的，似乎跟你的劍法一樣。」林平之「咦」的一聲，奇道：「他……他也會使我的劍法？你可沒看錯？」

片刻之間，青城派又有三人中劍。但令狐冲和盈盈都已瞧了出來，這人所使劍招雖是辟邪劍法，但閃躍進退的速度固與東方不敗相去甚遠，亦不及岳不羣和林平之的神出鬼沒，只是他本身武功甚高，遠勝青城派諸弟子，加上辟邪劍法的奇妙，以一敵衆，仍大佔上風。

岳靈珊道：「他劍法好像和你相同，但出手沒你快。」林平之吁了口氣，道：「出手不快，便不合我家劍法的精義。可是……可是，他是誰？爲甚麼會使這劍法？」

酣鬥聲中，青城弟子中又有一人爲他長劍貫胸，那人大喝一聲，抽劍出來，將另一人攔腰斬爲兩截。餘人心膽俱寒，四下散開。那人一聲呼喝，衝出兩步。青城弟子中有人「啊」的一聲叫，轉頭便奔，餘人洩了氣，一窩蜂的都走了。有的兩人一騎，有的不及乘馬，步行飛奔，刹那間走得不知去向。

那人顯然也頗爲疲累，長劍拄地，不住喘氣。令狐冲和盈盈從他喘息之中，知道此人適才一場劇鬥，爲時雖暫，卻已大耗內力，多半還已受了頗重內傷。

這時地下有七八個火把仍在燃燒，火光閃耀，明暗不定。

這黃衫老人喘息半晌，提起長劍，緩緩插入劍鞘，說道：「林少俠、林夫人，在下奉嵩山左掌門之命，前來援手。」他語音極低，嗓音嘶啞，每一個字都說得含糊不清，似乎口中含物，又似舌頭少了一截，聲音從喉中發出。

林平之道：「多謝閣下相助，請教高姓大名。」說著和岳靈珊從高粱叢中出來。

那老人道：「左掌門得悉少俠與夫人為奸人所算，受了重傷，命在下護送兩位前往穩妥之地，治傷療養，管保令岳沒法找到。」

盈盈、林平之、岳靈珊均想：「左冷禪怎會知道其中諸般關節？嗯，這人在車中，把話都聽去了。」令狐冲卻不明「管保令岳沒法找到」這話的用意。

林平之道：「左掌門和閣下的美意，在下甚為感激。養傷一節，在下自能料理，卻不敢煩勞尊駕了。」

那老人道：「少俠雙目為塞北明駝毒液所傷，不但復明甚難，而且此人所使毒藥陰狠厲害，若不由左掌門親施刀圭藥石，只怕……只怕……少俠的性命亦自難保。」

林平之自中了木高峯的毒水後，雙目和臉上均痲癢難當，恨不得伸指將自己眼珠挖了出來，以偌大耐力，方始強行克制，知此人所言非虛，沉吟道：「在下和左掌門無親無故，左掌門如何這等眷愛？閣下若不明言，在下難以奉命。」

那老人嘿嘿一笑，說道：「同仇敵愾，那便如同有親有故了。左掌門的雙目為岳不羣所傷。閣下雙目受傷，推尋源由，禍端也是從岳不羣身上而起。岳不羣既知少俠已修習辟邪劍法，少俠便避到天涯海角，他也非追殺你不可。他此時身為五嶽派掌門，權勢薰天，少俠一人又如何能與之相抗？何況……何況……嘿嘿，岳不羣的親生愛女，便朝夕陪在少俠身旁，少俠便有通天本領，也難防床頭枕邊的暗算……」

岳靈珊突然大聲道：「二師哥，原來是你！」

她這一聲叫了出來，令狐冲全身一震。他聽那老者說話，聲音雖然十分含糊，但語氣聽來甚熟，覺得是個相稔之人，聽岳靈珊一叫，登時省悟，此人果然便是勞德諾。只是先前曾聽岳靈珊說道，勞德諾已在福州爲人所殺，以致萬萬想不到是他，然則岳靈珊先前所云的死訊並非事實。

只聽那老者冷冷的道：「小丫頭倒也機警，認出了我的聲音。」他不再以喉音說話，語音清晰，確是勞德諾。

岳靈珊道：「二師哥，你在福州假裝爲人所殺，然則……然則八師哥是你殺的？」

勞德諾哼了一聲，說道：「不是。英白羅是個小孩兒，無足輕重，我殺他幹麼？」

岳靈珊大聲道：「還說不是呢？他……小林子背上這一劍，也是你砍的。我一直還冤枉了大師哥。哼，原來是你做的好事！你又另外殺了個老人，將他面目剁得稀爛，把你衣服套在死人身上，人人都道你是給人害死了。」

勞德諾道：「你所料不錯，若非如此，岳不羣豈能就此輕易放過了我？但林少俠背上這一劍，卻不是我砍的。」岳靈珊道：「不是你？難道另有旁人？」

勞德諾冷冷的道：「那也不是旁人，便是你的令尊大人。」岳靈珊叫道：「胡說！

自己幹了壞事，卻來含血噴人。我爹爹好端端地爲甚麼要劍砍平弟？」勞德諾道：「只因爲那時候，你爹爹已從令狐冲身上得到了辟邪劍譜。這劍譜是林家之物，岳不羣第一個要殺的，便是你的平弟。林平之如活在世上，你爹爹怎能修習辟邪劍法？」

岳靈珊一時無語，在她內心，也知這幾句話甚是有理，但想到父親竟會對林平之忽施暗算，總是不願相信。她連說幾句「胡說八道」，說道：「就算我爹爹要害平弟，難道一劍會砍他不死？」

林平之忽道：「這一劍，確是岳不羣砍的，二師哥沒說錯。」

岳靈珊道：「你……你……你也這麼說？」

林平之道：「岳不羣一劍砍在我背上，我受傷極重，情知無法還手，倒地之後，立即裝死不動。那時我還不知暗算我的竟是岳不羣，可是昏迷之中，聽到八師哥的聲音，他叫了句：『師父！』八師哥一句『師父』，救了我的命，卻送了他自己的命。」岳靈珊驚道：「你說八師哥也……也……也是我爹爹殺的？」林平之道：「當然是啦！我只聽得八師哥叫了『師父』之後，隨即一聲慘呼。我也就暈了過去，人事不知了。」

勞德諾道：「岳不羣本來想在你身上再補一劍，可是我在暗中窺伺，便輕輕咳嗽了一聲。岳不羣不敢逗留，立即回屋。林兄弟，我這聲咳嗽，也可說是救了你命。」

岳靈珊道：「如果我爹爹眞要害你，以後……以後機會甚多，他怎地又不動手了？」

林平之冷冷的道：「我此後步步提防，教他再也沒下手的機會。那倒也多虧了你，我成日和你在一起，他想殺我，就沒這麼方便。」岳靈珊哭道：「原來……原來……你所以娶我，既爲了掩人耳目，又……又……不過將我當作一面擋箭牌。」

林平之不去理她，向勞德諾道：「勞兄，你幾時和左掌門結交上了？」勞德諾道：「左掌門是我恩師，我是他老人家的第三弟子。」林平之道：「原來你改投了嵩山派門下。」勞德諾道：「不是改投嵩山門下。我一向便是嵩山門下，只不過奉了恩師之命，投入華山，用意是在查察岳不羣的武功，以及華山派的諸般動靜。」

令狐冲恍然大悟。勞德諾帶藝投師，本門中人都知道，但他所演示的原來武功駁雜平庸，似是雲貴一帶旁門所傳，萬料不到竟是嵩山高弟。原來左冷禪意圖吞併四派，蓄心已久，早就伏下了這著棋子；那麼勞德諾殺陸大有、盜紫霞神功的秘譜，自也順理成章，再沒甚麼希奇了。只是師父爲人機警之極，居然也會給他瞞過。

林平之沉思片刻，說道：「原來如此，勞兄將紫霞神功秘笈和辟邪劍譜從華山門中帶到嵩山，讓左掌門習到這路劍法，功勞不小。」

令狐冲和盈盈都暗暗點頭，心道：「左冷禪和勞德諾所以會使辟邪劍法，原來由此。林平之的腦筋倒也動得甚快。」

勞德諾恨恨的道：「不瞞林兄弟說，你我二人，連同我恩師，可都栽在岳不羣這惡賊手下了。這人陰險無比，咱們都中了他毒計。」林平之道：「嘿，我明白了。勞兄盜去的辟邪劍譜，已給岳不羣做了手腳，因此左掌門和勞兄所使的辟邪劍法，有些不大對頭。」

勞德諾咬牙切齒的道：「當年我混入華山派門下，原來岳不羣一起始便即發覺，只不動聲色，暗中留意我的作爲。那日在福州，我盜走紫霞秘笈一事敗漏，在華山派是待不下去了，但我仍暗中跟隨，窺伺岳不羣的一舉一動。那知他故意將假劍譜讓我盜去，使我恩師所習劍法不全。岳不羣所錄的辟邪劍譜上，所記的劍法雖妙，卻都似是而非，更缺了修習內功的法門。臨到生死決戰之際，他引我恩師使此劍法，以眞劍法對假劍法，自是手操勝券了。否則五嶽派掌門之位，如何能落入他手？」

林平之嘆了口氣，道：「岳不羣奸詐凶險，你我都墮入了他彀中。」

勞德諾道：「我恩師十分明白事理，雖給我壞了大事，卻沒一言一語責怪於我，可是我做弟子的卻於心何安？我便拚著上刀山、下油鍋，也要殺了岳不羣這奸賊，爲恩師報仇雪恨。」這幾句話語氣激憤，顯得心中怨毒奇深。

林平之嗯了一聲。勞德諾又道：「我恩師壞了雙眼，此時穩居嵩山西峯。西峯上另有十來位壞了雙目之人，都是給岳不羣與令狐冲害的。林兄弟隨我去見我恩師，你是福州林家辟邪劍門的唯一傳人，便是辟邪劍門的掌門，我恩師自當以禮相待，好生相敬。你雙目如能治愈，自然最好，否則和我恩師一起隱居，共謀報此大仇，豈不甚妙？」

這番話只說得林平之怦然心動，心想自己雙目爲毒液所染，自知復明無望，所謂治愈云云，不過是自欺自慰，自己和左冷禪都是失明之人，同病相憐，敵愾同仇，原是再好不過，只是素知左冷禪手段厲害，突然對自己這樣好，必然另有所圖，便道：「左掌門一番好意，在下卻不知何以爲報。勞兄是否可先加明示？」

勞德諾哈哈一笑，說道：「林兄弟是明白人，大家以後同心合力，自當坦誠相告。我在岳不羣那裏取了一本不盡不實的劍譜去，累我師徒大上其當，心中自然不甘。我一路上見到林兄弟大施神威，以奇妙無比的劍法殺木高峯、誅余滄海，青城小醜，望風披靡，顯是已得辟邪劍法眞傳，愚兄好生佩服，抑且艷羡得緊……」林平之已明其意，說道：「勞兄之意，是要我將辟邪劍譜的眞本取出來讓賢師徒瞧瞧？」

勞德諾道：「這是林兄弟家傳秘本，外人原不該妄窺。但今後咱們歃血結盟，合力撲殺岳不羣。林兄弟倘若雙目完好，年輕力壯，自亦不懼於他。但以今日局面，卻只有我恩師及愚兄都學到了辟邪劍法，三人合力，才有誅殺岳不羣的指望，林兄弟莫怪。」

林平之心想：自己雙目失明，實不知何以自存，何況若不答應，勞德諾便即用強，殺了自己和岳靈珊二人，勞德諾此議倘是出於眞心，於己實利多於害，便道：「左掌門和勞兄願與在下結盟，在下是高攀了。在下家破人亡，失明殘廢，雖是由余滄海而起，但岳不羣的陰謀亦是主因，要誅殺岳不羣之心，在下與賢師徒一般無異。你我既然結盟，這辟邪劍譜，在下何敢自秘，自當取出供賢師徒參閱。」

勞德諾大喜，道：「林兄弟慷慨大量，我師徒得窺辟邪劍譜眞訣，自是感激不盡，今後林兄弟永遠是我嵩山派上賓。你我情同手足，再也不分彼此。」林平之道：「多謝了。在下隨勞兄到得嵩山之後，立即便將劍譜眞訣，盡數背了出來。」

勞德諾道：「背了出來？」林平之道：「正是。勞兄有所不知，這劍譜眞訣，本由我家曾祖遠圖公錄於一件袈裟之上。這件袈裟給岳不羣盜了去，他才得窺我家劍法。後來陰錯陽差，這袈裟又落入我手中。小弟生怕岳不羣發覺，將劍譜苦記背熟之後，立即毀去袈裟。若將袈裟藏在身上，有我這樣一位賢妻相伴，姓林的焉能活到今日？」

岳靈珊在旁聽著，一直不語，聽到他譏諷，又哭了起來，泣道：「你……你……」

勞德諾在車中曾聽到他夫妻對話，知林平之所言非虛，便道：「如此甚好，咱們便同回嵩山如何？」林平之道：「很好。」勞德諾道：「須當棄車乘馬，改行小道，否則途中撞上了岳不羣，咱們可還不是他對手。」他側頭問岳靈珊道：「小師妹，你今後幫父親呢？還是幫丈夫？」

岳靈珊收起哭聲，說道：「我是兩不相幫！我……我是個苦命人，明日去落髮出家，爹爹也罷，丈夫也罷，從此不再見面了。」

林平之冷冷的道：「你到恆山去出家爲尼，正是得其所哉。」岳靈珊怒道：「林平之，當日你走投無路之時，若非我爹爹救你，你早已死在木高峯手下，焉能得有今日？就算我爹爹對你不起，我岳靈珊可沒對你不起。你說這話，那是甚麼意思？」

林平之道：「甚麼意思？我是要向左掌門表明心跡。」聲音極爲兇狠。

突然之間，岳靈珊「啊」的一聲慘呼。

令狐冲和盈盈同時叫道：「不好！」從高粱叢中躍出。令狐冲大叫：「林平之，別害小師妹！」

勞德諾此刻最怕的，是岳不羣和令狐冲二人，一聽到令狐冲的聲音，不由得魂飛天外，當即抓住林平之的左臂，躍上青城弟子騎來的一匹馬，雙腿力夾，縱馬狂奔。

令狐冲掛念岳靈珊的安危，不暇追敵，見岳靈珊倒在大車的車夫座位上，胸口插了一柄長劍，探她鼻息，已然奄奄一息。

令狐冲大叫：「小師妹，小師妹！」岳靈珊道：「是……是大師哥麼？」令狐冲喜道：「是……是我。」伸手想去拔劍，盈盈忙伸手一格，道：「拔不得。」

令狐冲見那劍深入半尺，已成致命之傷，這一拔出來，立時令她氣絕而死，眼見無救，心中大慟，哭了出來，叫道：「小……小師妹！」

岳靈珊道：「大師哥，你陪在我身邊，那很好。平弟……平弟，他去了嗎？」令狐冲咬牙切齒，哭道：「你放心，我一定殺了他給你報仇。」岳靈珊道：「不，不！他眼睛看不見，你要殺他，他不能抵擋。我……我要去媽媽那裏。」令狐冲道：「好，我送你去見師娘。」盈盈聽她話聲越來越微，命在頃刻，不由得也流下淚來。

岳靈珊道：「大師哥，你一直待我很好，我……我對你不起。我……我就要死了。」令狐冲垂淚道：「你不會死的，咱們能想法子治好你。」岳靈珊道：「我……我這裏痛……痛得很。大師哥，我求你一件事，你……千萬要答允我。」令狐冲握住她左手，道：「你說，你說，我一定答允。」岳靈珊嘆了口氣，道：「你……你……不肯答允的……而且……也太委屈了你……」聲音越來越低，呼吸也越微弱。

令狐冲道：「我一定答允的，你說好了。」岳靈珊道：「你說甚麼？」令狐冲道：「我一定答允的，你要我辦甚麼事，我一定給你辦到。」岳靈珊道：「大師哥，我的丈夫……平弟……他……他……瞎了眼睛……很是可憐……你知道麼？」令狐冲道：「是，我知道。」岳靈珊道：「他在這世上，孤苦伶仃，大家都欺侮……欺侮他。大師哥……我死了之後，請你盡力照顧他，別……別讓人欺侮他……」

令狐冲一怔，萬想不到林平之毒手殺妻，岳靈珊命在垂危，竟還不能忘情於他。令狐冲此時恨不得將林平之抓來，將他千刀萬剮，日後要饒他性命，那也千難萬難，如何肯去照顧這負心惡賊？

岳靈珊緩緩的道：「大師哥，平弟……平弟他不是眞要殺我……他怕我爹爹……他要投靠左冷禪，只好……只好刺我一劍……」

令狐冲怒道：「這等自私自利、忘恩負義的惡賊，你……你還念著他？」

岳靈珊道：「他……他不是存心殺我的，只不過……只不過一時失手罷了。大師哥……我求求你，求求你照顧他……」月光斜照，映在她臉上，只見她目光散亂無神，一對眸子渾不如平時的澄澈明亮，雪白的腮上濺著幾滴鮮血，臉上全是求懇的神色。

令狐冲想起過去十餘年中，和小師妹在華山各處攜手共遊，有時她要自己做甚麼事，臉上也曾露出過這般祈懇的神氣，不論這些事多麼艱難，多麼違反自己心願，可從來沒拒卻過她一次。她此刻的求懇之中卻又充滿了哀傷，她明知自己頃刻間便要死去，再也沒機會向令狐冲要求甚麼，這是最後一次求懇，也是最迫切的一次求懇。

霎時之間，令狐冲胸中熱血上湧，明知只要一答允，今後不但受累無窮，而且要強迫自己做許多絕不願做之事，但眼見岳靈珊這等哀懇的神色和語氣，當即點頭道：「是了，我答允便是，你放心好了。」

盈盈在旁聽了，忍不住插嘴道：「你……你怎可答允？」

岳靈珊緊緊握著令狐冲的手，道：「大師哥，多……多謝你……我這可放心……放心了。」她眼中忽然發出光采，嘴角邊露出微笑，一副心滿意足的模樣。

令狐冲見到她這等神情，心想：「能見到她這般開心，不論多大的艱難困苦，也值得爲她抵受。」

忽然之間，岳靈珊輕輕唱起歌來。令狐冲胸口如受重擊，聽她唱的正是福建山歌，聽到她口中吐出了「姊妹，上山採茶去」的曲調，那是林平之教她的福建山歌。當日在思過崖上心痛如絞，便是爲了聽到她唱這山歌。她這時又唱了起來，自是想著當日與林平之在華山兩情相悅的甜蜜時光。

她歌聲越來越低，漸漸鬆開了抓著令狐冲的手，終於手掌一張，慢慢閉上了眼睛。歌聲止歇，也停住了呼吸。

令狐冲心中一沉，似乎整個世界忽然間都死了，想要放聲大哭，卻又哭不出來。他伸出雙手，將岳靈珊的身子抱起，輕輕叫道：「小師妹，小師妹，你別怕！我抱你去你媽媽那裏，沒人再欺侮你了。」

盈盈見到他背上殷紅一片，顯是傷口破裂，鮮血不住滲出，衣衫上的血跡越來越大，但當此情景，又不知如何勸他才好。

令狐冲抱著岳靈珊的屍身，昏昏沉沉的邁出了十餘步，口中只說：「小師妹，你別怕，別怕！我抱你去見師娘。」突然間雙膝一軟，撲地摔倒，就此人事不知了。

迷糊之中，耳際聽到幾下丁冬、丁冬的清脆琴聲，跟著琴聲宛轉往復，曲調熟習，聽著說不出的受用。他只覺全身沒半點力氣，連眼皮也不想睜開，只盼永遠永遠聽著這琴聲不斷。琴聲果然絕不停歇的響了下去，聽得一會，令狐冲迷迷糊糊的又睡著了。

待得二次醒轉，耳中仍是清幽的琴聲，鼻中更聞到芬芳花香。他慢慢睜開眼來，觸眼盡是花朵，紅花、白花、黃花、紫花，堆滿眼前，心想：「這是甚麼地方？」聽得琴聲幾個轉折，正是盈盈常奏的〈清心普善咒〉，側過頭來，見到盈盈的背影，她坐在地下，正自撫琴。他漸漸看清楚了置身之所，似是在一個山洞之中，陽光從洞口射進來，自己躺在一堆柔軟的草上。

令狐冲想要坐起，身下所墊的青草簌簌作聲。琴聲曳然而止，盈盈回過頭來，滿臉都是喜色。她慢慢走到令狐冲身畔坐下，凝望著他，臉上愛憐橫溢。

剎那之間，令狐冲心中充滿了幸福之感，知自己爲岳靈珊慘死而暈了過去，盈盈將自己救到這山洞中，心中突然又是一陣難過，但逐漸逐漸，從盈盈的眼神中感到了無比溫馨。兩人脈脈相對，良久無語。

令狐冲伸出左手，輕輕撫摸盈盈的手背，忽然間從花香之中，透出一些烤肉的香氣。盈盈拿起一根樹枝，樹枝上穿著一串烤熟了的青蛙，微笑道：「又是焦的！」令狐冲大笑。兩人都想到了那日在溪邊捉蛙燒烤的情景。

兩次吃蛙，中間已經過了無數變故，但終究兩人還是聚在一起。

令狐冲笑了幾聲，心中一酸，又掉下淚來。盈盈扶著他坐起，指著山外一個新墳，低聲道：「岳姑娘便葬在那裏。」令狐冲含淚道：「多……多謝你了。」盈盈緩緩搖了搖頭，道：「不用多謝。各人有各人的緣法，也各有各的業報。」令狐冲心下暗感歉仄，說道：「盈盈，我對小師妹始終不能忘情，盼你不要見怪。」

盈盈道：「我自然不怪你。如果你真是個浮滑男子，負心薄倖，我也不會這樣看重你了。」低聲道：「我開始……開始對你傾心，便因在洛陽綠竹巷中，隔著竹簾，你跟我說怎樣戀慕你的小師妹。岳姑娘原是個好姑娘，她……她便是跟你無緣。如果你不是從小和她一塊兒長大，多半她一見到你，便會喜歡你的。」

令狐冲沉思半晌，搖了搖頭，道：「不會的。小師妹崇仰我師父，她喜歡的男子要像她爹爹那樣端莊嚴肅，沉默寡言。我只是她的遊伴，她從來……從來不尊重我。」盈盈道：「或許你說得對。正好林平之就像你師父一樣，一本正經，卻滿肚子都是機心。」令狐冲嘆了口氣，道：「小師妹臨死之前，還不信林平之是真的要殺她，還是對他全心相愛，那……那也很好。她並不是傷心而死。我想過去看看她的墳。」

盈盈扶著他手臂，走出山洞。令狐冲見那墳雖以亂石堆成，但大小石塊錯落有致，殊非草草，墳前墳後都種了鮮花，足見盈盈頗花了一番功夫，心下暗暗感激。墳前豎著一根削去了枝葉的樹幹，樹皮上用劍尖刻著幾個字：「華山女俠岳靈珊姑娘之墓」。

令狐冲又怔怔的掉下淚來，說道：「小師妹或許喜歡人家叫她林夫人。」盈盈道：「林平之如此無情無義，岳姑娘泉下有靈，明白了他的歹毒心腸，不會願作林夫人了。」心道：「你不知她和林平之的夫妻有名無實，並不是甚麼夫妻。」

令狐冲道：「那也說得是。」只見四周山峯環抱，處身之所是在一個山谷之中，樹林蒼翠，遍地山花，枝頭啼鳥唱和不絕，是個十分清幽的所在。盈盈道：「咱們便在這裏住些時候，一面養傷，一面伴墳。」令狐冲道：「好極了。小師妹獨自個在這荒野之地，她就算是鬼，也很膽小的。」盈盈聽他這話甚痴，不由得暗暗嘆了口氣。

兩人便在這翠谷之中住了下來，烤蛙摘果，倒也清靜自在。令狐冲所受的只是外傷，既有恆山派的治傷靈藥，兼之內功深厚，養了二十餘日，傷勢已痊愈了八九。盈盈每日教他奏琴，令狐冲本極聰明，潛心練習，進境也是甚速。

這日清晨起來，見岳靈珊的墳上茁發了幾枚青草的嫩芽，令狐冲怔怔的瞧著這幾枚草芽，心想：「小師妹墳上也生青草了。她在墳中，卻又不知如何？」

忽聽得背後傳來幾下清幽的簫聲，他回過頭來，只見盈盈坐在一塊巖石之上，手中持簫正自吹奏，所奏的便是〈清心普善咒〉。他走將過去，見那簫是根新竹，自是盈盈用劍削下竹枝，穿孔調律，製成了洞簫。他搬過瑤琴，盤膝坐下，跟著她的曲調奏了起來。漸漸的潛心曲中，更無雜念，一曲既罷，只覺精神大爽。兩人相對一笑。

盈盈道：「這曲〈清心普善咒〉你已練得熟了，從今日起，咱們來練那〈笑傲江湖曲〉如何？」令狐冲道：「這曲子如此難奏，不知甚麼時候才跟得上你。」盈盈微笑道：「這曲子樂旨深奧，我也有許多地方不明白。但這曲子有個特異之處，似乎倘若二人同奏，互相啓發，比之一人獨自摸索，進步要快得多。大概曲子寫聶政和他姊姊手足情深，兩心相融之故。」令狐冲拍手道：「是了，當日我聽衡山派劉師叔，與魔……與日月教的曲長老合奏此曲，琴簫之聲共起和鳴，確是動聽無比。這一首曲子，據劉師叔說，原是爲琴簫合奏而作的。」盈盈道：「你撫琴，我吹簫，咱們慢慢一節一節的練下去。」

令狐冲微笑道：「只可惜這是簫，不是瑟，琴瑟和諧，那就好了。」盈盈臉上一紅，道：「這些日子沒聽你說風言風語，只道是轉性了，卻原來還是一般。」令狐冲做個鬼臉，知盈盈性子最是靦腆，雖然荒山空谷，孤男寡女相對，卻從來不許自己言行稍有越禮，再說句笑話，只怕她要大半天不理自己，當下湊過去看她展開琴簫之譜，靜心聽她解釋，學著奏了起來。

撫琴之道原非易事，〈笑傲江湖曲〉曲旨深奧，變化繁複，且琴韻爲此曲主調，但令狐冲秉性聰明，既得名師指點，而當日在洛陽綠竹巷中就已起始學奏，兼之曾聽過曲劉兩大名家奏過，此後每逢閒日便即練習，時日既久，自有進境。此刻合奏，初時難以合拍，慢慢的終於也跟上去了，雖不能如曲劉二人之曲盡其妙，卻也略有其意境韻味。

此後十餘日中，兩人耳鬢廝磨，合奏琴簫，這青松環繞的翠谷，便是世間的洞天福地，將江湖上的刀光血影，漸漸都淡忘了。兩人都覺得若能在這翠谷中偕老以終，再也不捲入武林的鬥毆仇殺之中，那可比甚麼都快活了。

這日午後，令狐冲和盈盈合奏了大半個時辰，忽覺內息不順，無法寧靜，接連奏錯了幾處，心中著急，指法更加亂了。盈盈道：「你累嗎？休息一會再說。」令狐冲道：「累倒不累，不知怎地，覺得有些煩躁。我去摘些桃子來，晚上再練琴。」盈盈道：「好，可別走遠了。」

令狐冲知山谷東南有不少野桃樹，其時桃實已熟，當下分草拂樹，行出八九里，來到野桃樹下，縱身摘了兩枚桃子，二次縱起時又摘了三枚。見桃子已然熟透，樹下已掉了不少，數日間便會盡數自落，在地下爛掉，便一口氣摘了數十枚，心想：「我和盈盈吃了桃子後，將桃核種在山谷四周，數年後桃樹成長，翠谷中桃花燦爛，那可多美？」

忽然間想起了桃谷六仙：「這山谷四周種滿桃樹，豈不成爲桃谷？我和盈盈豈不變成了桃谷二仙？日後我和她生下六個兒子，可不是小桃谷六仙？那小桃谷六仙倘若便如那老桃谷六仙一般，說話纏夾不清，豈不糟糕？」

想到這裏，正欲縱聲大笑，忽聽得遠處樹叢中簌的一聲響。令狐冲立即伏低，藏身長草之中，心想：「老是吃烤蛙野果，嘴也膩了，聽這聲音多半是隻野獸，若能捉到一隻羚羊野鹿，也好教盈盈驚喜一番。」思念未定，便聽得腳步聲響，竟是兩個人行走之聲。令狐冲吃了一驚：「這荒谷中如何有人？定是衝著盈盈和我來了。」

便在此時，聽得一個蒼老的聲音說道：「你沒弄錯嗎？岳不羣那廝確會向這邊來？」令狐冲驚訝更甚：「他們是追我師父來了，那是甚麼人？」另一個聲音低沉之人道：「史香主四周都查察過了。岳不羣的女兒女婿都受了傷，突然在這一帶失蹤，各處市鎮碼頭、水陸兩道，都不見這對小夫婦的蹤跡，定是躲在這一帶山谷中養傷。岳不羣早晚便會尋來。」

令狐冲心中一酸，尋思：「原來他們已知小師妹受傷，卻不知她已經死了，自是有不少人在尋覓她的下落，尤其是師父師娘。若不是山谷偏僻，早就該尋到這裏了。」

只聽那聲音蒼老之人道：「若你所料不錯，岳不羣早晚會到此處，咱便在山谷入口處設伏。」那聲音低沉之人道：「就算岳不羣不來，咱們布置好了之後，也可設法引他過來。」那老者拍了兩下手掌，道：「此計大妙，薛兄弟，瞧你不出，倒還是智多星呢。」那姓薛的笑道：「葛長老說得好。屬下蒙你老人家提拔，你老人家有甚麼差遣，自當盡心竭力，報答你老的恩典。」

令狐冲心下恍然：「原來是日月教的，是盈盈的手下。最好他們走得遠遠地，別來騷擾我和盈盈。」又想：「此刻師父武功大進，他們人數再多，也決不是師父的對手。師父精明機警，武林中無人能及。憑他們這點兒能耐，想要誘我師父上當，眞是魯班門前弄大斧了。」

忽聽得遠處有人啪啪啪的擊了三下手掌，那姓薛的道：「杜長老他們也到了。」葛長老也啪啪啪的擊了三下。腳步聲響，四人快步奔來，其中二人腳步沉滯，奔到近處，令狐冲聽了出來，這二人抬著一件甚麼物事。

葛長老喜道：「杜老弟，抓到岳家小妞兒了？功勞不小哪。」一個聲音洪亮之人笑道：「岳家倒是岳家的，是大妞兒，可不是小妞兒。」葛長老「咦」了一聲，顯是驚喜交集，道：「怎……怎……拿到了岳不羣的老婆？」

令狐冲這一驚非同小可，立即便欲撲出救人，但隨即記起身上沒帶劍。他手無長劍，武功便不敵尋常高手，心下暗暗著急，只聽那杜長老道：「可不是嗎？」葛長老道：「岳夫人劍法了得，杜兄弟怎地將她拿到？啊，定是使了迷藥。」杜長老笑道：「這婆娘失魂落魄，來到客店之中，想也不想，倒了一碗茶便喝。人家說岳不羣的老婆寧中則如何了不起，卻原來是草包一個。」

令狐冲心下惱怒，暗道：「我師娘聽說愛女受傷失蹤，數十天遍尋不獲，自然心神不定，這是愛女心切，那裏是草包一個？你們辱我師娘，待會教你們一個個都死於我劍下。」尋思：「怎能奪到一柄長劍就好了。沒劍，刀也行。」

只聽那葛長老道：「咱們既將岳不羣的老婆拿到手，事情就十分好辦了。杜兄弟，眼下之計，是如何將岳不羣引來。」杜長老道：「引來之後，卻又如何？」葛長老微一躊躇，道：「咱們以這婆娘作爲人質，逼他棄劍投降。料那岳不羣夫妻情深義重，決不敢反抗。」杜長老道：「葛兄之言有理，就只怕這岳不羣心腸狠毒，夫妻間情不深，義不重，那就有點兒棘手。」葛長老道：「這個……這個……嗯，薛兄弟，你看如何？」那姓薛的道：「在兩位長老之前，原挨不上屬下說話……」

正說到這裏，西首又有一人接連擊掌三下。杜長老道：「包長老到了。」片刻之間，兩人自西如飛奔來，腳步極快。葛長老道：「莫長老也到了。」

令狐冲暗暗叫苦：「從腳步聲聽來，這二人似乎比這葛杜二人武功更高。我赤手空拳，如何才救得師娘？」

只聽葛杜二長老齊聲說道：「包莫二兄也到了，當眞再好不過。」葛長老又道：「杜兄弟立了大功，拿到了岳不羣的婆娘。」一個老者喜道：「妙極，妙極！兩位辛苦了。」葛長老道：「那是杜兄弟的功勞。」那老者道：「大家奉教主之命出來辦事，不論是誰的功勞，都是託教主的洪福。」

令狐冲聽這老者的聲音有些耳熟，心想：「莫非是當日在黑木崖上曾經見過的？」他運起內功，聽得到各人說話，卻不敢探頭查看。魔教中的長老都是武功高手，自己稍一動彈，只怕便給他們查覺了。

葛長老道：「包莫二兄，我正和杜兄弟在商議，怎生才誘得岳不羣到來，擒他到黑木崖去。」另一名長老道：「你們想到了甚麼計較？」葛長老過：「我們一時還沒想到良策，包莫二兄到來，定有妙計。」先一名老者說道：「五嶽劍派在嵩山封禪台爭奪掌門之位，岳不羣刺瞎左冷禪雙目，威震嵩山，五嶽劍派之中，再也沒人敢上台挑戰。聽說這人已得林家辟邪劍法的眞傳，非同小可，咱們須得想個萬全之策，可不能小覷了他。」杜長老道：「正是。咱們四人合力齊上，雖然未必便輸於他，卻也沒必勝把握。」莫長老道：「包兄，你胸中想已算定，便請說出來如何？」

那姓包的長老道：「我雖已想到一條計策，但平平無奇，只怕三位見笑了。」莫葛杜三長老齊道：「包兄是本教智囊，想的計策，定是好的。」包長老道：「這其實是個笨法子。咱們掘個極深的陷坑，上面鋪上樹枝青草，不露痕跡，然後點了這婆娘的穴道，將她放在坑邊，再引岳不羣到來。他見妻子倒地，自必上前相救，咕咚……撲通……啊喲，不好……」他一面說，一面打手勢。三名長老和其餘四人都哈哈大笑。

莫長老笑道：「包兄此計大妙。咱們自然都埋伏在旁，只等岳不羣跌下陷坑，四件兵刃立即封住坑口，不讓他上躍。否則這人武功高強，怕他沒跌入坑底，便躍了上來。」包長老沉吟道：「但這中間尚有難處。」莫長老道：「甚麼難處？啊，是了，包兄怕岳不羣劍法詭異，跌入陷阱之後，咱們仍封他不住？」

包長老道：「莫兄料得甚是。這次教主派咱們辦事，所要對付的，是個合併了五嶽劍派的大高手。咱們若得爲教主殉身，本來十分榮耀，只不過卻損了神教與教主的威名。常言道得好：量小非君子，無毒不丈夫。既是對付僞君子，便當下些狠毒手段。看來咱們還須在陷阱之中，加上些物事。」杜長老道：「包老之言，大合我心。這『百花消魂散』，兄弟身邊帶得不少，大可盡數撒在陷阱上的樹枝草葉之中。那岳不羣一入陷阱，立時會深深吸一口氣……」四人說到這裏，又都齊聲鬨笑。

包長老道：「事不宜遲，便須動手。這陷阱卻設在何處最好？」葛長老道：「自此向西三里，一邊是參天峭壁，另一邊下臨深淵，唯有一條小道可行，岳不羣不來則已，否則定要經過這條小道。」包長老道：「甚好，大家過去瞧瞧。」說著拔足便行，餘人隨後跟去。

令狐冲心道：「他們挖掘陷阱，非一時三刻之間所能辦妥，我得趕快去通知盈盈，取了長劍，再來救師娘不遲。」待魔教衆人走遠，悄悄循原路回去。

行出數里，忽聽得嗒嗒嗒的掘地之聲，心想：「怎麼他們是在此處掘地？」藏身樹後，探頭一張，果見四名魔教的教眾在弓身掘地，幾個老者站在一旁。此刻相距近了，見到一個老者的側面，心下一凜：「原來這人便是當年在杭州孤山梅莊見過的鮑大楚。甚麼包長老，卻是鮑長老。那日任我行在西湖脫困，第一個收服的魔教長老，便是這鮑大楚。」令狐冲曾見他出手制服黃鍾公，知他武功甚高；心想師父出任五嶽派掌門，擺明要跟魔教為難，魔教自不能坐視，任我行派出來對付他的，只怕尚不止這一路四個長老。

只見四名教眾用一對鐵戟、一對鋼斧，先斫鬆了土，再用手扒土，抄了出來，心想：「他們明明說要到那邊峭壁去挖掘陷阱，卻怎麼改在此處？」微一凝思，已明其理：「峭壁旁都是巖石，要挖陷阱，談何容易？」但這麼一來，阻住了去路，使他沒法回去取劍。眼見四人以臨敵交鋒用的兵刃來挖土掘地，甚是不便，陷阱當非片刻間所能掘成，他卻又不敢離師娘太遠，繞道回去取劍。

忽聽葛長老笑道：「岳不羣年紀已經不小，他老婆居然還這麼年輕貌美。」杜長老笑道：「相貌自然不錯，年輕卻不見得了。我瞧早四十出頭了。葛兄若是有興，待拿住了岳不羣，稟明教主，便要了這婆娘如何？」葛長老笑道：「要了這婆娘，那可不敢，拿來玩玩，倒是不妨。」

令狐冲大怒，心道：「無恥狗賊，膽敢辱我師娘，待會一個個教你們不得好死。」聽葛長老笑得甚是猥褻，忍不住探頭張望，只見這葛長老伸出手來，在岳夫人臉頰上擰了一把。岳夫人要穴遭點，沒法反抗，一聲也不能出。魔教眾人都哈哈大笑起來。杜長老笑道：「葛兄這般猴急，你有沒膽子就在這裏玩了這個婆娘？」令狐冲怒不可遏，這姓葛的倘眞對師娘無禮，儘管自己手中無劍，也要跟這些魔教奸人拚個死活。

只聽葛長老淫笑道：「玩這婆娘，有甚麼不敢？但若壞了教主大事，老葛便有一百個腦袋，也不夠砍。」鮑大楚冷冷的道：「如此最好。葛兄弟、杜兄弟，你兩位輕功好，便去引那岳不羣到來，預計再過一個時辰，這裏一切便可布置就緒。」葛杜二老齊聲道：「是！」縱身向北而去。

二人去後，空谷之中便聽得挖地之聲，偶爾莫長老指揮幾句。令狐冲躲在草叢之中，大氣也不敢透，心想：「我這麼久沒回，盈盈定然掛念，必會出來尋我。她聽到掘地聲，過來察看，自會救我師娘。這些魔教中的長老見到任大小姐到來，怎敢違抗？衝著任教主、向大哥和盈盈的面子，我能不與魔教人眾動手，自再好不過。」想到此處，反覺等得越久越好，那好色的葛長老既已離去，師娘已無受辱之虞。

耳聽得眾人終於掘好陷阱，放入柴草，撒了迷魂毒藥，再在陷阱上蓋以亂草，鮑大楚等六人分別躲入旁邊的草叢，靜候岳不羣到來。令狐冲輕輕拾起一塊大石頭，拿在手裏，心道：「等得師父過來，倘若走近陷阱，我便將石頭投上陷阱口上柴草。石頭落入陷阱，師父一見，自然警覺。」

其時已是初夏，幽谷中蟬聲此起彼和，偶有小鳥飛鳴而過，此外更無別般聲音。令狐冲將呼吸壓得極緩極輕，傾聽岳不羣和葛杜二長老的腳步聲。

過了半個多時辰，忽聽得遠處一個女子聲音「啊」的一聲叫，正是盈盈，令狐冲心道：「盈盈已發見外人到來。不知她見到了我師父，還是葛杜二長老？」跟著聽得腳步聲響，兩人一前一後，疾奔而來，聽得盈盈不住叫喚：「冲哥，冲哥，你師父要殺你，千萬不可出來。」令狐冲大吃一驚：「師父爲甚麼要殺我？」

只聽盈盈又叫：「冲哥快走，你師父要殺你。」她全力呼喚，顯是要令狐冲聞聲遠走。叫喚聲中，只見她頭髮散亂，手提長劍，快步奔來，岳不羣空著雙手，在後追趕。

眼見盈盈再奔得十餘步，便會踏入陷阱，令狐冲和鮑大楚等均十分焦急，一時不知如何是好。突然間岳不羣電閃而出，左手拿住了盈盈後心，右手隨即抓住她雙手手腕，將她雙臂反在背後。盈盈登時動彈不得，手一鬆，長劍落地。岳不羣這一下出手快極，令狐冲和鮑大楚固不及救援，盈盈本來武功也是甚高，竟無閃避抗拒之能，一招間便給他擒住。

令狐冲大驚，險些叫出聲來。盈盈仍在叫喚：「冲哥快走，你師父要殺你！」令狐冲熱淚湧入眼眶，心想：「她只顧念我的危險，全不念及自己。」

岳不羣左手一鬆，隨即伸指在盈盈背上點了幾下，封了她穴道，放開右手，讓她委頓在地。便在此時，他一眼見到岳夫人躺在地下，全不動彈，岳不羣吃了一驚，但立時料到左近定然隱伏重大危險，並不立即走到妻子身邊，只不動聲色的四下察看，一時不見異狀，便淡淡的道：「任大小姐，令狐冲這惡賊殺我愛女，你也有一份嗎？」

令狐冲又大吃一驚：「師父說我殺了小師妹，這話從那裏說起？」

盈盈道：「你女兒是林平之殺的，跟令狐冲有甚麼相干？你口口聲聲說令狐冲殺了你女兒，當眞冤枉好人。」岳不羣哈哈一笑，道：「林平之是我女婿，難道你不知道？他們新婚燕爾，何等恩愛，豈有殺妻之理？」盈盈道：「林平之投靠嵩山派，爲了取信於左冷禪，表明與你勢不兩立，因此將你女兒殺了。」

岳不羣又哈哈一笑，說道：「胡說八道。嵩山派？這世上還有甚麼嵩山派？嵩山一派早已併入了五嶽派。武林之中，嵩山派已然除名，林平之又怎能去投靠嵩山派？再說，左冷禪是我屬下，林平之又不是不知。他不追隨身爲五嶽派掌門的岳父，卻去投靠一個瞎了雙眼、自身難保的左冷禪，天下再蠢的傻子也不會幹這等笨事。」

盈盈道：「你不信，那也由得你。你找到了林平之，自己問他好了。」

岳不羣語音突轉嚴峻，說道：「眼前我要找的不是林平之，而是令狐冲。江湖上人人都道，令狐冲對我女兒非禮，我女兒力拒淫賊，遭殺身亡。你編了一大篇謊話出來，爲令狐冲隱瞞，顯是與他狼狽爲奸。」盈盈哼了一聲，嘿嘿幾下冷笑。

岳不羣道：「任大小姐，令尊是日月教教主，我對你本來不會爲難，但爲了逼迫令狐冲出來，說不得，只好在你身上加一點兒小小刑罰。我要先斬去你左手手掌，然後斬去你右手手掌，下一步是斬去你的左腳，再斬去你的右腳。令狐冲這惡賊若還有半點良心，便該現身。」盈盈大聲道：「料你也不敢，你動了我身上一根頭髮，我爹爹將你五嶽派殺得鷄犬不留。」

岳不羣笑道：「我不敢嗎？」說著從腰間劍鞘中慢慢抽出長劍。

令狐冲再也忍耐不住，從草叢中衝了出來，叫道：「師父，令狐冲在這裏！」

盈盈「啊」的一聲，忙道：「快走，快走！他不敢傷我的。」

令狐冲搖了搖頭，走近幾步，說道：「師父……」岳不羣厲聲道：「小賊，你還有臉叫我『師父』？」令狐冲目中含淚，雙膝跪地，顫聲道：「皇天在上，令狐冲對岳姑娘向來敬重，決不敢對她有分毫無禮。令狐冲受你夫婦養育的大恩，你要殺我，動手好了！」

盈盈大急，叫道：「冲哥，這人半男半女，早已失了人性，你還不快走！」

岳不羣臉上驀地現出一股凌厲殺氣，轉向盈盈，厲聲道：「你這話是甚麼意思？」

盈盈道：「你爲了練辟邪劍法，自……自……自己攪得半死半活，早已如鬼怪一般。冲哥，你記得東方不敗麼？他們都是瘋子，你別當他們是常人。」她只盼令狐冲趕快逃走，明知這麼說，岳不羣定然放不過自己，卻也顧不得了。

岳不羣冷冷的道：「你這些怪話，是從那裏聽來的？」

盈盈道：「是林平之親口說的。你偷了林平之的辟邪劍譜，你當他不知麼？你將那件袈裟投入峽谷，那時候林平之躲在你窗外，伸手撿了去，因此他……他也練成了辟邪劍法，若非如此，他怎能殺得了木高峯和余滄海？他自己怎樣練成辟邪劍法，自然知道你是怎樣練成的。冲哥，你聽這岳不羣說話的聲音，就像女人一般。他……他和東方不敗一樣，早已失卻常性了。」她曾聽到林平之和岳靈珊在大車中的說話，令狐冲卻沒聽到。她知令狐冲始終敬愛師父，不願更增他心中難過，這番話又十分不便出口，是以數月來一直不提。但此刻事機緊迫，只好抖露出來，要令狐冲知道，眼前的人並不是甚麼武林中的宗師掌門，不過是個失卻常性的怪人，與瘋子豈可講甚麼恩義交情？

岳不羣目光中殺氣大盛，惡狠狠的道：「任大小姐，我本想留你一條性命，但你說話如此胡鬧，卻容你不得了。這是你自取其死，可別怪我。」

盈盈叫道：「冲哥，快走，快走！」

令狐冲知師父出手快極，長劍一顫之下，盈盈便沒了性命，眼見岳不羣長劍提起，作勢便欲刺出，大叫：「你要殺人，便來殺我，休得傷她。」

岳不羣轉過頭來，冷笑道：「你學得一點三腳貓的劍法，便以爲能橫行江湖麼？拾起劍來，教你死得心服。」令狐沖道：「萬萬不敢……不敢與師……與你動手？」岳不羣大聲道：「到得今日，你還裝腔作勢幹甚麼？那日在黃河舟中、五霸岡上，你勾結一般旁門左道，故意削我面子，其時我便已決意殺你，隱忍至今，已便宜了你。在福州你落入我手中，若不是礙著我夫人，早教你這小賊見閻王去了。當日一念之差，反讓我女兒命喪於你這淫賊之手。」令狐沖急得只叫：「我沒有……我沒有……」

岳不羣怒喝：「拾起劍來！你只要能勝得我手中長劍，便可立時殺我，否則我也決不饒你。這魔教妖女口出胡言，我先廢了她！」說著舉劍便往盈盈頸中斬落。

令狐沖左手一直拿著一塊石頭，本意是要用來相救岳不羣，免他落入陷阱，此時無暇多想，立時擲出石頭，往岳不羣胸口投去。岳不羣側身避開。令狐沖著地一滾，拾起盈盈掉在地下的長劍，挺劍刺向岳不羣的左腕。倘若岳不羣這一劍是刺向令狐沖，他便束手就戮，並不招架，但岳不羣聽得盈盈揭破自己秘密，驚怒之下，這劍竟向她斬落，令狐沖不能不救。岳不羣擋了三劍，退開兩步，心下暗驚，適才擋這三招，已震得他手臂隱隱發痳。當日師徒二人曾在少林寺中拆到千招以上，令狐沖劍上始終沒催動內力，此刻事急，這三劍卻沒再容讓。

令狐沖一逼開岳不羣，反手便去解盈盈的穴道。盈盈叫道：「別管我，小心！」白光一閃，岳不羣長劍刺到。令狐沖見過東方不敗、岳不羣、林平之三人的武功，知對方出手如鬼如魅，迅捷無倫，待得看淸楚來招破綻，自身早已中劍，當下長劍反挑，疾刺岳不羣小腹。

岳不羣雙足一彈，向後反躍，罵道：「好狠的小賊！」其實岳不羣雖將令狐冲自幼撫養長大，竟不明白他的爲人，倘若他不理令狐冲的反擊，適才這一劍直刺到底，已取了令狐冲性命。令狐冲使的雖是兩敗俱傷、同歸於盡的打法，實則他決不會眞的一劍刺入師父小腹。岳不羣以己之心度人，立即躍開，失卻了一個傷敵的良機。

岳不羣數招不勝，出劍更快，令狐冲打起精神，與之周旋。初時他尙想倘若敗在師父手下，自己死了固不足惜，但盈盈也必爲他所殺，而且盈盈出言傷他，死前定遭慘酷折磨，是以奮力酣鬥，一番心意，全是爲了迴護盈盈。拆到數十招後，岳不羣變招繁複，令狐冲凝神接戰，漸漸的心中一片空明，眼光所注，只是對方長劍的一點劍尖。獨孤九劍，敵強愈強。那日在西湖湖底囚室與任我行比劍，任我行武功之高，世所罕有，但不論他劍招如何騰挪變化，令狐冲的獨孤九劍之中，定有相應的招式隨機衍生，或守或攻，與之針鋒相對。此時令狐冲已學得吸星大法，內力比之當日湖底比劍又已大進。岳不羣所學的辟邪劍法劍招雖然怪異，畢竟修習的時日尙淺，遠不及令狐冲研習獨孤九劍之久，與東方不敗之所學相比，更加不如了。

鬥到一百五十六招後，令狐冲出劍已毫不思索，而以岳不羣劍招之快，令狐冲亦全無思索餘裕。林家辟邪劍法雖號稱七十二招，但每一招各有數十著變化，一經推衍，變化繁複之極。換作旁人與之對劍，縱不頭暈眼花，也必爲這萬花筒般的劍法所迷，無所措手，但令狐冲所學的孤獨九劍全無招數可言，隨敵招之來而自然應接。敵手若只一招，他也只一招，敵手有千招萬招，他也有千招萬招。

然在岳不羣眼中看來，對方劍法之繁更遠勝於己，只怕再鬥三日三夜，也仍有新招出來，想到此處，不由得暗生怯意，又想：「任家這妖女揭破了我練劍的秘密，今日若不殺得此二人，此事傳入江湖，我焉有臉面再做五嶽派掌門？已往種種籌謀，盡數付於流水了。但林平之這小賊既對任家妖女說了，又怎不對別人說，這……這可……」心下焦急，劍招更加狠了。他焦慮之意既起，劍招便略有窒礙。辟邪劍法原是以快取勝，百餘招急攻未能奏效，劍法上的銳氣已不免頓挫，再加心神微分，劍上威力便即大減。

令狐冲心念一動，已瞧出了對方劍法中的破綻所在。

獨孤九劍的要旨，在於看出敵手武功中的破綻，不論是拳腳刀劍，任何招式之中必有破綻，由此乘虛而入，一擊取勝。那日在黑木崖上與東方不敗相鬥，東方不敗只握一枚繡花針，可是身如電閃，快得無與倫比，雖身法與招數之中仍有破綻，但這破綻瞬息即逝，待得見到破綻，破綻已不知去向，決計無法批亢擣虛，攻敵之弱。是以合令狐冲、任我行、向問天、上官雲四大高手之力，沒法勝得了一枚繡花針。令狐冲此後見到岳不羣與左冷禪在封禪台上相鬥，林平之與木高峯、余滄海、青城羣弟子相鬥。他這些日子來苦思破解這劍招之法，總有一不可解的難題，那便是對方劍招太快，破綻一現即逝，難加攻擊。

此刻堪堪與岳不羣鬥到將近二百招，見他一劍揮來，右腋下露出破綻。岳不羣這一招先前已經使過，本來以他劍招變化之繁複，二百招內不該重複，但畢竟重複了一次，數招之後，岳不羣長劍橫削，左腰間露出破綻，這一招又是重複使出。斗然之間，令狐冲心中靈光連閃：「他這辟邪劍法於極快之際，破綻便不成其爲破綻。然而劍招中雖無破綻，劍法中的破綻卻終於給我找到了。這破綻便是劍招不免重複。」

天下任何劍法，不論如何繁複多變，總有使完之時，倘若仍不能克敵制勝，那麼先前使過的劍招自不免再使一次。不過一般名家高手，所精的劍法總有十路八路，每路數十招，招招有變，極少有使到千餘招後仍未分勝敗的。岳不羣所會的劍法雖衆，但師徒倆所學一脈相承，又知令狐冲的劍法實在太強，除了辟邪劍法，決無別的劍法能勝得了他。他數招重複，令狐冲便已想到了取勝之機，心下暗喜。

岳不羣見到他嘴角邊忽露微笑，暗暗吃驚：「這小賊爲甚麼要笑？難道他已有勝我的法子？」當下潛運內力，忽進忽退，繞著令狐冲身子亂轉，劍招如狂風驟雨一般，越來越快。盈盈躺在地下，連岳不羣的身影也瞧不清楚，只看得頭暈眼花，胸口煩惡，只欲作嘔。

又鬥得三十餘招後，岳不羣左手前指，右手一縮，令狐冲知他那一招要第三次使出。其時久鬥之下，令狐冲新傷初愈，已感神困力倦，情知局勢凶險無比，在岳不羣這如雷震、如電閃的快招急攻之下，只要稍有疏虞，自己固然送了性命，更讓盈盈大受荼毒，是以一見他這一招又將使出，立即長劍一送，看準了對方右腕，斜斜刺去，劍尖所指，正是這一招破綻所在。那正是料敵機先、制敵之虛。

岳不羣這一招雖快，但令狐冲一劍搶在頭裏，辟邪劍法尚未變招，對方劍招已刺到腕下，擋無可擋，避無可避，岳不羣一聲尖叫，聲音中充滿了又驚又怒、又無奈又絕望之意。

令狐冲劍尖刺到對方腕下，猛然聽到他這一下尖銳的叫喊，立時驚覺：「我可鬥得昏了，他是師父，如何可以傷他？」當即凝劍不發，說道：「勝敗已分，咱們快救了師娘，這就……這就分手了罷！」

岳不羣臉如死灰，緩緩點頭，說道：「好！我認輸了。」

令狐冲拋下長劍，回頭去看盈盈。突然之間，岳不羣一聲大喝，長劍電閃而前，直刺令狐冲左腰。令狐冲大駭之下，忙伸手去拾長劍，那裏還來得及，噗的一聲，劍尖已刺中他後腰。幸好令狐冲內力深厚，劍尖及體時肌肉自然而然的一彈，將劍尖滑得偏了，劍鋒斜入，沒傷到要害。

岳不羣大喜，拔出劍來，跟著又一劍斬下，令狐冲忙滾開數尺。岳不羣搶上來揮劍猛斫，令狐冲危急中一滾，噹的一聲，劍鋒砍落在地，與他腦袋相去不過數寸。

岳不羣提起長劍，一聲獰笑，長劍高高舉起，搶上一步，正待這一劍便將令狐冲腦袋砍落，斗然間足底空了，身子直向地底陷落。他大吃一驚，忙吸一口氣，右足著地，待欲縱起，刹那間天旋地轉，已人事不知，騰的一聲，落入了陷阱。

令狐冲死裏逃生，左手按著後腰傷口，掙扎著坐起。

只聽得草叢中有數人同時叫道：「大小姐！聖姑！」幾個人奔了出來，正是鮑大楚、莫長老等六人。鮑大楚先搶到陷阱之旁，屏住呼吸，倒轉刀柄，在岳不羣頭頂重重一擊，就算他內力了得，迷藥迷他不久，這一擊也當令他昏迷半天。

令狐冲忙搶到盈盈身邊，問道：「他……他封了你那幾處穴道？」盈盈道：「你……你……不礙事麼？」她驚駭之下，說話顫抖，難以自制，只聽到牙關相擊，格格作聲。令狐冲道：「死不了，別……別怕。」盈盈大聲道：「將這惡賊斬了！」鮑大楚應道：「是！」令狐冲忙道：「別傷他性命！」盈盈見他情急，便道：「好，那麼快……快擒住他。」她不知陷阱中已布有迷藥，只怕岳不羣又再縱上，各人不是他對手。

鮑大楚道：「遵命！」他決不敢說這陷阱是自己所掘，自己六人早就躲在一旁，否則何以大小姐爲岳不羣所困之時，各人貪生怕死，竟不出來相救，此事追究起來，勢將擔當老大干係，只好假裝是剛於此時恰好趕到。他伸手揪住岳不羣的後領提起，出手如風，連點他身上十二處大穴，又取出繩索，將他手足緊緊綁縛。迷藥、擊頭、點穴、綑縛，四道束縛之下，岳不羣本領再大，也難逃脫了。

令狐冲和盈盈凝眸相對，如在夢寐。隔了好久，盈盈才哇的一聲哭了出來。令狐冲伸過手去，摟住了她，這番死裏逃生，只覺人生從未如此之美，問明了她受封穴道的所在，爲她解開，一眼瞥見師娘仍躺在地上，叫聲：「啊喲！」忙搶過去扶起，解開她穴道，叫道：「師娘，多有得罪。」

適才一切情形，岳夫人都淸淸楚楚的瞧在眼裏，她深知令狐冲的爲人，對岳靈珊自來敬愛有加，當她猶似天上神仙一般，決不敢有絲毫得罪，連一句重話也不會對她說，若說爲她捨命，倒毫不希奇，至於甚麼逼姦不遂、將之殺害，簡直荒謬絕倫。何況眼見他和盈盈如此情義深重，豈能更有異動？他出劍制住丈夫，忍手不殺，而丈夫卻對他忽施毒手，如此卑鄙行逕，縱是旁門左道之士亦不屑爲，堂堂五嶽派掌門竟出此手段，當眞令人齒冷，剎那間萬念俱灰，淡淡問道：「冲兒，珊兒眞是給林平之害死的？」

令狐冲心中一酸，淚水滾滾而下，哽咽道：「弟子……我……我……」岳夫人道：「他不當你是弟子，我卻仍當你是弟子。只要你喜歡，我仍是你師娘。」令狐冲心中感激，拜伏在地，叫道：「師娘！師娘！」岳夫人撫摸他頭髮，眼淚也流了下來，緩緩的道：「那麼這位任大小姐所說不錯，林平之也學了辟邪劍法，去投靠左冷禪，因此害死了珊兒？」令狐冲道：「正是。」

岳夫人哽咽道：「你轉過身來，我看看你的傷口。」令狐冲應道：「是。」轉過身來。岳夫人撕破他背上衣衫，點了他傷口四周的穴道，說道：「恆山派的傷藥，你還有麼？」令狐冲道：「有的。」盈盈到他懷中摸了出來，交給岳夫人。岳夫人揩拭了他傷口血跡，敷上傷藥，從懷中取出一條潔白的手巾，按在他傷口上，又在自己裙子上撕下布條，給他包紮好了。令狐冲向來當岳夫人是母親，見她如此對待自己，心下大慰，竟忘了創口疼痛。

岳夫人道：「將來殺林平之為珊兒報仇，這件事，自然是你去辦了。」令狐冲垂淚道：「小師妹……小師妹……臨終之時，求孩兒照料林平之。孩兒不忍傷她之心，已答允了她。這件事……這件事可眞爲難得緊。」岳夫人長長嘆了口氣，道：「冤孽！冤孽！」又道：「冲兒，你以後對人，不可心地太好了！」

令狐冲道：「是！」突覺後頸中有熱熱的液汁流下，回過頭來，只見岳夫人臉色慘白，吃了一驚，叫道：「師娘，師娘！」忙站起身來扶住岳夫人時，只見她胸前插了一柄匕首，對準心臟刺入，已然氣絕斃命。令狐冲驚得呆了，張嘴大叫，卻一點聲音也叫不出來。

盈盈也驚駭無已，畢竟她對岳夫人並無情誼，只驚訝悼惜，並不傷心，當即扶住了令狐冲，過了好一會，令狐冲才哭出聲來。

鮑大楚見他二人少年情侶，遭際大故，自有許多情話要說，不敢在旁打擾，又怕盈盈追問陷阱的由來，六人須得商量好一番瞞騙她的言詞，當下提起了岳不羣，和莫長老等遠遠退開。

令狐冲道：「他……他們要拿我師父怎樣？」盈盈道：「你還叫他師父？」令狐冲道：「唉，叫慣了。師娘爲甚麼要自盡？她爲……爲甚麼要自殺？」盈盈恨恨的道：「自然是爲了岳不羣這奸人了。嫁了這麼卑鄙無恥的丈夫，若不殺他，只好自殺。咱們快殺了岳不羣，給你師娘報仇。」

令狐冲躊躇道：「你說要殺了他？他終究曾經是我師父，養育過我。」盈盈道：「他雖是你師父，曾對你有養育之恩，但他數度想害你，恩仇早已一筆勾銷。你師娘對你的恩義，你卻未報。你師娘難道不是死在他手中的嗎？」令狐冲嘆了口氣，淒然道：「師娘的大恩，那是終身難報的了。就算岳不羣和我之間恩仇已了，我總不能殺他。」

盈盈道：「沒人要你動手。」提高嗓子，叫道：「鮑長老！」

鮑大楚大聲答應：「是，大小姐。」和莫長老等過來。盈盈道：「是我爹爹差你們出來辦事的嗎？」鮑大楚垂手道：「是，教主令旨，命屬下同葛、杜、莫三位長老，帶領十名兄弟，設法捉拿岳不羣回壇。」盈盈道：「葛杜二人呢？」鮑大楚道：「他們於兩個多時辰之前，出去誘引岳不羣到來，至今未見，只怕……只怕……」盈盈道：「你去搜一搜岳不羣身上。」鮑大楚應道：「是！」過去搜檢。

他從岳不羣懷中取出一面錦旗，那是五嶽劍派的盟旗，十幾兩金銀，另有兩塊銅牌。鮑大楚聲音憤激，大聲道：「啓稟大小姐：葛杜二長老果然已遭了這廝毒手，這是二位長老的教牌。」說著提起腳來，在岳不羣腰間重重踢了一腳。

令狐冲大聲道：「不可傷他。」鮑大楚恭恭敬敬的應道：「是。」

盈盈道：「拿些冷水來，澆醒了他。」莫長老取過腰間水壺，打開壺塞，將冷水淋在岳不羣頭上。過了一會，岳不羣呻吟一聲，睜開眼來，只覺頭頂和腰間劇痛，又呻吟了一聲。盈盈問道：「姓岳的，本教葛杜二長老，是你殺的？」鮑大楚拿著那兩塊銅牌，在手中拋了幾拋，錚錚有聲。

岳不羣料知無倖，罵道：「是我殺的。魔教邪徒，人人得而誅之。」鮑大楚本欲再踢，但想令狐冲跟教主交情極深，又是大小姐的未來夫婿，他說過「不可傷他」，便不敢違命。盈盈冷笑道：「你自負是正教掌門，可是幹出來的事，比我們日月神教教下邪惡百倍，還有臉來罵我們是邪徒。連你夫人也對你痛心疾首，寧可自殺，也不願再和你做夫妻，你還有臉活在世上嗎？」岳不羣罵道：「小妖女胡說八道！我夫人明明是給你們害死的，卻來誣賴，說她是自殺。」

盈盈道：「冲哥，你聽他的話，可有多無恥。」令狐冲囁嚅道：「盈盈，我想求你一件事。」盈盈道：「你要我放他？只怕是縛虎容易縱虎難。此人心計險惡，武功高強，日後再找上你，咱們未必再有今日這般幸運。」令狐冲道：「今日放他，我和他師徒之情已絕。他的劍法我已全盤了然於胸，他膽敢再找上來，我教他決計討不了好去。」

盈盈明知令狐冲決不容自己殺他，只要令狐冲此後不再顧念舊情，對岳不羣也就無所畏懼，說道：「好，今日咱們就饒他一命。鮑長老、莫長老，你們到江湖之上，將咱們如何饒了岳不羣之事四處傳播。又說岳不羣爲了練那邪惡劍法，自殘肢體，不男不女，好教天下英雄衆所知聞。」鮑大楚和莫長老同聲答應。

岳不羣臉如死灰，雙眼中閃動惡毒光芒，但想到終於留下了一條性命，眼神中也混和著幾分喜色。

盈盈道：「你恨我，難道我就怕了？」長劍幾揮，割斷了綁縛住他的繩索，走近身去，解開了他背上一處穴道，右手手掌按在他嘴上，左手在他後腦一拍。岳不羣口一張，只覺嘴裏已多了一枚丸藥，同時覺得盈盈右手兩指已揑住了自己鼻孔，登時氣爲之窒。

盈盈爲岳不羣割斷綁縛、解開他身上受封穴道之時，背向令狐冲，遮住了他眼光，以丸藥塞入岳不羣口中，令狐冲也就沒瞧見，只道她看在自己份上放了師父，心下甚慰。

岳不羣鼻孔阻塞，張嘴吸氣，盈盈手上勁力一送，登時將丸藥順著氣流送入他腹中。岳不羣一吞入這枚丸藥，只嚇得魂不附體，料想這是魔教中最厲害的「三尸腦神丹」，早就聽人說過，服了這丹藥後，每年端午節必須服食解藥，以制住丹中所裹尸蟲，否則尸蟲脫困而鑽入腦中，嚼食腦髓，痛楚固不必言，且狂性大發，連瘋狗也有所不如。饒是他足智多謀，臨危不亂，此刻身當此境，卻也汗出如漿，臉如土色。

盈盈站直身子，說道：「冲哥，他們下手太重，這穴道點得很勁，餘下兩處穴道，稍待片刻再解，免得他難以抵受。」令狐冲道：「多謝你了。」盈盈嫣然一笑，心道：「我暗中做了手腳，雖是騙你，卻是爲了你好。」過了一會，料知岳不羣腸中丸藥漸化，已沒法運功吐出，這才再爲他解開餘下的兩處穴道，俯身在他身邊低聲道：「每年端午節之前，你上黑木崖來，我有解藥給你。」

岳不羣聽了這句話，確知適才所服當眞是「三尸腦神丹」了，不由得全身發抖，顫聲道：「這……這是三尸……三尸……」

盈盈格格一笑，大聲道：「不錯，恭喜閣下。這等靈丹妙藥，製煉極爲不易，我教下只有身居高位、武功超卓的頭號人物，才有資格服食。鮑長老，是不是？」

鮑大楚躬身道：「謝教主的恩典，這神丹曾賜屬下服過。屬下忠心不二，奉命唯謹，服了神丹後，教主信任有加，實有說不盡的好處。教主千秋萬載，一統江湖。」

令狐冲吃了一驚，問道：「你給我師……給他服了三尸腦神丹？」

盈盈笑道：「是他自己忙不迭的張口吞食的，多半他肚子餓得狠了，甚麼東西都吃。岳不羣，以後你出力保護冲哥和我的性命，於你大爲有益。」

岳不羣心下恨極，但想：「倘若這妖女遭逢意外，給人害死，我……我可就慘了。甚至她性命還在，受了重傷，端午節之前不能回到黑木崖，我又到那裏去找她？又或者她根本就不想給我解藥……」想到這裏，忍不住全身發抖，雖一身神功，竟難以鎮定。

令狐冲嘆了口氣，心想盈盈出身魔教，行事果然帶著三分邪氣，但此舉實是爲自己著想，可也怪不得她。

盈盈向鮑大楚道：「鮑長老，你去回稟教主，說道五嶽派掌門岳先生已誠心歸服我教，服了教主的神丹，再也不會反叛。」鮑大楚先前見令狐冲定要釋放岳不羣，正自發愁，生怕回歸總壇之後教主怪責，待見岳不羣被逼服食「三尸腦神丹」，登時大喜，當下喜孜孜的應道：「全仗大小姐主持，方得大功告成，教主他老人家必定十分歡喜。教主中興聖教，澤被蒼生。」盈盈道：「岳先生既歸我教，那麼於他名譽有損之事，外邊也不能提了。他服食神丹之事，更半句不可洩漏。此人在武林中位望極高，智計過人，武功了得，教主必有重用他之處。」鮑大楚應道：「是，謹遵大小姐吩咐。」

令狐冲見到岳不羣這等狼狽的模樣，不禁惻然，雖他此番意欲相害，下手狠辣，但過去二十年中，自己自幼至長，皆由他和師娘養育成人，自己一直當他是父親一般，突然間反臉成仇，心下甚爲難過，要想說幾句話相慰，喉頭便如鯁住了一般，竟說不出來。

盈盈道：「鮑長老、莫長老，兩位回到黑木崖上，請替我問爹爹安好，問向叔叔好，待得……待得他……他令狐公子傷愈，我們便回總壇來見爹爹。」

倘若換作了另一位姑娘，鮑大楚定要說：「盼公子早日康復，和大小姐回黑木崖來，大夥兒好儘早討一杯喜酒喝。」對於少年情侶，此等言語極爲討好，但對盈盈，他卻那裏敢說這種話？向二人正眼也不敢瞧上一眼，低頭躬身，板起了臉，唯唯答應，一副誠惶誠恐的神氣，生怕盈盈疑心他腹中偷笑。這位姑娘爲了怕人嘲笑她和令狐冲相愛，曾令不少江湖豪客受累無窮，那是武林中衆所周知之事。他不敢多耽，當即向盈盈和令狐冲告辭，帶同衆人而去，告別之時，對令狐冲的禮貌比之對盈盈尤更敬重了三分。他老於江湖，歷練人情，知道越對令狐冲禮敬有加，盈盈越歡喜。

盈盈見岳不羣木然而立，說道：「岳先生，你也可以去了。尊夫人的遺體，你帶去華山安葬嗎？」岳不羣搖了搖頭，道：「相煩二位，便將她葬在小山之旁罷！」說著竟不向二人再看一眼，快步而去，頃刻間已在樹叢之後隱沒，身法之快，實所罕見。

黃昏時分，令狐冲和盈盈將岳夫人的遺體在岳靈珊墓旁葬了，令狐冲又大哭了一場。

次日清晨，盈盈問道：「冲哥，你傷口怎樣？」令狐冲道：「這一次傷勢不重，不用躭心。」盈盈道：「那就好了。咱倆住在這裏，已爲人所知。我想等你休息幾天，咱們換一個地方。」令狐冲道：「那也好。小師妹有媽媽相伴，也不怕了。」心下酸楚，嘆道：「我師父一生正直，爲了練這邪門劍法，竟致性情大變。」

盈盈搖頭道：「那也未必。當日他派你小師妹和勞德諾到福州去開小酒店，想謀取辟邪劍譜，就不見得是君子之所爲。」令狐冲默然，這件事他心中早就曾隱隱約約的想到過，卻從來不敢好好的去想一想。

盈盈又道：「這其實不是辟邪劍法，該叫作『邪門劍法』才對。這劍譜流傳江湖，遺害無窮。岳不羣還活在世上，林平之心中也記著一部，不過我猜想，他不會全本背給左冷禪和勞德諾聽。林平之這小子心計甚深，豈肯心甘情願的將這劍譜給人？」令狐冲道：「左冷禪和林平之眼睛都盲了，勞德諾卻眼睛不瞎，佔了便宜。這三人都十分聰明深沉，聚在一起，勾心鬥角，不知結果如何。以二對一，林平之怕要吃虧。」

盈盈道：「你眞要想法子保護林平之嗎？」令狐冲瞧著岳靈珊的墓，說道：「我實不該答允小師妹去保護林平之。這人豬狗不如，我恨不得將他碎屍萬段，如何又能去幫他？只是我答允了小師妹，倘若食言，她在九泉之下也難瞑目。」盈盈道：「她活在世上之時，不知道誰眞的對她好，死後有靈，應該懂了。她不會再要你去保護林平之的！」

令狐冲搖頭道：「那也難說。小師妹對林平之一往情深，明知他對自己存心加害，卻也不忍他身遭災禍。」

盈盈心想：「這倒不錯，換作了我，不管你待我如何，我總是全心全意的待你好。」

令狐冲在山谷中又將養了十餘日，新傷已大好了，說道須到恆山一行，將掌門之位傳給儀淸，此後心無掛礙，便可和盈盈浪跡天崖，擇地隱居。

盈盈道：「那林平之的事，你又如何向你過世的小師妹交代？」令狐冲搔頭道：「這是我最頭痛的事，你最好別提，待我見機行事便是。」盈盈微微一笑，不再說了。

兩人在兩座墓前行了禮，相偕離去。

但見兩個影子一模一樣，都是穿著寬襟大袖的女子衣衫，頭上梳髻，也殊無分別，竟然便是自己的化身，令狐冲嚇得似乎連心也停止了跳動。

三七　迫娶

令狐冲和盈盈出得山谷，行了半日，來到一處市鎮，到一家麵店吃麵。

令狐冲筷子上挑起長長幾根麵條，笑吟吟的道：「我跟你還沒拜堂成親……」盈盈羞得滿臉通紅，嗔道：「誰跟你拜堂成親了？」令狐冲微笑道：「將來總是要成親的。你如不願，我捉住了你拜堂。」盈盈似笑非笑的道：「在山谷中倒是乖乖的，一出來就來說這些不正經的瘋話。」令狐冲笑道：「終身大事，最正經不過。盈盈，那日在山谷之中，我忽然想起，日後和你做了夫妻，不知生幾個兒子好。」盈盈站起身來，秀眉微蹙，道：「你再說這些話，我不跟你一起去恆山啦。」令狐冲笑道：「好，好，我不說，我不說。因爲那山谷中有許多桃樹，倒像是個桃谷，要是有六個小鬼在其間鬼混，豈不是變了小桃谷六仙？」

盈盈坐了下來，問道：「那裏來六個小鬼？」一語出口，便即省悟，白了令狐冲一眼，低頭吃麵，心中卻甚甜蜜。

令狐冲道：「我和你同上恆山，有些心地齷齪之徒，還以爲我和你已成夫妻，在他自己的髒肚子裏胡說八道，只怕你不高興。」這一言說中了盈盈的心事，道：「正是。好在我現下跟你都穿了鄉下莊稼人的衣衫，旁人未必認得出。」令狐冲道：「你這般花容月貌，不論如何改扮，總是驚世駭俗。旁人一見，心下暗暗喝采：『嘿，好一個美貌鄉下大姑娘，怎地跟著這一個傻不楞登的臭小子，豈不是一朵鮮花插在牛糞上了？』待得仔細多看上幾眼，不免認出這朵鮮花原來是日月神教的任大小姐，這堆牛糞呢，自然是大蒙任小姐垂青的令狐冲了。」盈盈笑道：「閣下大可不用如此謙虛。」

令狐冲道：「我想，咱們這次去恆山，我先喬裝成個毫不起眼之人，暗中察看。如果太平無事，我便獨自現身，將掌門之位傳了給人，然後和你在甚麼秘密地方相會，一同下山，神不知，鬼不覺，豈不是好？」

盈盈聽他這麼說，知他是體貼自己，甚是歡喜，笑道：「那好極了，不過你上恆山去，尤其是去見那些師太們，最好自己剃光了頭，也扮成個師太，旁人才不起疑。冲哥，來，我就給你喬裝改扮，你扮成個小尼姑，只怕倒也俊俏得緊。」令狐冲連連搖手，道：「不成，不成。一見尼姑，逢賭必輸。令狐冲扮成尼姑，今後可倒足了大霉，那決計不成。」盈盈笑道：「你只要不照鏡子，便自己瞧不見自己。大丈夫能屈能伸，既上恆山，尼姑總是要見的，卻偏有這許多忌諱。我非剃光你的頭不可。」

令狐冲笑道：「扮尼姑倒也不必了，但要上見性峯，扮女人卻勢在必行。只是我一開口說話，就給聽出來是男人。我倒有個計較，你可記得恆山磁窰口翠屏山懸空寺中的一個人嗎？」盈盈一沉吟，拍手道：「妙極，妙極！懸空寺中有個又聾又啞的僕婦，咱們在懸空寺上打得天翻地覆，她半點也聽不到。問她甚麼，她只呆呆的瞧著你。你想扮成這人？」令狐冲道：「正是。」盈盈笑道：「好，咱們去買衣衫，就給你喬裝改扮。」

盈盈解開了令狐冲的頭髮，細心梳了個髻，插上根荊釵，再讓他換上農婦裝束，宛然便是個女子，再在臉上塗上黃粉，畫上七八粒黑痣，右腮邊貼了塊膏藥。令狐冲對鏡一看，連自己也認不出來。盈盈笑道：「外形是像了，神氣卻還不似，須得裝作痴痴呆呆、笨頭笨腦的模樣。」令狐冲笑道：「痴痴呆呆的神氣最容易不過，那壓根兒不用裝，笨頭笨腦原是令狐冲的本色。」盈盈道：「最要緊的是，旁人倘若突然在你身後大聲嚇你，千萬不能露出馬腳。」

一路之上，令狐冲便裝作那個又聾又啞的僕婦，先行練習起來。二人不再投宿客店，只在破廟野祠中住宿。盈盈時時在他身後突發大聲，令狐冲竟充耳不聞。不一日，到了恆山腳下，約定三日後在懸空寺畔聚頭。令狐冲獨自上見性峯去，盈盈便在附近遊山玩水。

到得見性峯峯頂，已是黃昏時分，令狐冲尋思：「我若逕行入庵，儀清、鄭萼、儀琳師妹她們心細的人多，察看之下，不免犯疑。我還是暗中窺探的好。」當下找個荒僻的山洞睡了一覺，醒來時月已中天，這才奔往見性峯主庵無色庵。

剛走近主庵，便聽得錚錚錚數下長劍互擊之聲，令狐冲心中一動：「怎麼來了敵人？」一摸身邊暗藏的短劍，縱身向劍聲處奔去。兵刃撞擊聲從無色庵旁十餘丈外的一間瓦屋中發出，瓦屋窗中透出燈光。令狐冲奔到屋旁，但聽兵刃撞擊聲更加密了，湊眼從窗縫中一張，登時放心，原來是儀和與儀琳兩師姊妹正在練劍，儀清和鄭萼二人站著觀看。

儀和與儀琳所使的，正是自己先前所授、學自華山思過崖後洞石壁上的恆山劍法。二人劍法已頗爲純熟。鬥到酣處，儀和出劍漸快，儀琳略一疏神，儀和一劍刺出，直指前胸，儀琳回劍欲架，已然不及，「啊」的一聲輕叫。儀和長劍的劍尖已指在她心口，微笑道：「師妹，你又輸了。」儀琳甚是慚愧，低頭道：「小妹練來練去，總是沒甚麼進步。」儀和道：「比之上次已有進步了，咱們再來過。」長劍在空中虛劈一招。

儀清道：「小師妹累啦，就和鄭師妹去睡罷，明天再練好了。」儀琳道：「是。」收劍入鞘，向儀和、儀清行禮作別，拉了鄭萼的手，推門出外。她轉過身時，令狐冲見她容色憔悴，心想：「這小師妹心裏總是不快樂。」

儀和掩上了門，和儀淸二人相對搖了搖頭，待聽得儀琳和鄭萼腳步聲已遠，說道：「我看儀琳師妹總靜不下心來。心猿意馬，那是咱們修道人的大忌，不知怎生勸勸她才好。」儀淸道：「勸是很難勸的，總須自悟。」儀和道：「我知道她爲甚麼不能心靜，她心中老是想著……」儀淸搖手道：「佛門淸淨之地，師姊別說這等話。若不是爲了急於報師尊大仇，讓她慢慢自悟，原亦不妨。」儀和道：「師父常說：世上萬事皆須隨緣，半分勉強不得；尤其收束心神，更須循序漸進，倘若著意經營，反易墮入魔障。我看儀琳師妹外和內熱，乃性情中人，身入空門，於她實不相宜。」

儀淸嘆了口氣，道：「這一節我也何嘗沒想到，只是……只是一來我派終須有佛門中人接掌門戶，令狐師兄曾一再聲言，他代掌門戶只是一時的權宜之計；更要緊的是，岳不羣這惡賊害死我們兩位師叔……」

令狐冲聽到這裏，大吃一驚：「怎地是我師父害死她們兩位師叔？」只聽儀淸續道：「不報這深恨大仇，咱們做弟子的寢食難安。」儀和道：「我只有比你更心急，好，趕明兒我加緊督促她練劍便了。」儀淸道：「常言道：欲速則不達，卻別逼得她太過狠了。我看儀琳師妹近日裏精神越來越差。」儀和道：「是了。」兩師姊妹收起兵刃，吹滅燈火，入房就寢。

令狐冲悄立窗外，心下疑思不解：「她們怎麼說我師父害死了她們的師叔？又爲甚麼爲報師仇，爲了有人接掌恆山門戶，便須督促儀琳小師妹日夜勤練劍法？」凝思半晌，不明其理，慢慢走開，心想：「日後詢問儀和、儀清兩位師姊便是。」猛見地下自己的影子緩緩晃動，抬頭望月，只見月亮斜掛樹梢，心中陡然閃過一個念頭，險些叫出聲來，心道：「我早該想到了。爲甚麼她們早就明白此事，我卻一直沒想到？」

閃到近旁小屋牆外，靠牆而立，以防恆山派中有人見到自己身影，這才潛心思索，回想當日在少林寺中定閒、定逸兩位師太斃命的情狀：

其時定逸師太已死，定閒師太囑咐我接掌恆山門戶之後，便即逝去，言語中沒顯露害死她們的兇手是誰。檢視之下，二位師太身上並無傷痕，並非受了內傷，更不是中毒，何以致死，甚是奇怪，只不便解開她們衣衫，詳查傷處。後來離少林寺出來，在雪野山洞之中，盈盈說在少林寺時曾解開二位師太的衣衫查傷，見到二人心口都有一粒針孔大的紅點，是爲人用針刺死。當時我跳了起來，說道：「毒針？武林之中，有誰是使毒針的？」盈盈說道：「爹爹和向叔叔見聞極廣，可是他們也不知道。爹爹說，這針並非毒針，乃是一件兵刃，刺入要害，致人死命。只是刺入定閒師太心口那一針，略略偏斜了些。」我說：「是了，我見到定閒師太之時，她還沒斷氣。這針既是當胸刺入，那就並非暗算，而是正面交鋒。那麼害死兩位師太的，定是武功絕頂的高手。」盈盈道：「我爹爹也這麼說。既有了這條線索，要找到兇手，想亦不難。」

令狐冲雙手反按牆壁，身子不禁發抖，心想：「能使一枚小針而殺害這兩位高手師太，若不是練了葵花寶典，便是練了辟邪劍法。東方不敗一直在黑木崖頂閨房中繡花，不會到少林寺來殺人，以他武功，也決不會針刺定閒師太而一時殺她不了。左冷禪所練的辟邪劍法是假的。那時候林師弟初得劍譜未久，未必已練成了劍法，甚至還沒得到劍譜……」回想當日在雪地裏遇到林平之與岳靈珊的情景，心想：「不錯，那時候林平之說話未變雌聲，不管他是否已得劍譜，辟邪劍法總是尚未練成。」

想到此處，額頭上冷汗涔涔而下，那時候能以一枚細針、正面交鋒而害死恆山派兩大高手，武功卻又高不了定閒師太多少，一針不能立時致她死命，便只岳不羣一人。又想起岳不羣處心積慮，要做五嶽派掌門，竟能讓勞德諾在門下十餘年之久，不揭穿他底細，末了讓他盜了一本假劍譜去，由此輕輕易易的刺瞎左冷禪雙目。定閒、定逸兩位師太極力反對五派合併，岳不羣乘機下手將其除去，少了併派的一大阻力，自是在情理之中。定閒師太爲甚麼不肯吐露害她的兇手是誰？自因岳不羣是他師父之故。倘若兇手是左冷禪或東方不敗，定閒師太又怎會不說？

令狐冲又想到當時在山洞中和盈盈的對話。他在少林寺給岳不羣重重踢了一腳，他並未受傷，岳不羣腿骨反斷，盈盈大覺奇怪。她說她父親想了半天，也想不出其中原因，令狐冲吸了不少外人的內功，固然足以護體，但必須自加運用方能傷人，不像自身所練成的內功，不須運使，自能將對方攻來的力道反彈出去。此刻想來，岳不羣自是故意做作，存心做給左冷禪看的，那條腿若非假斷，便是他自己以內力震斷，好讓左冷禪瞧在眼裏，以爲他武功不過爾爾，不足爲患，便可放手進行併派。左冷禪花了無數心血力氣，終於令五派合併，到得頭來，卻是爲人作嫁，給岳不羣一伸手，輕輕易易的就將成果取了去。

這些道理本來也不難明，只是他說甚麼也不會疑心到師父身上，或許內心深處，早已隱隱想到，但一碰到這念頭的邊緣，心思立即避開，既不願去想，也不敢去想，直至此刻聽到了儀和、儀清的話，這才無可規避。

自己一生敬愛的師父，竟是這樣的人物，只覺人生一切都殊無意味，一時打不起精神到恆山別院去查察，便在一處僻靜的山坳裏躺下睡了。

次日清晨，令狐冲到得通元谷時，天已大明。他走到小溪之旁，向溪水中照映自己改裝後的容貌，又細看身上衣衫鞋襪，一無破綻，這才走向別院。他繞過正門，欲從邊門入院，剛到門邊，便聽得一片喧嘩之聲。

只聽得院子裏許多人大聲喧叫：「眞是古怪！他媽的，是誰幹的？」「甚麼時候幹的？怎麼神不知，鬼不覺，手腳可眞乾淨利落！」「這幾人武功也不壞啊，怎地著了人家道兒，哼也不哼一聲？」令狐冲情知發生了怪事，從邊門中挨進去，只見院子中和走廊上都站滿了人，眼望一株公孫樹的樹梢。

令狐冲抬頭看去，大感奇怪，心中的念頭也與衆人所叫嚷的一般無異，只見樹上高高掛著八人，乃仇松年、張夫人、西寶和尚、玉靈道人這一夥七人，另外一人是「滑不留手」游迅。八人顯然都給點了穴道，四肢反縛，吊在樹枝上盪來盪去，離地一丈有餘，除了隨風飄盪，當眞半分動彈不得。八人神色之尷尬，實爲世所罕見。兩條黑蛇在八人身上蜿蜒遊走，那自是「雙蛇惡乞」嚴三星的隨身法寶了。這兩條蛇盤到嚴三星身上，倒也沒甚麼，遊到其他七人身上時，這些人氣憤羞慚的神色之中，又加上幾分驚懼厭憎。

人叢中躍起一人，正是夜貓子「無法可施」計無施。他手持匕首，縱上樹幹，割斷了吊著「桐柏雙奇」的繩索。這兩人從空中摔下，那矮矮胖胖的老頭子伸手接住，放在地下。片刻之間，計無施將八人都救了下來，解開了各人受封的穴道。

仇松年等一得自由，立時污言穢語的破口大罵。只見衆人都眼睜睜的瞧著自己，有的微笑，有的驚奇。有人說道：「已！」有人說道：「陰！」有人說道：「小！」有人說道：「命！」張夫人一側頭，見仇松年等七人的額頭上都用硃筆寫著一個字，有的是「已」字，有的是「陰」字，料想自己額頭也必有字，當即伸手去抹。

祖千秋已推知就裏，將八人額頭的八個字串起來，說道：「陰謀已敗，小心狗命！」

餘人一聽不錯，紛紛說道：「陰謀已敗，小心狗命！」

西寶和尚大聲罵道：「甚麼陰謀已敗，你奶奶的，小心誰的狗命？」玉靈道人忙搖手阻止，在掌心中吐了一大口唾沫，伸手去擦額頭的字。

祖千秋道：「游兄，不知八位如何中了旁人的暗算，可能賜告嗎？」

游迅微微一笑，說道：「說來慚愧，在下昨晚睡得甚甜，不知如何，竟給人點了穴道，吊在這高樹之上。那下手的惡賊，多半使用『五更鷄鳴還魂香』之類迷藥，否則兄弟本領不濟，遭人暗算，那也罷了，像玉靈道長、張夫人這等智勇兼備的人物，如何也著了道兒？」張夫人哼了一聲，道：「正是如此！」不願與旁人多說，忙入內照鏡洗臉，玉靈道人等也跟了進去。

羣豪議論不休，嘖嘖稱奇，都道：「游迅之言不盡不實。」有人道：「大夥兒數十人在堂內睡覺，若放迷香，該當數十人一起迷倒才是，怎會只迷倒他們幾個？」衆人猜想那「陰謀已敗」的陰謀，不知是何所指，種種揣測都有，莫衷一是。

有人道：「不知將這八人倒吊高樹的那位高手是誰？」有人笑道：「幸虧桃谷六怪今番沒到，否則又有得樂子了。」另一人道：「你怎知不是桃谷六仙幹的？這六兄弟古裏古怪，多半便是他們做的手腳。」計無施搖頭道：「不是，不是，決計不是。」先一人道：「計兄如何得知？」計無施笑道：「桃谷六仙武功雖高，肚子裏的墨水卻有限得很，那『陰謀』二字，擔保他們就不會寫。就算會寫，筆劃必錯。」

羣豪哈哈大笑，均說言之有理。各人談論的都是這件趣事，沒人對令狐冲這呆頭呆腦的僕婦多瞧上一眼。

令狐冲心中只想：「這八人想攪甚麼陰謀？那多半是意欲不利於我恆山派。」

這日午後，忽聽得有人在外大叫：「奇事，奇事，大家來瞧啊！」羣豪擁了出去。令狐冲慢慢跟在後面，只見別院右首里許外有數十人圍著，羣豪急步奔去。令狐冲走到近處，聽得衆人正自七張八嘴的議論。有十餘人坐在山腳下，面向山峯，顯是給點中了穴道，動彈不得，山壁上用黃泥寫著八個大字，又是「陰謀已敗，小心狗命」。

當下有人將那十餘人轉過身來，赫然有愛吃人肉的漠北雙熊在內。

計無施走上前去，在漠北雙熊背上推拿了幾下，解開了他們啞穴，但餘穴不解，仍讓他們動彈不得，說道：「在下有一事不明，可要請教。請問二位到底參與了甚麼密謀，大夥兒都想知道。」羣豪都道：「對，對！有甚麼陰謀，說出來大家聽聽。」

黑熊破口大罵：「操他奶奶的十八代祖宗，有甚麼陰謀，陰他媽龜兒子的謀。」祖千秋道：「那麼衆位是給誰點倒的，總可以說出來讓大夥兒聽聽罷。」白熊道：「老子知道就好了。老子好端端在山邊散步，背心一麻，就著了烏龜孫子王八蛋的道兒。是英雄好漢，就該眞刀眞槍的打上一架，在人家背後偷襲，算他媽的甚麼人物？」

祖千秋道：「兩位旣不肯說，也就罷了。這件事旣已給人揭穿，我看是幹不成了，只是大夥兒不免要多留心留心。」有人大聲道：「祖兄，他們不肯吐露，就讓他們在這山腳邊餓上三天三夜。」另一人道：「不錯，解鈴還由繫鈴人。你如放了他們，那位高人不免將你怪上了，也將你點倒，吊將起來，可不是玩的。」計無施道：「此言不錯。衆位兄台，在下並非袖手旁觀，實在有點膽小。」

黑熊、白熊對望了一眼，都大罵起來，只是罵得不著邊際，可也不敢公然罵計無施這一干人的祖宗，否則自己動彈不得，對方若要動粗，可無還手之力。

計無施笑著拱拱手，說道：「衆位請了。」轉身便行。餘人圍著指指點點，說了一會子話，慢慢都散開了。

令狐冲慢慢踱回，剛到院子外，聽得裏面又有人叫嚷嘻笑。一抬頭間，見公孫樹上又倒吊著二人，一個是不可不戒田伯光，另一個是不戒和尚。令狐冲心下大奇：「不戒大師是儀琳小師妹的父親，田伯光是小師妹的弟子。他二人說甚麼也不會來跟恆山派爲難。恆山派有難，他們定會奮力援手。怎地也給人吊在樹上？」心中原來十分確定的設想，突然間給全部推翻，腦海中閃過一個念頭：「不戒大師天眞爛漫，與人無忤，怎會給人倒吊高樹，定是有人跟他惡作劇了。要擒住不戒大師，非一人之力可辦，多半便是桃谷六仙。」但想到計無施先前說桃谷六仙寫不出「陰謀」二字，確也有理。

他滿腹疑竇，慢慢走進院子，見不戒和尚與田伯光身上都垂著一條黃布帶子，上面寫得有字。不戒和尚身上那條帶上寫道：「天下第一負心薄倖、好色無厭之徒。」田伯光身上那條帶上寫道：「天下第一大膽妄為、辦事不力之人。」令狐冲第一個念頭便是：「這兩條帶子掛錯了。不戒和尚怎會是『好色無厭之徒』？這『好色無厭』四字，該當送給田伯光才是。至於『大膽妄為』四字，送給不戒和尚倒還貼切，他不戒殺，不戒葷，做了和尚，敢娶尼姑，自是大膽妄為之至，不過『辦事不力』，又不知從何說起？」但見兩根布帶好好的繫在二人頸中，打正了結，垂將下來，不像是匆忙中掛錯了的。

羣豪指指點點，笑語評論，大家也都說：「田伯光貪花好色，天下聞名，這位大和尚怎能蓋得過他？」

計無施與祖千秋低聲商議，均覺大是蹊蹺，知道不戒和尚和令狐冲交情甚好，須得將二人救下來再說。當下計無施縱身上樹，將二人手足上綁縛的繩索割斷，解開了二人穴道。不戒與田伯光都垂頭喪氣，和仇松年、漠北雙熊等人破口大罵的情狀全然不同。計無施低聲問道：「大師怎地也受這無妄之災？」

不戒和尚搖了搖頭，將布條緩緩解下，對著布條上的字看了半晌，突然間頓足大哭。

這一下變故，當眞大出羣豪意料之外，衆人語聲頓絕，都呆呆的瞧著他。只見他雙拳搥胸，越哭越傷心。

田伯光勸道：「太師父，你也不用難過。咱們失手遭人暗算，定要找了這個人來，將他碎屍萬段……」他一言未畢，不戒和尚反手一掌，將他打得直跌出丈許之外，幾個踉蹌，險些摔倒，半邊臉頰登時高高腫起。不戒和尚罵道：「臭賊！咱們給吊在這裏，當然是罪有應得，你……你……你好大的膽子，想殺死人家啊！」田伯光不明就裏，聽太師父如此說，擒住自己之人定是個大有來頭的人物，竟連太師父也不敢得罪他半分，只得唯唯稱是。

不戒和尚呆了一呆，又搥胸哭了起來，突然間反手一掌，又向田伯光打去。田伯光身法極快，身子一側避開，叫道：「太師父！」

不戒和尚一掌沒打中，也不再追擊，順手迴過掌來，啪的一聲，打在院中的一張石凳之上，只擊得石屑紛飛。他左手一掌，右手一掌，又哭又叫，越擊越用力，十餘掌後，雙掌上鮮血淋漓，石凳也給他擊得碎石亂崩，忽然間喀喇一聲，石凳裂爲四塊。

羣豪無不駭然，誰也不敢哼上一聲，倘若他盛怒之下，找上了自己，一擊中頭，誰的腦袋能如石凳般堅硬？祖千秋、老頭子、計無施三人面面相覷，半點摸不著頭腦。

田伯光眼見不對，說道：「衆位請照看著太師父。我去相請師父。」

令狐冲尋思：「我雖已喬裝改扮，但儀琳小師妹心細，別要給她瞧出了破綻。」他扮過軍官，扮過鄉農，但都是男人，這次扮成女人，實在說不出的別扭，心中絕無自信，生怕露出了馬腳。當下去躲在後園的一間柴房之中，心想：「漢北雙熊等人兀自給封住穴道，猜想計無施、祖千秋等人之意，當是晚間去竊聽這些人的談論。我且好好睡上一覺，半夜裏也去聽上一聽。」耳聽得不戒和尚號啕之聲不絕，既感驚奇，又大爲好笑，迷迷糊糊的便即入睡。

醒來時天已入黑，到廚房中去找些冷飯菜來吃了。又等良久，耳聽得人聲漸寂，於是繞到後山，慢慢踱到漢北雙熊等人被困處，遠遠蹲在草叢之中，側耳傾聽。

不久便聽得呼吸聲此起彼伏，少說也有二十來人散在四周草木叢中，令狐冲暗暗好笑：「計無施他們想到要來偷聽，旁人也想到了，聰明人還眞不少。」又想：「計無施畢竟了得，他只解了漢北雙熊這兩個吃人肉粗胚的啞穴，卻不解旁人啞穴，否則漢北雙熊一開口說話，便會給同夥中精明能幹之輩制止。」

只聽得白熊不住口的在詈罵：「他奶奶的，這山邊蚊子眞多，眞要把老子的血吸光了才高興，我操你臭蚊蟲的十八代祖宗。」黑熊笑道：「蚊子只叮你，卻不來叮我，不知是甚麼緣故。」白熊罵道：「你的血臭的，連蚊子也不吃。」黑熊笑道：「我寧可血臭，好過給幾百隻蚊子在身上叮。蚊子的十八代祖宗也是蚊子，你怎有本事操牠？」白熊又「直娘賊、龜兒子」的大罵起來。

白熊罵了一會，說道：「穴道解開之後，老子第一個便找夜貓子算帳，把這龜蛋點了穴道，將他大腿上的肉一口口咬下來生吃。」黑熊笑道：「我卻寧可吃那些小尼姑們，細皮白肉，嫩得多了。」白熊道：「岳先生吩咐了的，尼姑要捉上華山去，可不許吃。」黑熊笑道：「幾百個尼姑，吃掉三四個，岳先生也不會知道。」

令狐冲大吃一驚：「怎麼是師父吩咐了的？怎麼要他們將恆山派弟子捉上華山去？這個『大陰謀』，自然是這件事了。可是他們又怎會聽我師父的號令？」

忽聽得白熊高聲大罵：「烏龜兒子王八蛋！」黑熊怒道：「你不吃尼姑便不吃，幹麼罵人？」白熊道：「我罵蚊子，又不是罵你。」

令狐冲滿腹疑團，忽聽得背後草叢中腳步聲響，有人慢慢走近，心想：「這人別要踏到我身上來才好。」那人對準了他走來，走到他身後，蹲了下來，輕輕拉他衣袖。令狐冲微微一驚：「是誰？難道認了我出來？」回過頭來，朦朧月光之下，見到一張清麗絕俗的臉龐，正是儀琳。他又驚又喜，心想：「原來我的行跡早給她識破了。要扮女人，畢竟不像。」儀琳頭一側，小嘴努了努，緩緩站起身來，仍拉著他衣袖，示意和他到遠處說話。令狐冲見她向西行去，便跟在她身後。兩人一言不發，逕向西行。

儀琳沿著一條狹狹的山道，走出了通元谷，忽然說道：「你又聽不見人家說話，擠在這是非之地，那可危險得緊。」她這幾句話似乎並不是對他而說，只是自言自語。令狐冲一怔，心道：「她說我聽不見人家說話，那是甚麼意思？她說的是反話，還是眞的認我不出？」又想儀琳從來不跟自己說笑，那麼多半是認不出了，跟著她折而向北，漸漸向著磁窯口走去，轉過了一個山坳，來到了一條小溪旁。

儀琳輕聲道：「我們老是在這裏說話，你可聽厭了我的話嗎？」跟著輕輕一笑，說道：「你從來就聽不見我的話，啞婆婆，倘若你能聽見我說話，我就不會跟你說了。」

令狐冲聽儀琳說得誠摯，知她確是將自己認作了懸空寺中那個又聾又啞的僕婦。他童心大起，心道：「我且不揭破，聽她跟我說些甚麼。」儀琳牽著他衣袖，走到一株大柳樹下的一塊長石之旁，坐了下來。令狐冲跟著坐下，側著身子，背向月光，好教儀琳瞧不見自己的臉，尋思：「難道我眞的扮得很像，連儀琳也瞞過了？是了，黑夜之中，只須有三分相似，她便不易分辨。盈盈的易容之術，倒也了得。」

儀琳望著天上眉月，幽幽嘆了口氣。令狐冲忍不住想問：「你小小年紀，爲甚麼有這許多煩惱？」但終於沒出聲。儀琳輕聲道：「啞婆婆，你眞好，我常常拉著你來，向你訴說我的心事，你從來不覺厭煩，總是耐心的等著，讓我愛說多少便說多少。我本來不該這樣煩你，但你待我眞好，便像我自己親生的娘一般。我沒娘，倘若我有個媽媽，我敢不敢向她這樣說呢？」

令狐冲聽到她說是傾訴自己心事，覺得不妥，當即站起。儀琳拉住了他袖子，說道：「啞婆婆，你……你要走了嗎？」聲音中充滿失望之情。令狐冲向她望了一眼，只見她神色淒楚，眼光中流露出懇求之意，不由得心下軟了，尋思：「小師妹形容憔悴，滿腹心事，若沒處傾訴，老是悶在心裏，早晚要生重病。我且聽她說說，只要她始終不知是我，也不會害羞。」當下又緩緩坐下。

儀琳伸手摟住他脖子，說道：「啞婆婆，你眞好，就陪我多坐一會兒。你不知道我心中可有多悶。」

令狐冲心想：「令狐冲這一生可交了婆婆運，先前將盈盈錯認作是婆婆，現下又給儀琳錯認是婆婆。我叫了人家幾百聲婆婆，現在她叫還我幾聲，算是好人有好報。」

儀琳道：「今兒我爹險些兒上吊死了，你知不知道？他給人吊在樹上，又給人在身上掛了一根布條兒，說他是『天下第一負心薄倖、好色無厭之徒』。我爹爹一生，心中就只我媽一人，甚麼好色無厭，那是從何說起？那人一定胡裏胡塗，將本來要掛在田伯光身上的布條，掛錯在爹身上了。其實掛錯了，拿來掉過來就是，可用不著上吊自盡哪。」

令狐冲又吃驚，又好笑：「怎地不戒大師要自盡？她說他險些兒上吊死了，那麼定是沒死。兩根布條上寫的都不是好話，既然拿了下來，怎麼又去掉轉來掛在身上？這小師妹天眞爛漫，當眞不通世務之至。」

儀琳說道：「田伯光趕上見性峯來，要跟我說，偏偏給儀和師姊撞見了，說他擅闖見性峯，不問三七二十一，提劍就砍，差點沒要了他命，可也眞危險。」

令狐冲心想：「我曾說過，別院中的男子若不得我號令，任誰不許上見性峯。田兄名聲素來不佳，儀和師姊又是個急性子人，一見之下，自然動劍。但田兄武功比她高得太多，儀和可殺不了他。」他正想點頭同意，但立即警覺：「不論她說甚麼話，我贊同也好，反對也好，決不可點頭或搖頭。那啞婆婆決不會聽到她說話。」

儀琳續道：「田伯光待得說淸楚，儀和師姊已砍了十七八劍，幸好她手下留情，沒眞的殺了他。我一得到消息，忙趕到通元谷來，卻已不見爹，一問旁人，都說他在院子中又哭又鬧，生了好大的氣，誰也不敢去跟他說話，後來就不見了。我在通元谷中四下尋找，終於在後山一個山坳裏見到了他，只見他高高掛在樹上。我著急得很，忙縱上樹去，見他頭頸中有一條繩，勒得快斷氣了，當眞菩薩保祐，幸好及時趕到。

「我將他救醒了，他抱著我大哭。我見他頭頸中仍掛著那根布條，上面寫的仍是『天下第一負心薄倖』甚麼的。我說：『爹，這人眞壞，吊了你一次，又吊你第二次。掛錯了布條，他又不掉轉來。』爹爹一面哭，一面說道：『不是人家吊，是我自己上吊的。我……我不想活了。』我勸他說：『爹，那人定是突然之間向你偷襲，你不小心著了他道兒，那也不用難過。咱們找到他，叫他講個道理出來，他如說得不對，咱們也將他吊了起來，將這條布條掛在他頭頸裏。』爹爹道：『這條布條是我的，怎可掛在旁人身上？天下第一負心薄倖、好色無厭之徒，乃是我不戒和尚。那裏還有人勝得過我的？小孩兒家，就會瞎說。』啞婆婆，我聽他這麼說，心中可眞奇了，問道：『爹，這布條沒掛錯麼？』爹爹說：『自然沒掛錯。我……我對不起你娘，因此要懸樹自盡，你不用管我，我眞的不想活了。』」

令狐冲記得不戒和尚曾對他說過，他愛上了儀琳的媽媽，只因她是個尼姑，於是爲她而出家做了和尚。和尚娶尼姑，眞希奇古怪之至。他說他對不起儀琳的媽媽，想必是後來移情別戀，因此才自認是「負心薄倖、好色無厭」，想到此節，心下漸漸有些明白了。

儀琳道：「我見爹哭得傷心，也哭了起來。爹反而勸我，說道：『乖孩子，別哭，別哭。爹倘若死了，你孤苦伶仃的在這世上，又有誰來照顧你？』他這樣說，我哭得更加厲害了。」她說到這裏，眼眶中淚珠瑩然，神情極是淒楚，又道：「爹爹說道：『好啦，好啦！我不死就是，只不過也太對不住你娘。』我問：『到底你怎樣對不住我娘？』爹爹嘆了口氣，說道：『你娘本來是個尼姑，你是知道的了。我一見到你娘，就愛得她發狂，說甚麼也要娶她爲妻。你娘說：「阿彌陀佛，起這種念頭，也不怕菩薩嗔怪。」我說：「菩薩要怪，就只怪我一人。」你娘說：「你是俗家人，娶妻生子，理所當然。我身入空門，六根清淨，再動凡心，菩薩自然要責怪了，可怎會怪到你？」我一想不錯，是我決意要娶你娘，可不是你娘一心想嫁我。倘若讓菩薩怪上了她，累她死後在地獄中受苦，我如何對得住她？因此我去做了和尙。菩薩自然先怪我，就算下地獄，咱們夫妻也是一塊兒去。』」

令狐冲心想：「不戒大師確是個情種，爲了要擔負受菩薩的責怪，這才去做和尙，既然如此，不知後來又怎會變心？」

儀琳續道：「我就問爹爹：『後來你娶了媽沒有？』爹爹說：『自然娶成了，否則又怎會生下你來？千不該，萬不該，那日你生下來才三個月，我抱了你在門口晒太陽。』我說：『晒太陽又有甚麼不對了？』爹爹說：『事情也眞不巧，那時候有個美貌少婦，騎了馬經過門口，見我大和尙抱了個女娃娃，覺得有些奇怪，向咱們連瞧了幾眼，讚道：「好美的女娃娃！」我心中一樂，禮尙往來，回讚她一句：「你也美得很啊。」那少婦向我瞪了一眼，問道：「你這女娃娃是那裏偷來的？」我說：「甚麼偷不偷的？是我和尙自己生的。」那少婦忽然大發脾氣，罵道：「我好好問你，你幾次三番向我取笑，可不是活得不耐煩了？」我說：「取甚麼笑？難道和尙不是人，就不會生孩子？你不信，我就生給你看。」那知道那女人兇得很，從背上拔出劍來，便向我刺來，那不是太不講道理嗎？』」

令狐冲心想：「不戒大師直言無忌，說的都是眞話，但聽在對方耳裏，卻都成爲無聊調笑。他既娶妻生女，怎地又不還俗？大和尙抱了個女娃娃，原是不倫不類。」

儀琳續道：「我說：『這位太太可也太兇了。我明明是你生的，又沒騙她，幹麼好端端地便拔劍刺人？』爹爹道：『是啊，當時我一閃避開，說道：「你怎地不分靑紅皂白，便動刀劍？這女娃娃不是我生的，莫非是你生的？」那女人脾氣更大了，向我連刺三劍。她幾劍刺我不中，出劍更快了。我當然不來怕她，就怕她傷到了你，她刺到第八劍上，我飛起一腳，將她踢了個觔斗。她站起身來，大罵我：「不要臉的惡和尙，無恥下流，調戲婦女。」就在這時候，你媽媽從河邊洗了衣服回來，站在旁邊聽著。那女人罵了幾句，氣憤憤的騎馬走了，掉在地上的劍也不要了。我轉頭跟你娘說話。她一句也不答，只是哭泣。我問她爲甚麼事，她總不睬。第二天早晨，你娘就不見了。桌上有一張紙，寫著八個字。你猜是甚麼字？那便是「負心薄倖，好色無厭」這八個字了。我抱了你到處去找她，可那裏找得到。』

「我說：『媽媽聽了那女人的話，以爲你眞的調戲了她。』爹爹說：『是啊，那不是冤枉嗎？可是後來我想想，那也不全是冤枉，因爲當時我見到那個女人，心中便想：「這女子生得好俊。」你想，我既然娶了你媽媽做老婆，心中卻讚別個女人美貌，不但心中讚，口中也讚，那不是負心薄倖、好色無厭麼？』」

令狐冲心道：「原來儀琳師妹的媽媽醋勁兒這般厲害。當然這中間大有誤會，但問個明白，不就沒事了？」

儀琳道：「我說：『後來找到了媽媽沒有？』爹爹說：『我到處尋找，可那裏找得到？我想你媽是尼姑，一定去了尼姑庵中，一處處庵堂都找遍了。這一日，我抱著你找到了恆山派的白雲庵，你師父定逸師太見你生得可愛，心中歡喜，那時你又在生病，便叫我將你寄養在庵裏，免得我帶你在外奔波，送了你一條小命。』」

一提到定逸師太，儀琳又不禁泫然，說道：「我從小就沒了媽媽，全仗師父撫養長大，可是師父給人害死了，害死她的，卻是令狐師兄的師父，你瞧這可有多為難。令狐師兄跟我一樣，也是自幼沒了媽媽，由他師父撫養長大的。不過他比我還苦些，不但沒媽，連爹也沒有。他自然敬愛他的師父，我要是將他師父殺了，為我師父報仇，令狐師兄可不知有多傷心。我爹又說：他將我寄養在白雲庵中之後，找遍了天下的尼姑庵，後來連蒙古、西藏、關外、西域，最偏僻的地方都找到了，始終沒打聽到半點我娘的音訊。想起來，我娘定是怪我爹調戲女人，第二天便自盡了。啞婆婆，我媽出家時，是在菩薩面前發過誓的，身入空門之後，決不再有情緣牽纏，可是終於拗不過爹，嫁了給他，剛生下我不久，便見他調戲女人，給人罵『無恥下流』，當然生氣。她是個性子剛烈的女子，自己以為一錯再錯，只好自盡了。」

儀琳長長嘆了口氣，續道：「我爹說明白這件事，我才知道，為甚麼他看到『天下第一負心薄倖、好色無厭之徒』這布條時，如此傷心。我說：『媽寫了這張紙條罵你，你時時拿給人家看麼？否則別人怎會知道？』爹爹道：『當然沒有！我對誰也沒說。這種事說了出來，好光采嗎？這中間有鬼，定是你媽的鬼魂找上了我，她要尋我報仇，恨我玷污了她淸白，卻又去調戲旁的女子。否則掛在我身上的布條，旁的字不寫，怎麼偏偏就寫上這八個字？我知道她是在向我索命，很好，我跟她去就是了。』

「爹又說：『反正我到處找你媽不到，到陰世去跟她相會，那正是求之不得。可惜我身子太重，上吊了片刻，繩子便斷了，第二次再上吊，繩子又斷了。我想拿刀抹脖子，那刀子明明在身邊的，忽然又找不到了，眞是想死也不容易。』我說：『爹，你弄錯啦，菩薩保佑，叫你不可自盡，因此繩子會斷，刀子會不見。否則等我找到時，你早已死啦。』爹爹說：『那也不錯，多半菩薩罰我在世上還得多受些苦楚，不讓我立時去陰世跟你媽相見。』我說：『先前我還道是田伯光的布條跟你掉錯了，因此你生這麼大的氣。』爹爹說：『怎麼會掉錯？不可不戒以前對你無禮，豈不是「膽大妄爲」？我叫他去做媒，要令狐冲這小子來娶你，他推三阻四，總是辦不成，那還不是「辦事不力」？這八字評語掛在他身上，眞再合式也沒有了。』我說：『爹，你再叫田伯光去幹這等無聊的事，我可要生氣了。令狐師兄先前喜歡的是他小師妹，後來喜歡了魔教的任大小姐。他雖待我很好，但從來就沒將我放在心上。』」

令狐冲聽儀琳這麼說，心下頗覺歉然。她對自己一片痴心，初時還不覺得，後來卻漸漸明白了，但自己確然如她所說，先是喜歡岳家小師妹，後來將一腔情意轉到了盈盈身上。這些時候來亡命江湖，少有想到儀琳的時刻。

儀琳道：「爹聽我這麼說，忽然生起氣來，大罵令狐師兄，說道：『令狐冲這小子，有眼無珠，連那不可不戒也不如。不可不戒還知我女兒美貌，令狐冲卻是天下第一大笨蛋。』他罵了許多粗話，難聽得很，我也學不上來。他說：『天下第一大瞎子是誰？不是左冷禪，而是令狐冲。左冷禪的眼睛雖給人刺瞎了，令狐冲可比他瞎得更厲害。』啞婆婆，爹這樣說是很不對的，他怎麼可以這樣罵令狐師兄？我說：『爹，岳姑娘和任大小姐都比女兒美貌百倍，孩兒怎麼及得上人家？再說，孩兒已身入空門，只是感激令狐師兄捨命相救的恩德，以及他對我師父的好處，孩兒才時時念著他。我媽說得對，皈依佛門之後，便當六根清淨，再受情緣牽纏，菩薩是要責怪的。』

「爹爹說：『身入空門，為甚麼就不可以嫁人？如果天下的女人都身入空門，都不嫁人生兒子，世上的人都沒有了。你娘是尼姑，她可不是嫁了給我，又生下你來嗎？』我說：『爹，咱們別說這件事了，我……我寧可當年媽媽沒生下我這個人來。』」

她說到這裏，聲音又有些哽咽，過了一會，才道：「爹說，他一定要去找令狐師兄，叫他娶我。我急了，對他說，要是他對令狐師兄提這等話，我永遠不跟他說一句話，他到見性峯來，我也決不見他。田伯光要是向令狐師兄提這等無聊言語，我要跟儀清、儀和師姊她們說，永遠不許他踏上恆山半步。爹知我說得出做得到，呆了半晌，長長嘆了一口氣，自己抹抹眼淚，一個人走了。啞婆婆，爹這麼一去，不知甚麼時候再來看我？又不知他會不會再自殺？眞叫人掛念得緊。後來我找到田伯光，叫他跟著爹，好好照料他，說完之後，見到有許多人偷偷摸摸的走到通元谷外，躲在草叢之中，不知幹甚麼。我悄悄跟著過去瞧瞧，卻見到了你。啞婆婆，你不會武功，又聽不見人家說話，躲在那裏，倘若給人家見到了，那是很危險的，以後可千萬別再跟著人家去躲在草叢裏了。你道是捉迷藏嗎？」

令狐冲險些笑了出來，心想：「小師妹孩子氣得很，只當人家也是孩子。」

儀琳道：「這些日子中，儀和、儀淸兩位師姊總是督著我練劍。秦絹小師妹跟我說，她曾聽到儀和、儀淸她們好幾位大師姊商議。大家說，令狐師兄將來一定不肯長做恆山派掌門。岳不羣是我們的殺師大仇，我們自然不能併入五嶽派，奉他爲我們掌門，因此大家叫我做掌門人。啞婆婆，我可半點也不相信。但秦師妹賭咒發誓，說一點也不假。她說，幾位大師姊都說，恆山派儀字輩羣尼之中，令狐師兄對我最好，如由我來做掌門，必定最合令狐師兄的心意。她們所以決定推舉我，全是爲了令狐師兄。她們盼我練好劍術，殺了岳不羣，如我勝不了岳不羣，大家結劍陣圍住他，由我出手殺他，那時做恆山派掌門，誰也沒異議了。她這樣解釋，我才信了。不過這恆山派的掌門，我怎麼做得來？我的劍法再練十年，也及不上儀和、儀淸師姊她們，要殺岳不羣，那更加辦不到了。我本來心中已亂，想到這件事，心下更加亂了。啞婆婆，你瞧我怎麼辦才是？」

令狐冲這才恍然：「她們如此日以繼夜的督促儀琳練劍，原來是盼她日後繼我之位，接任恆山派掌門，委實用心良苦，可也是對我的一番厚意。」

儀琳幽幽的道：「啞婆婆，我常跟你說，我日裏想著令狐師兄，夜裏想著令狐師兄，做夢也總是做著他。我想到他爲了救我，全不顧自己性命；想到他受傷之後，我抱了他奔逃；想到他跟我說笑，要我說故事給他聽；想到在衡山縣那個甚麼羣玉院中，我……我……跟他睡在一張床上，蓋了同一條被子。啞婆婆，我明知你聽不見，因此跟你說這些話也不害臊。我要是不說，整天憋在心裏，可眞要發瘋了。我跟你說一會話，輕輕叫著令狐師兄的名字，心裏就有幾天舒服。」

她頓了一頓，輕輕叫道：「令狐師兄，令狐師兄！」

這兩聲叫喚情致纏綿，當眞是蘊藏刻骨相思之意，令狐冲不由得身子一震。他早知道這小師妹對自己極好，卻想不到她小小心靈中包藏著的深情，竟如此驚心動魄，心道：「她待我這等情意，令狐冲今生如何報答得來？」

儀琳輕輕嘆息，說道：「啞婆婆，爹不明白我，儀和、儀淸師姊她們也不明白我。我想念令狐師兄，只是忘不了他，我明知是不應該的。我是身入空門的女尼，怎可對一個男人念念不忘的日思夜想，何況他還是本門的掌門人？我天天求觀音菩薩救我，請菩薩保祐我忘了令狐師兄。今兒早晨唸經，唸著救苦救難觀世音菩薩的名字，我心中又在求菩薩，請菩薩保祐令狐師兄無災無難，逢凶化吉，保祐他和任家大小姐結成美滿良緣，白頭偕老，一生一世都快快活活。我忽然想，爲甚麼我求菩薩這樣，求菩薩那樣，菩薩聽著也該煩了。從今而後，我只求菩薩保祐令狐師兄一世快樂逍遙。他最喜歡快樂逍遙，無拘無束，但盼任大小姐將來不要管著他才好。」她出了一會神，輕聲唸道：「南無救苦救難觀世音菩薩，南無救苦救難觀世音菩薩。」

她唸了十幾聲，抬頭望了望月亮，道：「我得回去了，你也回去罷。」從懷中取出兩個饅頭，塞在令狐冲手中，道：「啞婆婆，今天爲甚麼你不瞧我，你不舒服麼？」待了一會，見令狐冲不答，自言自語：「你又聽不見，我卻偏要問你，可眞傻了。」慢慢轉身去了。

令狐冲坐在石上，瞧著她的背影隱沒在黑暗之中，她適才所說的那番話，一句句在心中流過，想到迴腸盪氣之處，當眞難以自已，一時不由得痴了。

也不知坐了多少時候，無意中向溪水望了一眼，不覺吃了一驚，只見水中兩個倒影並肩坐在石上。他只道眼花，又道是水波晃動之故，定睛一看，明明是兩個倒影。霎時間背上出了一陣冷汗，全身僵了，又怎敢回頭？

從溪水中的影子看來，那人在身後不過二尺，只須一出手立時便制了自己死命，但他竟嚇得呆了，不知向前縱出。這人無聲無息來到身後，自己全無知覺，武功之高，難以想像，登時便起了個念頭：「鬼！」想到是鬼，心頭更湧起一股涼意，呆了半晌，才又向溪水中瞧去。溪水流動，那月下倒影矇矇矓矓的看不清楚，但見兩個影子一模一樣，都是穿著寬襟大袖的女子衣衫，頭上梳髻，也殊無分別，竟然便是自己的化身。

令狐冲更加驚駭惶怖，似乎嚇得連心也停止了跳動，突然之間，也不知從那裏來的一股勇氣，猛地裏轉過頭來，和那「鬼魅」面面相對。

這一看清楚，不禁倒抽了一口涼氣，眼見這人是個中年女子，認得便是懸空寺中那個又聾又啞的僕婦，但她如何來到身後，自己渾不覺察，實在奇怪之極。他懼意大消，訝異之情卻絲毫不減，說道：「啞婆婆，原來……原來是你，這可……這可嚇了我一大跳。」但聽得自己的聲音發顫，又極嘶啞。只見那啞婆婆頭髻上橫插一根荊釵，穿一件淡藍色布衫，竟和自己打扮全然相同。他定了定神，強笑道：「你別見怪。任大小姐記性眞好，記得你穿戴的模樣，給我這一喬裝改扮，便跟你是雙胞胎姊妹一般了。」

他見啞婆婆神色木然，旣無怒意，亦無喜色，不知心中在想些甚麼，尋思：「這人古怪得緊，我扮成她的模樣給她看見了，這地方不宜多躭。」站起身來，向著啞婆婆一揖，說道：「夜深了，就此別過。」轉身向來路走去。

只走出七八步，突見迎面站著一人，攔住了去路，便是那啞婆婆，卻不知她使甚麼身法，這等無影無蹤、無聲無息的閃來。東方不敗在對敵時身形猶如電閃，快速無倫，但總尚有形跡可尋，這個婆婆卻便如是突然間從地下鑽出來一般。她身法雖不及東方不敗的迅捷，但如此無聲無息，實不似活人。

令狐冲大駭，心知今晚遇上了高人，自己甚麼人都不扮，偏偏扮成了她的模樣，的確不免惹她生氣，當下又深深一揖，說道：「婆婆，在下多有冒犯，這就去改了裝束，再來懸空寺謝罪。」那啞婆婆仍神色木然，不露絲毫喜怒之色。令狐冲道：「啊，是了！你聽不到我說話。」俯身伸指，在地上寫道：「對不起，以後不敢。」站起身來，見她仍呆呆站立，對地下的字半眼也不瞧。令狐冲指著地下大字，大聲道：「對不起，以後不敢！」那婆婆一動也不動。令狐冲連連作揖，比劃手勢，作解衣除髮之狀，又抱拳示歉，那婆婆始終紋絲不動。令狐冲無計可施，側過身子，從那婆婆身畔繞過。

他左足一動，那婆婆身子微晃，已擋在他身前。令狐冲暗吸一口氣，說道：「得罪！」向右跨了一步，突然間飛身而起，向左側竄了出去。左足剛落地，那婆婆已擋在身前，攔住了去路。他連竄數次，越來越快，那婆婆竟始終擋在他面前。令狐冲急了，伸出左手向她肩頭推去，那婆婆右掌疾斬而落，切向他手腕。

令狐冲急忙縮手，他自知理虧，不敢和她相鬥，只盼及早脫身，一低頭，想從她身側閃過，身形甫動，只覺掌風颯然，那婆婆已揮掌從頭頂劈到。令狐冲斜身閃讓，可是這掌來得好快，啪的一聲，肩頭已然中掌。那婆婆身子一晃，原來令狐冲體內的「吸星大法」生出反應，竟將這一掌之力吸了過去。那婆婆倏然左手伸出，兩根鷄爪般又瘦又尖的指尖向他眼中插來。

令狐冲大駭，忙低頭避過，這一來，背心登時露出了老大破綻，幸好那婆婆也怕了他的「吸星大法」，竟不敢乘隙擊下，右手勾起，仍來挖他眼珠。顯然她打定主意，專門攻擊他眼珠，不論他的「吸星大法」如何厲害，手指入眼，總是非瞎不可，柔軟的眼珠也決不會吸取旁人功力。令狐冲伸臂擋格，那婆婆迴轉手掌，五指成抓，抓向他左眼。令狐冲忙伸左手去格，那婆婆右手出指，已抓向他右耳。這幾下兔起鶻落，勢道快極，每一招都古裏古怪，似是鄉下潑婦與人打架一般，可是既陰毒又快捷，數招之間，已逼得令狐冲連連倒退。那婆婆的武功其實也不甚高，所長者只是行走無聲，偷襲快捷，眞實功夫固遠不及岳不羣、左冷禪，連盈盈也比她高明得多。但令狐冲拳腳功夫甚差，若不是那婆婆防著他的「吸星大法」，不敢和他手腳相碰，令狐冲早已接連中掌了。

又拆數招，令狐冲知道若不出劍，今晚已難以脫身，當即伸手入懷去拔短劍。他右手剛碰到劍柄，那婆婆出招快如閃電，連攻了七八招，令狐冲左擋右格，更沒餘暇拔劍。那婆婆出招越來越毒辣，明明無怨無仇，卻顯是硬要將他眼珠挖了出來。令狐冲大喝一聲，左掌遮住了自己雙眼，右手再度入懷拔劍，拚著給她打上一掌，踢上一腳，便可拔出短劍。

便在此時，頭上一緊，頭髮已給抓住，跟著雙足離地，隨即天旋地轉，身子在半空中迅速轉動，原來那婆婆抓著他頭髮，將他甩得身子平飛，急轉圈子，越來越快。令狐冲大叫：「喂，喂，你幹甚麼？」伸手亂抓亂打，想去拿她手臂，突然左右腋下一麻，已給她點中了穴道，跟著後心、後腰、前胸、頭頸幾處穴道中都給她點中了，全身麻軟，再也動彈不得。那婆婆兀自不停手，將他身子不絕旋轉，令狐冲只覺耳際呼呼風響，心想：「我一生遇到過無數奇事，但像此刻這般倒霉，變成了一個大陀螺給人玩弄，卻也從所未有。」

那婆婆直轉得他滿天星斗，幾欲昏暈，這才停手，啪的一聲，將他重重摔落。

令狐冲本來自知理虧，對那婆婆並無敵意，但這時給她弄得半死不活，自是大怒，罵道：「臭婆娘不知好歹，我若一上來就即拔劍，早在你身上戳了幾個透明窟窿。」

那婆婆冷冷的瞧著他，臉上仍是木然，全無喜怒之色。

令狐冲心道：「打是打不來了，若不罵個爽快，未免太也吃虧。但此刻給她制住，如她知道我在罵人，自然有苦頭給我吃。」當即想到了一個主意，笑嘻嘻地罵道：「賊婆娘，臭婆娘，老天爺知道你心地壞，因此將你造得天聾地啞，既不會笑，又不會哭，像白痴一樣，便做豬做狗，也勝過如你這般。」他越罵越惡毒，臉上也就越加笑得歡暢。他本來不過是假笑，好讓那婆婆不疑心自己是在罵她，但罵到後來，見那婆婆全無反應，此計已售，不由得大爲得意，眞的哈哈大笑起來。

那婆婆慢慢走到他身邊，一把抓住他頭髮，著地拖去。她漸行漸快，令狐冲穴道遭點，知覺不失，身子在地下碰撞磨擦，好不疼痛，口中叫罵不停，要笑卻笑不出來了。那婆婆拖著他直往山上行去，令狐冲側頭察看地形，見她轉而向西，竟是往懸空寺而去。

令狐冲這時早已知道，不戒和尚、田伯光、漠北雙熊、仇松年等人著了道兒，多半也都是她做的手腳，要神不知、鬼不覺的突然將人擒住，除了她如此古怪的身手，旁人也眞難以做到。自己曾來過懸空寺，見了這聾啞婆婆竟一無所覺，可說極笨。連方證大師、冲虛道長、盈盈、上官雲這等大行家，見了她也不起疑，這啞婆婆的掩飾功夫實在做得極好。轉念又想：「這婆婆如也將我高高掛在通元谷的公孫樹上，又在我身上掛一塊布條，說我是天下第一大淫棍之類，我身爲恆山派掌門，又穿著這樣一身不倫不類的女人裝束，這臉可丟得大了。幸好她是拖我去懸空寺，讓她在寺中吊打一頓，不致公然出醜，也就罷了。」一想到今晚雖然倒霉，但不致在恆山別院中高掛示衆，也算得不幸中的大幸，又想：「不知她是否知曉我身分，莫非瞧在我恆山掌門的份上，這才優待三分？」

一路之上，山石將他撞得全身皮肉之傷不計其數，好在臉孔向上，還沒傷到五官。到得懸空寺，那婆婆將他直向飛閣拖去，直拖上左首靈龜閣的最高層。令狐冲叫聲：「啊喲，不好！」靈龜閣外是座飛橋，下臨萬丈深淵，那婆婆只怕要將自己掛在飛橋之上。這懸空寺人跡罕至，十天半月中難得有人到來，這婆婆若將自己掛在那裏，不免活生生餓死，滋味可大大不妙。但既無水米到口，又怎說得上「滋味」二字！

那婆婆將他在閣中一放，逕自下閣去了。令狐冲躺在地下，推想這惡婆娘到底是甚麼來頭，竟沒半點頭緒，料想必是恆山派的一位前輩名宿，便如是于嫂一般的人物，說不定當年是服侍定靜、定閒等人之師父的。想到此處，心下略寬：「我既是恆山掌門，她總有些香火之情，不會對我太過爲難。」但轉念又想：「我扮成了這副模樣，只怕她認我不出。倘若她以爲我也是張夫人之類，故意扮成了她的樣子，前來臥底，意圖不利於恆山，不免對我『另眼相看』，多給我點苦頭吃，那可糟得很了。」

也不聽見樓梯上腳步響聲，那婆婆又已上來，手中拿了繩索，將令狐冲手腳反縛了，又從懷中取出一根黃布條子，掛在他頸中。令狐冲好奇心大起，要看看布條上寫些甚麼，可是便在此時，雙眼一黑，已給她用黑布蒙住了雙眼。令狐冲心想：「這婆婆好生機靈，明知我急欲看那布條，卻不讓看。」又想：「令狐冲是無行浪子，天下知名，這布條上自不會有甚麼好話，不用看也知道。」

只覺手腕腳踝上一緊，身子騰空而起，已給高高懸掛在橫樑之上。令狐沖怒氣沖天，又大罵起來，他雖愛胡鬧，卻也心細，尋思：「我一味亂罵，畢竟難以脫身，須當慢慢運氣，打通穴道，待得一劍在手，便可將她制住了。我也將她高高掛起，再在她頭頸中掛根黃布條子，那布條上寫甚麼字好？天下第一大惡婆！不好，稱她天下第一，說不定她心中反而歡喜，我寫『天下第十八惡婆』，讓她想破了腦袋也猜不出，排名在她之上的那十七個惡婆究竟是些甚麼人。」側耳傾聽，不聞呼吸之聲，這婆婆已下閣去了。

掛了兩個時辰，令狐沖已餓得肚中咕咕作聲，但運氣之下，穴道漸通，心下正自暗喜，忽然間身子一晃，砰的一聲，重重摔在樓板上，竟是那婆婆放鬆了繩索。但她何時重來，自己渾沒半點知覺。

那婆婆扯開了蒙住他眼上的黑布，令狐沖頸中穴道未通，沒法低頭看那布條，只見到最底下一字是個「娘」字。他暗叫：「不好！」心想她寫了這個「娘」字，定然當我是女人，她寫我是淫徒、浪子，都沒甚麼，將我當作女子，那可大大的糟糕。

只見那婆婆從桌上取過一隻碗來，心想：「她給我喝水，還是喝湯？最好是喝酒！」突然間頭上一陣滾熱，大叫一聲：「啊喲！」這碗中盛的竟是熱水，照頭淋在他頭頂。

令狐沖大罵：「賊婆娘，你幹甚麼？」只見她從懷中取出一柄剃刀，令狐沖吃了一驚，但聽得嗤嗤聲響，頭皮微痛，那婆婆竟在給他剃頭。令狐沖又驚又怒，不知這瘋婆子是何用意，過不多時，一頭頭髮已給剃得乾乾淨淨，心想：「好啊，令狐沖今日做了和尚。啊喲，不對，我身穿女裝，那可是做了尼姑啦！」突然間心中一寒：「盈盈本來開玩笑，叫我扮作尼姑，這一語成讖，只怕大事不妙。說不定這惡婆娘已知我是何人，認爲大男人做恆山派掌門大大不妥，不但剃了我頭，還要……還要將我閹了，便似不可不戒一般，教我沒法穢亂佛門清淨之地。這賊婆忠於恆山派，發起瘋來甚麼事都做得出。啊喲，令狐沖今日要遭大劫，『武林稱雄，揮劍自宮』，莫要被迫去修習辟邪劍法。」

那婆婆剃完了頭，將地下的頭髮掃得乾乾淨淨。令狐沖心想事勢緊急，疾運內力，猛衝被封的穴道，正覺被封的幾處穴道有些鬆動，忽然背心、後腰、肩頭幾處穴道一麻，又給她補了幾指。令狐沖長嘆一聲，連「惡婆娘」三字也不想罵了。

那婆婆取下他頸中的布條，放在一旁，令狐沖這才看見，布條上寫道：「天下第一大瞎子，不男不女惡婆娘。」他登時暗暗叫苦：「原來這婆娘裝聾作啞，她是聽得見說話的，否則不戒大師說我是天下第一大瞎子，她又怎會知道？若不是不戒大師跟女兒說話時她在旁偷聽，便是儀琳跟我說話時她在旁偷聽，說不定兩次她都偷聽了。」當即大聲道：「不用假扮了，你不是聾子。」但那婆娘仍然不理，逕自伸手來解他衣衫。

令狐沖大驚，叫道：「你幹甚麼？」嗤的一聲響，那婆婆將他身上女服撕成兩半，扯了下來。令狐沖驚叫：「你要是傷了我一根寒毛，我將你斬成肉醬。」轉念一想：

「她將我滿頭頭髮都剃了，豈只傷我一根寒毛而已？」

那婆婆取過一塊小小磨刀石，蘸了些水，將那剃刀磨了又磨，伸指一試，覺得滿意了，放在一旁，從懷中取出一個瓷瓶，瓶上寫著「天香斷續膠」五字。令狐冲數度受傷，都曾用過這恆山派治傷靈藥，一見到這瓷瓶，不用看瓶上的字，也知是此傷藥，另有一種「白雲熊膽丸」，用以內服。果然那婆婆跟著又從懷中取出一個瓷瓶，赫然便是「白雲熊膽丸」。那婆婆再從懷裏取出了幾根白布條子出來，乃是裹傷用的綳帶。令狐冲舊傷已愈，別無新傷，那婆婆如此安排，擺明是要在他身上新開一兩個傷口了，心下只暗暗叫苦。

那婆婆安排已畢，雙目凝視令狐冲，隔了一會，將他身子提起，放在板桌之上，又神色木然的瞧著他。令狐冲身經百戰，縱然身受重傷，為強敵所困，亦無所懼，此刻面對著這樣一個老婆婆，卻說不出的害怕。那婆婆慢慢拿起剃刀，燭火映上剃刀，光芒閃動，令狐冲額頭的冷汗一滴滴的落在衣襟之上。

突然之間，他心中閃過了一個念頭，更不細思，大聲道：「你是不戒和尚的老婆！」

那婆婆身子一震，退了一步，說道：「你——怎——麼——知——道？」聲音乾澀，一字一頓，便如是小兒初學說話一般。

令狐冲初說那句話時，腦中未曾細思，經她這麼一問，才去想自己為甚麼知道，冷笑一聲，道：「哼，我自然知道，我早就知道了。」心下卻在迅速推想：「我為甚麼知道？我爲甚麼知道？是了，她掛在不戒大師頸中字條上寫『天下第一負心薄倖、好色無厭之徒』。這『負心薄倖、好色無厭』八字評語，除了不戒大師自己之外，世上只有他妻子方才知曉。」大聲道：「你心中還是念念不忘這個負心薄倖、好色無厭之徒，否則他去上吊，爲甚麼你要割斷他上吊的繩子？他要自刎，爲甚麼你要偷了他的刀子？這等負心薄倖、好色無厭之徒，讓他死了，豈不乾淨？」

那婆婆冷冷的道：「讓他——死得這等——爽快，豈不——便宜了——他？」令狐冲道：「是啊，讓他這十幾年中心急如焚，從關外找到藏邊，從漠北找到西域，到每一座尼姑庵去找你，你卻躲在這裏享清福，那才算沒便宜了他！」那婆婆道：「他罪有——應得，他娶我爲妻，爲甚麼——調戲女子？」令狐冲道：「誰說他調戲了？人家瞧你的女兒，他也瞧了瞧人家，又有甚麼不可以？」那婆婆道：「娶了妻的，再瞧女人，不可以。」

令狐冲覺得這女人無理可喻，說道：「你是嫁過人的女人，爲甚麼又瞧男人？」那婆婆怒道：「我幾時瞧男人？胡說八道！」令狐冲道：「你現在不是正瞧著我嗎？難道我不是男人？不戒和尚只不過瞧了女人幾眼，你卻拉過我頭髮，摸過我頭皮。我跟你說，男女授受不親，你只要碰一碰我身上的肌膚，便是犯了清規戒律。幸好你只碰到我頭皮，沒摸到我臉，否則觀音菩薩定不饒你。」他想這女人少在外間走動，不通世務，須得嚇她一嚇，免得她用剃刀在自己身上亂割亂劃，更免得她強迫自己練辟邪劍法。

那婆婆道：「我斬下你的手腳腦袋，也不用碰到你身子。」令狐冲道：「要斬腦袋，只管請便。」那婆婆冷笑道：「要我殺你，可也沒這般容易。現下有兩條路，任你自擇。一條是你快快娶儀琳爲妻，別害得她傷心而死。你如擺臭架子不答允，我就閹了你，叫你做個不男不女的怪物。你不娶儀琳，也就娶不得第二個不要臉的壞女人。」她十多年來裝聾作啞，久不說話，口舌已極不靈便，說了這會子話，言語才流暢了些。

令狐冲道：「儀琳固然是個好姑娘，難道世上除她之外，別的姑娘都是不要臉的壞女人？」那婆婆道：「差不多了，好也好不到那裏去。你到底答不答允，快快說來。」

令狐冲道：「儀琳小師妹是我的好朋友，她如知道你這麼逼我，她可要生氣的。」那婆婆道：「你娶了她爲妻，她歡喜得很，甚麼氣都消了。」令狐冲道：「她是出家人，發過誓不能嫁人的。一動凡心，菩薩便要責怪。」那婆婆道：「倘若你做了和尙，菩薩便不只怪她一人了。我給你剃頭，難道是白剃的麼？」

令狐冲忍不住哈哈大笑，說道：「原來你給我剃光了頭，是要我做和尙，以便娶小尼姑爲妻。你老公從前這樣幹，你就叫我學他的樣。」那婆婆道：「正是。」令狐冲笑道：「天下光頭禿子多得很，剃光了頭，並不就是和尙。」那婆婆道：「那也容易，我在你腦門上燒幾個香疤便是。禿頭不一定是和尙，禿頭而又燒香疤，那總是和尙了。」

說著便要動手。令狐冲忙道：「慢來，慢來。做和尚要人家心甘情願，那有強迫之理？」那婆婆道：「你不做和尚，便做太監。」

令狐冲心想：這婆婆瘋瘋顛顛，只怕甚麼事都做得出，須得先施緩兵之計，說道：「你叫我做太監之後，忽然我回心轉意了，想娶儀琳小師妹為妻，那怎麼辦？不是害了我二人一世嗎？」那婆婆怒道：「咱們學武之人，做事爽爽快快，一言而決，又有甚麼三心兩意、回心轉意的？和尚便和尚，太監便太監！男子漢大丈夫，怎可拖泥帶水？」令狐冲笑道：「做了太監，便不是男子漢大丈夫了。」那婆婆怒道：「咱們在談論正事，誰跟你說笑？」

令狐冲心想：「儀琳小師妹溫柔美貌，對我又是深情一片，但我心早已屬於盈盈，豈可相負？這婆婆如此無理見逼，大丈夫寧死不屈。」說道：「婆婆，我問你，一個男子漢負心薄倖，好色無厭，好是不好？」那婆婆道：「那又何用多問？這種人比豬狗也不如，枉自為人。」令狐冲道：「是了。儀琳小師妹人既美貌，對我又好，為甚麼我不娶她為妻？只因我早已與另一位姑娘有了婚姻之約。這位姑娘待我恩重如山，令狐冲就算全身皮肉都給你割爛了，我也決不負她。倘若辜負了她，豈不是變成了天下第一負心薄倖、好色無厭之徒？不戒大師這個『天下第一』的稱號，便讓我令狐冲給搶過來了。」

那婆婆道：「這位姑娘，便是魔教的任大小姐，那日魔教教眾在這裏將你圍住了，便是她出手相救的，是不是？」令狐冲道：「正是，這位任大小姐你是親眼見過的。」那婆婆道：「那容易得很，我叫任大小姐拋棄了你，算是她對你負心薄倖，不是你對她負心薄倖，也就是了。」令狐冲道：「她決不會拋棄我的。她肯爲我捨了性命，我也肯爲她捨了性命。我不會對她負心，她也決不會對我負心。」

那婆婆道：「只怕事到臨頭，也由不得她。恆山別院中臭男人多得很，隨便找一個來做她丈夫就是了。」令狐冲大聲怒喝：「胡說八道！」

那婆婆道：「你說我辦不到嗎？」走出門去，只聽得隔房開門之聲，那婆婆重又回進房來，手中提著一個女子，手足被縛，正便是盈盈。

令狐冲大吃一驚，沒料到盈盈竟也已落入這婆娘的手中，見她身上並沒受傷的模樣，略略寬心，叫道：「盈盈，你也來了。」盈盈微微一笑，說道：「你們的說話，我都聽見啦。你說決不對我負心薄倖，我聽著很歡喜。」那婆婆喝道：「在我面前，不許說這等不要臉的話。小姑娘，你要和尙呢，還是要太監？」盈盈臉上一紅，道：「你的話才眞難聽。」

那婆婆道：「我仔細想想，要令狐冲這小子拋棄了你，另娶儀琳，他是決計不肯的。」令狐冲大聲喝采：「你開口說話以來，這句話最有道理。」那婆婆道：「那我老人家做做好事，就讓一步，便宜了令狐冲這小子，讓他娶了你們兩個。他做和尙，兩個都娶；做太監，一個也娶不成。只不過成親之後，你可不許欺侮我的乖女兒，你們兩頭大，不分大小。你年紀大著幾歲，就讓儀琳叫你姊姊好了。」

令狐冲道：「我……」他只說了個「我」字，啞穴上一麻，已給她點得說不出話來。那婆婆跟著又點了盈盈的啞穴，說道：「我老人家決定了的事，不許你們囉裏囉唆打岔。讓你這小和尚娶兩個如花如玉的老婆，還有甚麼話好說？哼，不戒這老賊禿，有甚麼用？見到女兒害相思病，空自乾著急，我老人家一出手就馬到成功。」說著飄身出房。

令狐冲和盈盈相對苦笑，話固不能說，連手勢也不能打。令狐冲凝望著她，其時朝陽初升，日光從窗外照射進來，桌上的紅燭兀自未熄，不住晃動，輕煙的影子飄過盈盈晶瑩如白玉的臉，更增麗色。

只見她眼光射向拋在地下的剃刀，轉向板凳上放著的藥瓶和繃帶，臉上露出嘲弄之意，顯然在取笑他：「好險，好險！」但立即眼光轉開，低垂下來，臉上罩了一層紅暈，知道這種事固然不能說，連想也不能想。

令狐冲見到她嬌羞無那，似乎是做了一件大害羞事而給自己捉到一般，不禁心中一蕩，不自禁的想：「倘若我此刻身得自由，我要過去抱她一抱，親她一親。」

只見她眼光慢慢轉將上來，與令狐冲的眼光一觸，趕快避開，粉頰上紅暈本已漸消，突然間又面紅過耳。令狐冲心想：「我對盈盈當然堅貞不二。那惡婆娘逼我和儀琳小師妹成親，爲求脫身，只好暫且敷衍，待得她解了我穴道，我手中有劍，還怕她怎的？這惡婆娘拳腳功夫雖好，和左冷禪、任教主他們相比，那還差得很遠。劍上功夫決不是我敵手。她勝在輕手輕腳，來去無聲，突施偷襲，教人猝不及防。若是眞打，盈盈尙勝她三分，不戒大師也比她強些。」

他想得出神，眼光一轉，只見盈盈又在瞧著自己，這一次她不再害羞，顯是沒再想到太監的事。見她眼光斜而向上，嘴角含笑，那是在笑自己的光頭，不想太監而在笑和尙了。

令狐冲哈哈大笑，可是沒能笑出聲來，但見盈盈笑得更加歡喜了，忽見她眼珠轉了幾轉，露出狡獪的神色，左眼眨了一下，又眨一下。令狐冲未明她的用意，只見她左眼又眨了兩下，心想：「連眨兩下，那是甚麼意思？啊，是了，她在笑我要娶兩個老婆。」當即左眼眨了一下，收起笑容，臉上神色甚是嚴肅，意思說：「只娶你一個，決無二心。」盈盈微微搖頭，左眼又眨了兩下，意思似是說：「娶兩個就兩個好了！」

令狐冲又搖了搖頭，左眼眨了一眨。他想將頭搖得大力些，以示堅決，只是周身穴道給點得太多，難以出力，臉上神氣卻誠摯之極。盈盈微微點頭，眼光又轉到剃刀上去，再緩緩搖了搖頭。令狐冲雙目凝視著她。盈盈的眼光慢慢移動，和他相對。

兩人相隔丈許，四目交視，忽然間心意相通，實已不必再說一句話，反正於對方的情意全然明白。娶不娶儀琳無關緊要，是和尚是太監無關緊要。兩人死也好，活也好，既已有了兩心如一的此刻，便已心滿意足，眼前這一刻便是天長地久，縱然天崩地裂，這一刻也已拿不去、銷不掉了。

兩人脈脈相對，也不知過了多少時候，忽聽得樓梯上腳步聲響，有人走上閣來，兩人這才從情意纏綿、銷魂無限之境中醒了過來。

只聽得一個少女清脆的聲音道：「啞婆婆，你帶我來幹甚麼？」正是儀琳的聲音。聽得她走進隔房，坐了下來，那婆婆顯然陪著她在一起，但聽不到她絲毫行動之聲。過了一會，聽得那婆婆慢慢的道：「你別叫我啞婆婆，我不是啞的。」

儀琳一聲尖叫，極是驚訝，顫聲說道：「你……你不……不啞了？你好了？」那婆婆道：「我從來就不是啞巴。」儀琳道：「那……那麼你從前也不聾，聽……聽得見我……我的話？」語聲中顯出極大的驚恐。那婆婆道：「好孩子，你怕甚麼？我聽得見你的說話，那可不更好麼？」令狐冲聽到她語氣慈和親切，在跟親生女兒說話時，終於露出了愛憐之意。

但儀琳仍驚惶之極，顫聲道：「不，不！我要去了！」那婆婆道：「你再坐一會，我有件很要緊的事跟你說。」儀琳道：「不，我……我不要聽。你騙我，我只當你都聽不見，我……我才跟你說那些話，你騙我！」她語聲哽咽，已急得哭了出來。

那婆婆輕拍她肩膀，柔聲道：「好孩子，別躭心。我不是騙你，我怕你悶出病來，讓你說了出來，心裏好過些。我來到恆山，一直就扮作又聾又啞，誰也不知道，並不是故意騙你。」儀琳抽抽噎噎的哭泣。那婆婆又柔聲道：「我有一件最好的事跟你說，你聽了一定很歡喜的。」儀琳道：「是我爹的事嗎？」那婆婆道：「你爹，哼，我才不管他呢，是你令狐師兄的事。」儀琳顫聲道：「你別提……別提他，我……我永遠不跟你提他了。我要去唸經啦！」那婆婆道：「不，你躭一會，聽我說完。你令狐師兄跟我說，他心裏其實愛你得緊，比愛那個魔教任大小姐，還勝過十倍。」

令狐冲向盈盈瞧了一眼，心下暗罵：「臭婆娘，撒這漫天大謊！」

儀琳嘆了口氣，輕聲道：「你不用哄我。我初識得他時，令狐師兄只愛他小師妹一人，愛得要命，心裏便只一個小師妹。後來他小師妹對他不起，嫁了別人，他就只愛任大小姐一人，也是愛得要命，心裏便只一個任大小姐。」

令狐冲和盈盈目光相接，心頭均感甜蜜無限。

那婆婆道：「其實他一直在偷偷喜歡你，只不過你是出家人，他又是恆山派掌門，不能露出這意思來。現下他下了大決心，許下大願心，決意要娶你，因此先落髮做了和尚。」儀琳又一聲驚呼，道：「不……不會的，不可以的，不能夠！你……你叫他別做和尚。」那婆婆嘆道：「來不及啦，他已經做了和尚。他說，不管怎麼，一定要娶你為妻。倘若娶不成，他就自盡，要不然就去做太監。」

儀琳道：「做太監？我師父曾說，這是粗話，我們出家人不能說的。」那婆婆道：「太監也不是粗話，那是服侍皇帝、皇后的低三下四之人。」儀琳道：「令狐師兄最是心高氣傲，不願受人拘束，他怎肯去服侍皇帝、皇后？我看他連皇帝也不肯做，別說去服侍皇帝了。他當然不會做太監。」那婆婆道：「做太監也不是真的去服侍皇帝、皇后，那只是個比喻。做太監之人，是不會生養兒女的。」儀琳道：「我可不信。令狐師兄日後和任大小姐成親，自然會生好幾個小寶寶。他二人都這麼好看，生下來的兒女，一定可愛得很。」

令狐冲斜眼相視，但見盈盈雙頰暈紅，嬌羞中喜悅不勝。

那婆婆生氣了，大聲道：「我說他不會生兒子，就是不會生。別說生兒子，娶老婆也不能。他發了毒誓，非娶你不可。」儀琳道：「我知道他心中只任大小姐一個。」那婆婆道：「他任大小姐也娶，你也娶。懂了嗎？一共娶兩個老婆。這世上的男人三妻四妾都有，別說娶兩個了。」儀琳道：「不會的。一個人心中愛了甚麼人，他就只想到這個人，朝也想，晚也想，吃飯時候、睡覺時候也想，怎能又去想第二個人？好像我爹那樣，自從我媽走了之後，他走遍天涯海角，到處去尋她。天下女子多得很，如果可以娶兩個女人，我爹怎地又不另娶一個？」

那婆婆默然良久，嘆道：「他……他從前做錯了事，後來心中懊悔，也是有的。」

儀琳道：「我要去啦。婆婆，你要是向旁人提到令狐師兄他……他要娶我甚麼的，我可不能活了。」那婆婆道：「那又為甚麼？他說非娶你不可，你難道不喜歡麼？」儀琳道：「不，不！我時時想著他，時時向菩薩求告，要菩薩保祐他逍遙快活，只盼他無災無難，得如心中所願，和任大小姐成親。婆婆，我只是盼他心中歡喜。我從來沒盼望他來娶我。」那婆婆道：「他倘若娶不成你，他就決不會快活，連做人也沒味道了。」儀琳道：「都是我不好，只道你聽不見，向你說了這許多令狐師兄的話。他是當世的大英雄、大豪傑，我只是個甚麼也不懂，甚麼也不會的小尼姑。他說過的，『一見尼姑，逢賭必輸』，見了我都會倒霉，怎會娶我？我皈依佛門，該當心如止水，再也不能想這種事。婆婆，你以後提也別提，我……我以後也決不見你了。」

那婆婆急了，道：「你這小丫頭莫名其妙。令狐冲已為你做了和尚，他說非娶你不可，倘若菩薩責怪，那就只責怪他。」儀琳輕輕嘆了口氣，道：「他和我爹也一般想麼？一定不會的。我媽聰明美麗，性子和順，待人再好不過，是天下最好的女人。我爹為她做和尚，那是應該的，我……我可連媽媽的半分兒也及不上。」

令狐冲心下暗笑：「你這個媽媽，聰明美麗固然不見得，性子和順更加不必談起。和你自己相比，你媽媽才半分兒不及你呢。」

那婆婆道：「你怎知道？」儀琳道：「我爹每次見我，總是說媽媽的好處，說她溫柔斯文，從來不罵人，不發脾氣，一生之中，連螞蟻也沒踏死過一隻。天下所有最好的女人加在一起，也及不上我媽媽。」那婆婆道：「他……他眞的這樣說？只怕是……是假心假意？」說這兩句話時聲音微顫，顯是心中頗爲激動。儀琳道：「當然是眞心！再眞也沒有了。我是他女兒，爹怎麼會騙我？」

霎時之間，靈龜閣中寂靜無聲，那婆婆似是陷入了沉思之中。

儀琳道：「啞婆婆，我去了。我今後再也不見令狐師兄啦，我只是每天求觀世音菩薩保祐他。」只聽得腳步聲響，她輕輕的走下樓去。

過了良久良久，那婆婆似乎從睡夢中醒來，低低的自言自語：「他說我是天下最好的女人？他走遍天涯海角，到處在找我？那麼，他其實並不是負心薄倖、好色無厭之徒？」突然提高嗓子，叫道：「儀琳，儀琳，你在那裏？」但儀琳早已去得遠了。

那婆婆又叫了兩聲，不聞應聲，急速搶下樓去。她趕得十分急促，但腳步聲仍細微如貓，幾不可聞。

左冷禪眼睛雖瞎，應變仍是奇速，一個「鯉躍龍門」，向後倒縱出去，口中不絕連聲的咒罵。盈盈彎下腰去，拾起一柄長劍。

三八　聚殲

令狐冲和盈盈你瞧著我，我瞧著你，一時百感交集。陽光從窗中照射過來，剃刀上一閃一閃發光。令狐冲心想：「想不到這場厄難，竟會如此渡過？」

忽然聽得懸空寺下隱隱有說話之聲，相隔遠了，聽不清楚。過得一會，聽得有人走近寺來，令狐冲叫道：「有人！」這一聲叫出，才知自己啞穴已解。人身上啞穴點得最淺，他內力較盈盈爲厚，竟先自解了。盈盈點了點頭。令狐冲想伸展手足，兀自動彈不得。但聽得有七八人大聲說話，走進懸空寺，跟著拾級走上靈龜閣來。

只聽一人粗聲粗氣的道：「這懸空寺中鬼也沒一個，還搜甚麼？可也忒煞小心了。」正是頭陀仇松年。西寶和尚道：「上邊有令，還是照辦的好。」

令狐冲急速運氣衝穴，可是他的內力主要得自旁人，雖然渾厚，卻不能運用自如，越著急，穴道越難解開。聽得嚴三星道：「岳先生說成功之後，將辟邪劍法傳給咱們，我看這話有九分靠不住。這次來到恆山幹事，雖說大功告成，但立功之人如此衆多，咱們又沒出甚麼大力，他憑甚麼要單傳給咱們？」

說話之間，幾人已上得樓來，一推開閣門，突然見到令狐冲和盈盈二人手足綁縛，分別坐在桌上和地上，不禁齊聲驚呼。

「滑不留手」游迅道：「任大小姐怎地在這裏？唔，還有一個和尚。」張夫人道：「誰敢對任大小姐如此無禮？」走到盈盈身邊，便去解她的綁縛。游迅道：「張夫人，且慢，且慢！」張夫人道：「甚麼且慢？」游迅道：「這可有點奇哉怪也！」玉靈道人突然叫道：「咦，這不是和尚，是……是令狐掌門令狐冲。」

幾個人一齊轉頭，向令狐冲瞧去，登時認了出來。這八人素來對盈盈敬畏，對令狐冲也甚忌憚，當下面面相覷，一時沒了主意。嚴三星和仇松年突然同時說道：「大功一件！」玉靈道人道：「正是。他們抓到些小尼姑，有甚麼希罕？拿到恆山派掌門，那才是大大的功勞。這一下，岳先生非傳我們辟邪劍法不可。」張夫人問道：「那怎麼辦？」八人心中轉的都是一般念頭：「若將任大小姐放了，別說拿不到令狐冲，咱們幾人立時便性命不保，那怎麼辦？」但在盈盈積威之下，若說不去放她，卻又萬萬不敢。

游迅笑嘻嘻的道：「常言道得好，量小非君子，無毒不丈夫。不做君子，那也罷了，不做大丈夫，未免可惜！可惜得很！」玉靈道人道：「你說是乘機下手，殺人滅口？」游迅道：「我沒說過，是你說的。」張夫人厲聲道：「聖姑待咱們恩重，誰敢對她不敬，我第一個就不答應。」仇松年道：「你到這時候再放她，難道她還會領咱們的情？她又怎肯讓咱們擒拿令狐冲？」張夫人道：「咱們好歹也入過恆山派的門，欺師叛門，是謂不義。」說著伸手便去解盈盈的綁縛。

仇松年厲聲喝道：「住手！」張夫人怒道：「你說話大聲，嚇唬人嗎？」仇松年唰的一聲，戒刀出鞘。張夫人動作也極迅捷，抽出短刀，將盈盈手足上的繩索兩下割斷。她想盈盈武功極高，只須解開她綁縛，七人便羣起而攻，也無所懼。刀光閃處，仇松年的戒刀已砍了過來。張夫人短刀嗤嗤有聲，連刺三刀，將仇松年逼退了兩步。

餘人見盈盈綁縛已解，心下均有懼意，退到門旁，便欲爭先下樓，但見盈盈一動不動，竟不躍起，才知她穴道遭點，又都慢慢轉回。

游迅笑嘻嘻的道：「我說呢，大家是好朋友，爲甚麼要動刀子，那不是太傷和氣嗎？」仇松年叫道：「任大小姐穴道一解，咱們還有命嗎？」持刀又向張夫人撲去，戒刀對短刀，登時打得十分激烈。仇松年身高力大，戒刀又極沉重，但在張夫人貼身肉搏之下，這頭陀竟佔不到絲毫便宜。游迅笑道：「別打，別打，有話慢慢商量。」拿著摺扇，走近相勸。仇松年喝道：「滾開，別礙手礙腳！」游迅笑道：「是，是！」轉過身來，突然間右手抖動，張夫人一聲慘呼，游迅手中那柄鋼骨摺扇已從她喉頭插入。

游迅笑道：「大家自己人，我勸你別動刀子，你一定不聽，那不是太不講義氣了嗎？」摺扇抽出，張夫人喉頭鮮血疾噴出來。這一著大出各人意料之外，仇松年一驚退開，罵道：「他媽的，龜兒子原來幫我。」

游迅笑道：「不幫你，又幫誰？」轉過身來，向盈盈道：「任大小姐，你是任教主的千金，大家瞧在你爹爹份上，都讓你三分，不過大家對你又敬又怕，還是爲了你有『三尸腦神丹』的解藥。把這解藥拿了過來，你聖姑也就不足道了。」六人都道：「對，對，拿了她解藥，殺了她滅口。」玉靈道人道：「大夥兒先得立一個誓，這件事倘若有人洩漏半句，身上的『三尸腦神丹』立時便即發作。」這幾人眼見已非殺盈盈不可，但一想到任我行，無不驚怖，這事如洩漏了出去，江湖雖大，可無容身之所。當下七人一齊起誓。

令狐冲知他們一起完誓，便會動刀殺了盈盈，急運內功在幾處被封穴道上衝了幾下，卻全無動靜。他心中一急，向盈盈瞧去，見她一雙妙目凝望自己，眼神中全無懼色，當即寬心：「反正總是要死，我二人同時畢命，也好得很。」

仇松年向游迅道：「動手啊。」游迅道：「仇頭陀向來行事爽快，最有英雄氣概，還是請仇兄動手。」仇松年罵道：「你不動手，我先宰了你。」游迅笑道：「仇兄既然不敢，那麼嚴兄出手如何？」仇松年罵道：「你奶奶的，我爲甚麼不敢？今日老子就是不想殺人。」玉靈道人道：「不論是誰動手都是一樣，反正沒人會說出去。」西寶和尚道：「既然都一樣，那麼就請道兄出手好了。」嚴三星道：「有甚麼推三阻四的？打開天窗說亮話，大夥兒誰也信不過誰，大家都拔出兵刃來，同時往任大小姐身上招呼。」這些人都是窮凶極惡之輩，但臨到決意要殺盈盈，仍不敢對她有何輕侮的言語。

游迅道：「且慢，讓我先取了解藥在手再說。」仇松年道：「爲甚麼讓你先取？你拿在手中，便來要脅旁人，讓我來取。」游迅道：「給你拿了，誰敢說你不會要脅？」玉靈道人道：「別挨時候了！挨到她穴道解了，那可糟糕。先殺人，再分藥！」唰的一聲，拔出了長劍。餘人紛紛取出兵刃，圍在盈盈身周。

盈盈眼見大限已到，目不轉睛的瞧著令狐冲，想著這些日子來和他同過的甜蜜時光，嘴邊現出了溫柔微笑。

嚴三星叫道：「我叫一二三，大家同時下手，一、二、三！」他「三」字一出口，七件兵刃同時向盈盈身上遞去。那知七件兵刃遞到她身邊半尺之處，不約而同的都停住不前。

仇松年罵道：「膽小鬼，幹麼不敢殺過去？就想旁人殺了她，自己不落罪名！」西寶和尚道：「你膽子倒大得很，你的戒刀可也沒砍下！」七人心中各懷鬼胎，均盼旁人先將盈盈殺了，自己的兵刃上不用濺血，要殺這個向來敬畏的人，可著實不易。仇松年道：「咱們再來！這一次誰的兵刃再停著不動，那便是龜兒子王八蛋，婊子養的，豬狗不如！我來叫一二三。一——二——」

這「三」字尚未出口，令狐冲搶先叫道：「辟邪劍法！」

七人一聽，立即回頭，倒有四人齊聲問道：「甚麼？」岳不羣以辟邪劍法在封禪台上刺瞎左冷禪，轟傳武林，這七人豔羨之極，這些時候來日思夜想，便是這辟邪劍譜。

令狐冲唸道：「辟邪劍法，劍術至尊，先練劍氣，再練劍神。氣神基定，劍法自精。劍氣如何養，劍神如何生？奇功兼妙訣，皆在此中尋。」他唸一句，七人向他移近半步，唸得六七句，七個人都已離開盈盈身畔，走到他身邊。

仇松年聽他住口不唸，問道：「這……這便是辟邪劍譜嗎？」令狐冲道：「不是辟邪劍譜，難道是邪辟劍譜？」仇松年道：「你唸下去。」令狐冲唸道：「練氣之道，首在意誠，凝意集思，心田無塵……」唸到這裏便不唸了。西寶和尚催道：「唸下去，唸下去。」玉靈道人卻口舌微動，跟著唸誦，用心記憶：「練氣之道，首在意誠，凝意集思，心田無塵。」

其實令狐冲從未見過辟邪劍譜，他所唸的，只是華山劍法的歌訣，將「華山之劍，至輕至靈」這八字改成了「辟邪劍法，劍術至尊」而已。這本是岳不羣所傳的「氣宗」

歌訣，因此有甚麼「先練劍氣，再練劍神」的詞句。否則令狐冲讀書不多，識得的字便已有限，倉卒之際，如何能出口成章，這等似模似樣？但仇松年等人一來沒聽過華山劍法的歌訣，二來心中念念不忘於辟邪劍法，已如入魔一般，一聽有人背誦辟邪劍法的歌訣，個個神魂顛倒，那裏還有餘暇來細思劍譜的眞假？

令狐冲繼續唸道：「綿綿泊泊，劍氣充盈，辟邪劍出，殺個乾淨……」這「殺個乾淨」四字，是他信口胡謅的，華山劍訣中本是「華山劍出，氣凝心定」。他唸到此處，說道：「這個……這個……下面好像是『殺不乾淨，劍法不靈』，又好像不是，有點記不清楚了。」

西寶和尚等齊問：「劍譜在那裏？」令狐冲道：「這劍譜……可決不是在我身上。」一面說，一面眼望自己腹部。這句話當眞是「此地無銀三百兩」，他一言既出，兩隻手同時伸入他懷中摸去，一隻是西寶和尚的，一隻是仇松年的。突然間兩人齊聲慘叫，西寶和尚腦漿迸裂，仇松年背上一枝長劍貫胸而出，卻是分別遭了嚴三星和玉靈道人的毒手。

嚴三星冷笑道：「大夥兒辛辛苦苦的找這辟邪劍譜，好容易劍譜出現，這兩個龜蛋卻想獨吞，天下有這等便宜事？」砰砰兩聲，飛腿將兩人屍體踢了開去。

令狐冲初時假裝唸誦辟邪劍譜，只是眼見盈盈命在頃刻，情急智生，將衆人引開，只盼拖延時刻，自己或盈盈被點的穴道得能解開，沒想到此計甚靈，不但引開了七個兇人，且逗得他們自相殘殺，七人中只剩下了五人，不由得暗暗心喜。

游迅道：「這劍譜是否眞在令狐冲身上，誰也沒瞧見，咱們自己先砍殺起來，未免太心急了些……」他一言未畢，嚴三星已翻著怪眼，惡狠狠的瞪著他，說道：「你說我們心急，你心中不服，是不是？只怕你想獨呑劍譜？」游迅道：「獨呑是不敢，像這位大和尚這般腦袋瓜子開花，有甚麼好玩？不過這劍譜天下聞名，大夥兒一齊開開眼界，總是想的。」桐柏雙奇齊聲道：「不錯，誰也不能獨呑，要瞧便一起瞧。」

嚴三星向游迅道：「好，那麼你去這小子懷中，將劍譜取出來。」游迅搖頭微笑，說道：「在下決無獨呑之意，也不想先睹爲快。嚴兄取了出來，讓在下瞧上幾眼，也就心滿意足了。」嚴三星向玉靈道人道：「那麼你去取！」玉靈道人道：「還是嚴兄去取的好。」嚴三星向桐柏雙奇二人望去，二人也都搖了搖頭。嚴三星怒道：「你們四個龜蛋打的是甚麼主意，難道我不明白？你們想老子去取劍譜，乘機害了老子，姓嚴的可不上這個當。」五人面面相覷，登成僵持之局。

令狐冲生怕他們又去加害盈盈，說道：「你們且不用忙，讓我再記一記看，嗯，辟邪劍出，殺個乾淨，殺不乾淨，劍法不靈……不對，不對，劍法不靈，何必獨呑？糟糕，糟糕，這劍譜深奧得很，說甚麼也記不全。」

那五人一心一意志在得到劍譜，怎聽得出這劍訣的語句粗陋不文，只因易懂，聽了更加心癢難搔。嚴三星單刀一揚，喝道：「要我去這小子懷中取劍譜，那也不難。你們四人都退到門外去，免得龜兒子不存好心，我一伸手，刀劍拐杖，便招呼到老子後心。」

桐柏雙奇一言不發，便退到了門外。游迅笑嘻嘻的也退了出去。玉靈道人略一遲疑，退了幾步。嚴三星喝道：「你兩隻腳都站到門檻外面去！」玉靈道人道：「你吆喝甚麼？老子愛出便出去，不愛出去，你管得著嗎？」話雖如此，終於還是走到了門檻之外。四人目不轉睛的監視著他，料想這靈龜閣懸空而築，若要脫身，樓梯是必經之途，不怕他取得劍譜之後飛上天去。

嚴三星轉過身來，背向令狐冲，兩眼凝視著門外的四人，唯恐他們暴起發難，向自己襲擊，反轉左手，到令狐冲懷中摸索，摸了一會，不覺有何書冊，當下將單刀橫咬在口，左手抓住令狐冲胸口，伸右手去摸。左手只這麼一使勁，登時覺得內力突然外洩，他一驚之下，急忙縮手，豈知那隻手卻如黏在令狐冲肌膚上一般，竟縮不回來。他越加吃驚，忙運力外奪，越運勁，內力外洩越快。他拚命掙扎，內力便如河堤決口般奔瀉出去。

令狐冲於危急之際，忽有敵人內力源源自至，心中大喜，說道：「你何必制住我心脈？我將劍訣背給你聽便是了。」嘴唇亂動，作說話之狀。玉靈道人等在門外見了，還道他眞在背誦劍譜，自己一句也沒聽到，豈不太也吃虧，當即一擁而入，搶到令狐冲身前。令狐冲道：「是了，這本便是劍譜，你取出來給大家瞧瞧罷！」可是嚴三星的左手黏在他身上，那裏伸得出來？

玉靈道人只道嚴三星已抓住了劍譜，不即取出，自是意欲獨吞，當即伸手也往令狐沖懷中抓去，一碰到令狐沖的肌膚，內力外洩，一隻手也給黏住了。令狐沖叫道：「你們兩個別爭，這般拉扯，撕爛了劍譜，大家都看不成！」

桐柏雙奇互相使個眼色，黃光閃處，兩根黃金拐杖當空擊下，嚴三星和玉靈道人登時腦漿迸裂而死。兩人一死，內力消散，兩隻手掌離開令狐沖身體，屍橫就地。

令狐沖突然得到二人的內力，這是來自受封穴道之外的勁力，不因穴道被封而有窒滯，自外向內一加衝擊，受封的穴道登時解了。他原來的內力何等深厚，微一使力，手上所綁繩索立即崩斷，伸手入懷，握住了短劍劍柄，道：「劍譜在這裏，那一位來取罷。」

桐柏雙奇腦筋遲鈍，對他雙手脫縛竟不以爲異，聽他說願意交出劍譜，大喜之下，一齊伸手來接。突然間白光閃動，啪啪兩聲，兩人的右手同時齊腕而斷，手掌落地。兩人齊聲慘叫，向後躍開。令狐沖崩斷腳上繩索，飛身躍在盈盈面前，向游迅道：「劍法一靈，殺個乾淨！游兄，你要不要瞧劍譜？」

饒是游迅老奸巨猾，這時也已嚇得面如土色，顫聲道：「謝謝，我……我不瞧了。」

令狐沖笑道：「不用客氣，瞧上一瞧，那也不妨的。」伸左手在盈盈背心和腰間推拿數下，解開了她被封的穴道。

游迅全身簌簌的抖個不住，說道：「令狐公……公子……令狐大……大……大俠，你你……你……」雙膝一屈，跪倒在地，說道：「小人罪該萬死，多說……多說也無用了，聖姑和掌門人但有所命，小人火裏火裏去，水裏水裏去……」令狐冲笑道：「練那辟邪劍法，第一步功夫是很好玩的，你這就做起來罷！」游迅連連磕頭，說道：「聖姑和掌門人寬洪大量，武林中衆所週知，今日讓小人將功贖罪，小人定當往江湖之上，大大宣揚兩位聖德……不，不……」他一說到「聖德」二字，這才想起，自己在驚惶中又闖了大禍，盈盈最惱的就是旁人在背後說她和令狐冲的長短，待要收口，已然不及。

盈盈見桐柏雙奇並肩而立，兩人雖都斷了一隻手掌，血流不止，但臉上竟無懼色，問道：「你二人是夫妻麼？」

桐柏雙奇男的叫周孤桐，女的叫吳柏英。周孤桐道：「今日落在你手，要殺要剮，我二人不會皺一皺眉頭，你多問甚麼？」盈盈倒喜歡他的傲氣，冷冷的道：「我問你們二人是不是夫妻。」吳柏英道：「我和他不是正式夫妻，但二十年來，比之人家正式夫妻還更加要好些。」盈盈道：「你二人中，只有一人可活命。你二人都少了一手一足，又少了……」想到自己父親和他二人一樣，也是少了隻眼睛，便不說下去了，頓一頓，道：「你二人這就動手，殺了對方，剩下的一人便自行去罷！」

桐柏雙奇齊聲道：「很好！」黃光閃動，二人翻起黃金拐杖，便往自己額頭擊落。

盈盈叫道：「且慢！」右手長劍、左手短劍同時齊出，往二人拐杖上格去，錚錚兩聲，只覺肩臂皆麻，雙劍險些脫手，才將兩根拐杖格開，但左手勁力較弱，吳柏英的拐杖還是擦到了額頭，登時鮮血長流。

周孤桐大聲叫：「我殺了自己，聖姑言出如山，即便放你，有甚麼不好？」吳柏英道：「當然是我死你活，那又有甚麼可爭的？」

盈盈點頭道：「很好，你二人夫妻情重，我好生相敬，兩個都不殺。快將斷手處傷口包了起來！」兩人一聽大喜，抛下拐杖，搶上去爲對方包紮傷口。盈盈道：「但有一事，你兩個須得遵命辦理。」周吳二人齊聲答應。盈盈道：「下山之後，即刻去拜堂成親。兩人在一起，不做夫妻，成……成……」她本想說「成甚麼樣子」，但立即想到自己和令狐冲在一起，也未拜堂成親，不由得滿臉飛紅。周吳二人對望了一眼，同時躬身相謝。盈盈又命周孤桐除下身上長袍，好讓令狐冲換下身上的女服。

游迅道：「聖姑大恩大德，不但饒命不殺，還顧念到你們的終身大事。你小兩口兒當眞福命不小。我早知聖姑她老人家待屬下最好。」盈盈道：「你們這次來到恆山，是奉了誰的號令？有甚麼圖謀？」游迅道：「小人是受了華山岳不羣那狗頭的欺騙，他說是奉了神教任教主的黑木令旨，要將恆山羣尼一齊擒拿到黑木崖去，聽由任教主發落。」盈盈問道：「岳不羣手中有黑木令？」游迅道：「是，是！屬下仔細看過，他拿的確是日月神教的黑木令，否則屬下對教主和聖姑忠心耿耿，又怎會聽岳不羣這狗頭的話？」

盈盈尋思：「岳不羣怎會有我教的黑木令？啊，是了，他服了三尸腦神丹，自當奉我爹爹號令，這是爹爹給他的。」又問：「岳不羣又說，成事之後，他傳授你們辟邪劍法，是不是？」游迅連連磕頭，說道：「岳不羣這狗頭就會騙人，誰也不會當眞信了他的。」盈盈道：「你們說這次來恆山幹事，大功告成，到底怎樣了？」游迅道：「有人在山上的幾口井中都下了迷藥，將恆山派的衆位師父一起都迷倒了。別院中許多不知內情的人，也都給迷倒了。這當兒已首途往黑木崖去。」

令狐冲忙問：「可殺傷了人沒有？」游迅答道：「殺死了八九個人，都是別院中的。他們沒給迷倒，動手抵抗，便給殺了。」令狐冲問：「是那幾個人？」游迅道：「小人叫不出他們名字。令狐大俠你老……老人家的好朋友都不在其內。」令狐冲點點頭，放下了心。

盈盈道：「咱們下去罷。」令狐冲道：「好。」拾起地下西寶和尙所遺下的長劍，笑道：「見到那惡婆娘，可得好好跟她較量一下。」

游迅道：「多謝聖姑和令狐掌門不殺之恩。」盈盈微笑道：「不用這麼客氣。」左手一揮，短劍脫手飛出，噗的一聲，從游迅胸口揷入，這一生奸猾的「滑不留手」游迅登時斃命。

兩人並肩走下樓來，空山寂寂，唯聞鳥聲。

盈盈向令狐冲瞧了一眼，不禁噗哧一聲，笑了出來。令狐冲嘆道：「令狐冲削髮爲僧，從此身入空門。女施主，咱們就此別過。」盈盈明知他是說笑，但情之所鍾，關心過切，不由得身子一顫，抓住他手臂，道：「冲哥，你別……別跟我說這等笑話，我……我……」適才她飛劍殺游迅，眼睛也不眨一下，這時語聲中卻大現懼意。令狐冲心下感動，左手在自己光頭上打了個爆栗，嘆道：「但世上既有這樣一位如花似玉的娘子，大和尚只好還俗。」

盈盈嫣然一笑，說道：「我只道殺了游迅之後，武林中便無油腔滑調之徒，從此耳根清靜，不料……嘻嘻！」令狐冲笑道：「你摸一摸我這光頭，那也是滑不留手。」盈盈臉上一紅，啐了一口，道：「咱們說正經的。恆山羣弟子給擄上了黑木崖後，再要相救，那就千難萬難了，而且也大傷我父女之情……」

令狐冲道：「更加大傷我翁婿之情。」盈盈橫了他一眼，心中卻甜甜的甚爲受用。令狐冲道：「事不宜遲，咱們得趕將上去，攔路救人。」盈盈道：「趕盡殺絕，別留下活口，別讓我爹爹知道，也就是了。」她走了幾步，嘆了口氣。

令狐冲明白她心事，這等大事要瞞過任我行的耳目，那是談何容易，但自己既是恆山派掌門，恆山門人被俘，如何不救？她是打定主意向著自己，縱違父命，也在所不惜了。他想事已至此，須當有個了斷，伸出左手去抓住了她右手。盈盈微微一掙，但見四下裏無一人，便讓他握住了手。令狐冲道：「盈盈，你的心事，我很明白。此事勢將累你父女失和，我很過意不去。」盈盈微微搖頭，說道：「爹爹若顧念著我，便不該對恆山派下手。不過，我猜想他對你倒也不是心存惡意。」

令狐冲登時省悟，說道：「是了，你爹爹擒拿恆山弟子，用意在脅迫我加盟日月神教。」盈盈道：「正是。爹爹心中其實很喜歡你，何況你又是他神功大法的唯一傳人。」令狐冲道：「其實我對你爹爹也是既尊敬又投機，何況他又是我婆婆的爹爹，長了三輩。可是我決不願加盟神教，甚麼『千秋萬載，一統江湖』，甚麼『文成武德，澤被蒼生』這些肉麻話，我聽了就要作嘔。」盈盈道：「我知道，因此從來沒勸過你一句。倘若你入了神教，將來做了教主，一天到晚聽這種恭維肉麻話，那就……那就不會是現在這樣子了。唉，爹爹重上黑木崖，他整個性子很快就變了。」

令狐冲道：「可是咱們也不能得罪了你爹爹。」伸出右手，將她左手也握住了，說道：「盈盈，救出恆山門人之後，我和你立即拜堂成親，也不必理會甚麼父母之命，媒妁之言。我和你退出武林，封劍隱居，從此不問外事，專生兒子。」

盈盈初時聽他說得一本正經，臉上暈紅，不住點頭，直到最後一句話，才吃了一驚，運力一掙，將他雙手摔開。

令狐冲笑道：「做了夫妻，難道不生兒子？」盈盈嗔道：「你再胡說八道，我三天不跟你說話。」令狐冲知她說得到，做得到，伸了伸舌頭，說道：「好，笑話少說，趕辦正事要緊。咱們得上見性峯去瞧瞧。」

兩人展開輕功，逕上見性峯來，見無色庵中已無一人，衆弟子所居之所也只餘空房，衣物零亂，刀劍丟了一地。幸好地下並無血跡，似未傷人。兩人又到通元谷別院中察看，也不見有人。桌上酒餚雜陳，令狐冲酒癮大發，卻那敢喝上一口，說道：「肚子餓得狠了，快到山下去喝酒吃飯。」

盈盈撕下令狐冲長衣上的一塊衣襟，給他包在頭上。令狐冲笑道：「這才像樣，否則大和尚拐帶良家少女，到處亂闖，太也不成體統。」到得山下，已是未牌時分，好容易找到一家小飯店，這才吃了個飽。

兩人辨明去黑木崖的路徑，提氣疾趕，奔出一個多時辰，忽聽得山後隱隱傳來一陣陣喝罵之聲，停步聽去，似是桃谷六仙。兩人尋聲趕去，漸漸聽得清楚，果然便是桃谷六仙。盈盈悄聲道：「不知這六個寶貝在跟誰爭鬧？」

兩人轉過山坳，隱身樹後，只見桃谷六仙口中吆喝，圍住了一人，鬥得甚是激烈。那人倏來倏往，身形快極，唯見一條灰影在六兄弟間穿插來去，竟然便是儀琳之母、懸空寺中假裝聾啞的那個婆婆。跟著啪啪聲響，桃根仙和桃實仙哇哇大叫，都給她打中了一記耳光。令狐冲大喜，低聲道：「六月債，還得快，我也來剃光她的頭。」手按劍柄，只待桃谷六仙不敵，便躍出報仇。

但聽得啪啪之聲密如聯珠，六兄弟人人給她打了好幾下耳光。桃谷六仙怒不可遏，只盼抓住她手足，將她撕成四塊。但這婆婆行動快極，如鬼如魅，幾次似乎一定抓住了，卻總差著數寸，給她避開，順手又是幾記耳光。但那婆婆也瞧出六人厲害，只怕使勁稍過，打中一二人後，便給餘人抓住。又鬥一陣，那婆婆知難以取勝，展開雙掌，噼噼啪啪打了四人四記耳光，突然向後躍出，轉身便奔。她奔馳如電，一剎那間已在數丈之外，桃谷六仙齊聲大呼，再也追趕不上。

令狐冲橫劍而出，喝道：「往那裏逃？」白光閃動，挺劍指向她咽喉。這一劍直攻要害，那婆婆吃了一驚，忙縮頭躲過，令狐冲斜劍刺她右肩，那婆婆無可閃避，只得向後急退兩步。令狐冲挺劍逼得她又退了一步。他長劍在手，那婆婆如何是他之敵？唰唰唰三劍，迫得她連退五步，若要取她性命，這婆婆早一命嗚呼了。

桃谷六仙歡呼聲中，令狐冲長劍劍尖已指住她胸口。桃根仙等四人一撲而上，抓住了她四肢，提將起來，令狐冲喝道：「別傷她性命！」桃花仙提掌往她臉上打去。令狐冲喝道：「將她吊起來再說。」桃根仙道：「是，拿繩來，拿繩來。」

但六人身邊均無繩索，荒野之間更無找繩索處，桃花仙和桃幹仙四頭尋覓。突然間手中一鬆，那婆婆一掙而脫，在地下一滾，衝了出去，正想奔跑，突覺背上微微刺痛，令狐冲笑道：「站著罷！」長劍劍尖輕戳她後心肌膚。那婆婆駭然變色，只得站著不動。

桃谷六仙奔將上來，六指齊出，分點了那婆婆肩脅手足的六處穴道。桃幹仙摸著給那婆婆打得腫起了的面頰，伸手便欲打還她耳光。令狐冲心想看在儀琳的面上，不應讓她受毆，說道：「且慢，咱們將她吊了起來再說。」桃谷六仙聽得要將她高高吊起，大爲歡喜，當下便去剝樹皮搓繩。

令狐冲問起六人和她相鬥的情由。桃枝仙道：「咱六兄弟正在這裏大便，便得興高采烈之際，忽然這婆娘狂奔而來，問道：『喂，你們見到一個小尼姑沒有？』她說話好生無禮，又打斷了咱們大便的興致……」盈盈聽他說得骯髒，皺了眉頭，走了開去。

令狐冲笑道：「是啊，這婆娘最不通人情世故。」桃葉仙道：「咱們自然不理她，叫她滾開。這婆娘出手便打人，大夥兒就這樣打了起來。本來我們自然一打便贏，只不過屁股上大便還沒抹乾淨，打起來臭哄哄的不大方便。令狐兄弟，若不是你及時趕到，差些兒還讓她給逃了去。」桃花仙道：「那倒未必，咱們讓她先逃幾步，然後追上，教她空歡喜一場。」桃實仙道：「桃谷六仙手下，不逃無名之將，那定是會捉回來的。」桃根仙道：「這是貓捉老鼠之法，放牠逃幾步，再撲上去捉回來。」令狐冲笑道：「一貓捉六鼠尚且捉到了，何況六貓捉一鼠，自是手到擒來。」桃谷六仙聽得令狐冲附和其說，盡皆大喜。說話之間，已用樹皮搓成了繩索，將那婆娘手足反縛了，吊上一株高樹。

令狐冲提起長劍，在那樹上一掠而下，削下七八尺長的一片，提劍在樹幹上劃了七個大字：「天下第一醋罈子」。桃根仙問道：「令狐兄弟，這婆娘爲甚麼是天下第一醋罈子，她喝醋的本領十分了得麼？我偏不信，咱們放她下來，我就來跟她比劃比劃！」令狐冲笑道：「醋罈子是罵人的話。桃谷六仙英雄無敵，義薄雲天，文才武略，衆望所歸，方證大師自愧不如，左冷禪甘拜下風，豈是這惡婆娘所能望其項背？那也不用比劃了。」桃谷六仙咧開了嘴合不攏來，都說：「對，對，對！」

令狐冲問道：「你們到底見到儀琳師妹沒有？」桃枝仙道：「你問的是恆山派那個美貌小尼姑嗎？小尼姑沒見到，大和尚倒見到兩個。」桃幹仙道：「一個是小尼姑的爸爸，一個是小尼姑的徒弟。」令狐冲問道：「在那裏？」桃葉仙道：「這二人過去了約莫一個時辰，本來約我們到前面鎮上喝酒。我們說大便完了就去，那知這惡婆娘前來纏夾不清。」

令狐冲心念一動，道：「好，你們慢慢來，我先去鎮上。你們六位大英雄，不打被縛之將，要是去打這惡婆娘的耳光，有損六位大英雄的名頭。」桃谷六仙齊聲稱是。令狐冲當即和盈盈快步而行。

盈盈笑道：「你沒剃光她頭髮，總算是瞧在儀琳小師妹份上，報仇只報三分。」

行出十餘里後，到了一處大鎮甸上，尋到第二家酒樓，便見不戒和尚與田伯光二人據案而坐。二人一見令狐冲和盈盈，「啊」的一聲，跳將起來，不勝之喜。不戒忙叫添酒添菜。令狐冲問起見到有何異狀。田伯光道：「我在恆山出了這麼一個大醜，沒臉再躭下去，求著太師父急急離開。那通元谷是再也不能去了。」

令狐冲心想，原來他們尚不知恆山派弟子被擄之事，向不戒和尚道：「大師，我拜託你辦一件事，行不行？」不戒道：「行啊，有甚麼不行？」令狐冲道：「不過此事十分機密，你這位徒孫可不能參與其事。」不戒道：「那還不容易？我叫他走得遠遠地，別來礙老子的事就是了。」

令狐冲道：「此去向東南十餘里處，一株高樹之上，有人給綁了起來，高高吊起……」不戒「啊」的一聲，神色古怪，身子微微發抖。令狐冲道：「那人是我朋友，請你勞駕去救他一救。」不戒道：「那還不容易？你自己卻怎地不救？」令狐冲道：「不瞞你說，這是個女子。」他向盈盈努努嘴，道：「我和任大小姐在一起，多有不便。」不戒哈哈大笑，道：「我明白了，你是怕任大小姐喝醋。」盈盈向他二人瞪了一眼。

令狐冲一笑，說道：「那女人的醋勁兒才大著呢，當年她丈夫向一位夫人瞧了一眼，讚了一句，說那夫人美貌，那女人就此不告而別，累得她丈夫天涯海角，找了她十幾年。」不戒越聽眼睛睜得越大，連聲道：「這……這……這……」喘息聲越來越響。令狐冲道：「聽說她丈夫找到這時候，還是沒找到。」

正說到這裏，桃谷六仙嘻嘻哈哈的走上樓來。不戒恍若不見，雙手緊緊抓住令狐冲的手臂，道：「當……當眞？」令狐冲道：「她跟我說，她丈夫倘若找到了她，便跪在面前，她也不肯回心轉意。因此你一放下她，她立刻就跑。這女子身法快極，你一眨眼，她就溜得不見了。」不戒道：「我決不眨眼，決不眨眼。」令狐冲道：「我又問她，爲甚麼不肯跟丈夫相會。她說她丈夫是天下第一負心薄倖、好色無厭之徒，就再相見，也是枉然。」

不戒大叫一聲，轉身欲奔，令狐冲一把拉住，在他耳邊低聲道：「我教你個秘訣，她就逃不了啦。」不戒又驚又喜，呆了一呆，突然雙膝跪地，咚咚咚咚磕了三個響頭，大聲道：「令狐兄弟，不，不，令狐掌門，令狐爺爺，令狐祖宗，令狐師父，你快教我這秘訣，我拜你爲師。」

令狐冲忍笑道：「不敢，不敢，快快請起。」拉了他起來，在他耳邊低聲道：「你從樹上放她下來，可別鬆她綁縛，更不可解她穴道，抱她到客店之中，住一間店房。你倒想想，一個婦道人家，怎麼樣才不會逃出店房？」不戒伸手搔頭，躊躇道：「這個……這個可不大明白。」令狐冲低聲道：「你先剝光她衣衫，把衣衫放得遠遠地，再解她穴道，她赤身露體，怎敢逃出店去？」不戒大喜，叫道：「好計，好計！令狐師父，你大恩大德……」不等話說完，呼的一聲，從窗子中跳落街心，飛奔而去。

桃根仙道：「咦，這和尚好奇怪，他幹甚麼去了？」桃枝仙道：「他定是尿急。」桃葉仙道：「那他爲甚麼要向令狐兄弟磕頭，大叫師父？難道年紀這麼大了，拉尿也要人教？」桃花仙道：「拉尿跟年紀大小有甚干係？莫非三歲小兒拉尿，便要人教？」

盈盈知道這六人再說下去多半沒好話，向令狐冲一使眼色，走下樓去。

令狐冲道：「六位桃兄，素聞六位酒量如海，天下無敵，你們慢慢喝，兄弟量淺，少陪了。」桃谷六仙聽他稱讚自己酒量，大喜之下，均想若不喝上幾罈，未免有負雅望，大叫：「先拿六罈酒來！」「你酒量跟我們自然差得遠了。」「你們先走罷，等我們喝夠，只怕要等到明天這個時候。」

令狐冲只一句話，便擺脫了六人的糾纏，走到酒樓下。盈盈抿嘴笑道：「你撮合人家夫妻，功德無量，只不過教他的法兒，未免……未免……」說著臉上一紅，轉過了頭。令狐冲笑嘻嘻的瞧著她，只不作聲。

兩人步出鎭外，走了一段路，令狐冲只是微笑，不住瞧她。盈盈嗔道：「瞧甚麼？沒見過麼？」令狐冲笑道：「我是在想，那惡婆娘將我吊在樑上，咱們一報還一報，將她吊在樹上。她剃光我頭髮，我叫她丈夫剝光她衣衫，那也是一報還一報。」盈盈嗤的一笑，道：「你小心著，下次再給那惡婆娘見到，你可有得苦頭吃了。」令狐冲笑道：「我助她夫妻團圓，她多謝我還來不及呢。」說著又向盈盈瞧了幾眼，笑了一笑，神色古怪。盈盈道：「又笑甚麼了？」令狐冲道：「我在想不戒大師夫妻重逢，不知說甚麼話。」盈盈道：「那你怎地老是瞧著我？」忽然之間，明白了令狐冲的用意，這浪子在想不戒大師在客店之中，脫光了他妻子衣衫，他心中想的是此事，卻眼睜睜的瞧著自己，用心之不堪，可想而知，霎時間紅暈滿頰，揮手便打。

令狐冲側身一避，笑道：「女人打老公，便是惡婆娘！」

正在此時，忽聽得遠處噓溜溜的一聲輕響，盈盈認得是本教教眾傳訊的哨聲，左手食指豎起，按在唇上，右手做個手勢，便向哨聲來處奔去。

兩人奔出數十丈，只見一名女子正自西向東快步而來。當地地勢空曠，無處可避。那人見了盈盈，一怔之下，忙上前行禮，說道：「神教教下天風堂香主桑三娘，拜見聖姑。教主千秋萬載，一統江湖。」盈盈點了點頭，接著東首走出一個矮胖老者，快步走近，也向盈盈躬身行禮，說道：「王誠參見聖姑，教主中興聖教，澤被蒼生。」

盈盈道：「王長老，你也在這裏。」王誠道：「是！小人奉教主之命，在這一帶打探消息。桑香主，可探聽到甚麼訊息？」桑三娘道：「啓稟聖姑、王長老：今天一早，屬下在臨風驛見到嵩山派的六七十人，一齊前赴華山。」王誠道：「他們果然是去華山！」盈盈問道：「嵩山派人衆，去華山幹甚麼？」王誠道：「教主他老人家得到訊息，華山派岳不羣做了五嶽派掌門之後，便欲不利於我神教，日來召集五嶽派各派門人弟子，前赴華山。看他用意，似要向我黑木崖大舉進襲。」

盈盈道：「有這等事？」心想：「這王誠老奸巨猾，擒拿恆山門人之事，多半便是他奉了爹爹之命，在此主持。他卻推得乾乾淨淨。只是那桑三娘的話，似非捏造，看來中間另有別情。」說道：「令狐公子是恆山掌門，怎地他不知此事，那可有些奇了。」

王誠道：「屬下查得泰山、衡山兩派的門人，已陸續前往華山，只恆山派未有動靜。向左使昨天傳來號令，說道鮑大楚長老率同下屬，已進恆山別院查察動靜，命屬下就近與之連絡。屬下正在等候鮑長老的訊息。」

盈盈和令狐冲對望一眼，均想：「鮑大楚混入恆山別院多半屬實。這王誠卻並未隱瞞，難道他向我們吐露的是實情？」

王誠向令狐冲躬身行禮，說道：「小人奉命行事，請令狐掌門恕罪則個。」令狐冲抱拳還禮，說道：「我和任大小姐，不日便要成婚……」盈盈滿面通紅，「啊」的一聲，卻也不否認。令狐冲續道：「王長老是奉我岳父之命，我們做小輩的自當擔代。」王誠和桑三娘滿面堆歡，笑道：「恭喜二位。」盈盈轉身走開。王誠道：「向左使一再叮囑鮑長老和在下，不可對恆山門人無禮，只能打探訊息，決計不得動粗，屬下自當凜遵。」

突然他身後有個女子聲音笑道：「令狐公子劍法天下無雙，向左使叫你們不可動武，那是爲你們好。」令狐冲一抬頭，只見樹叢中走出一個女子，正是五毒教教主藍鳳凰，笑道：「小妹子，你好。」藍鳳凰向令狐冲道：「大哥，你也好。」轉頭向王誠道：「你向我拱手便拱手，卻爲甚麼要皺起了眉頭？」

王誠道：「不敢。」他知道這女子周身毒物，極不好惹，搶前幾步向盈盈道：「此間如何行事，請聖姑示下。」盈盈道：「你們照著教主令旨辦理便了。」王誠躬身道：「是。」與桑三娘二人向盈盈等三人行禮道別。

藍鳳凰待他二人去遠，說道：「恆山派的尼姑們都給人拿去了，你們還不去救？」令狐冲道：「我們正從恆山追趕而來，一路上卻沒見到蹤跡。」藍鳳凰道：「這不是去華山的路，你們走錯了路啦。」令狐冲道：「去華山？她們是給擒去了華山？你瞧見了？」

藍鳳凰道：「昨兒早在恆山別院，我喝到茶水有些古怪，也不說破，見別人紛紛倒下，也就假裝給迷藥迷倒。」令狐冲笑道：「向五仙教藍教主使迷藥，那不是自討苦吃嗎？」藍鳳凰嫣然一笑，道：「這些王八蛋當眞不識好歹。」令狐冲道：「你不還敬他們幾口毒藥？」藍鳳凰道：「那還有客氣的？有兩個王八蛋還道我眞的暈倒了，過來想動手動腳，當場便給我毒死了。餘人嚇得再也不敢過來，說道我就算死了，也是周身劇毒。」說著格格而笑。

令狐冲道：「後來怎樣？」藍鳳凰道：「我想瞧他們搗甚麼鬼，就一直假裝昏迷不醒。後來這批王八蛋從見性峯上擄了許多小尼姑下來，領頭的卻是你的師父岳先生。大哥，我瞧你這個師父很不成樣子，你是恆山派掌門，他卻率領手下，將你的徒子徒孫、老尼姑小尼姑，一古腦兒都捉了去，豈不是存心拆你的台？」

令狐冲默然。藍鳳凰道：「我瞧著氣不過，當場便想毒死了他。後來想想，不知你意下如何，眞要毒死他，也不忙在一時。」令狐冲道：「你顧著我的情面，可多謝你啦。」藍鳳凰道：「那也沒甚麼。我聽他們說，乘著你不在恆山，快快動身，免得給你回山時撞到。又有人說，這次不巧得很，你不在山上，否則一起捉了去，豈不少了後患？哼哼！」令狐冲道：「有你小妹子在場，他們想要拿我，可沒這麼容易。」

藍鳳凰甚是得意，笑道：「那是他們運氣好，倘若他們膽敢動你一根寒毛，我少說也毒死他們一百人。」轉頭向盈盈道：「任大小姐，你別喝醋。我只當他親兄弟一般。」盈盈臉上一紅，微笑道：「令狐公子也常向我提到你，說你待他眞好。」藍鳳凰大喜，道：「那好極啦！我還怕他在你面前不敢提我名字呢。」

盈盈問道：「你假裝昏迷，怎地又走了出來？」藍鳳凰道：「他們怕我身上有毒，都不敢來碰我。有人說不如一刀將我殺了，又說放暗器射我幾下，可是口中說得起勁，誰也不敢動手，一窩蜂的便走了。我跟了他們一程，見他們確是去華山，便出來到處找尋大哥，要告知你們這訊息。」令狐冲道：「這可眞多謝你啦，否則我們趕去黑木崖，撲了個空，待得回頭再找，那些老尼姑、小尼姑、不老不小的中尼姑，可都已經吃了大虧啦。事不宜遲，咱們便去華山。」

三人當下折而向西，兼程急趕，但一路之上竟沒見到半點線索。令狐冲和盈盈都心下嘀咕，均想：「一行數百之衆，一路行來，定然有人瞧見，飯鋪客店之中，也必留下形跡，難道他們走的不是這條路？」

第三日上，在一家小飯鋪中見到了四名衡山派門人。令狐冲等這時已改了裝扮，這四人並未認出。令狐冲等暗中跟著細聽他們說話，果然是去華山的。瞧他們興高采烈的模樣，倒似山上有大批金銀珍寶，等候他們去拾取一般。聽其中一人道：「幸好黃師兄夠交情，傳來訊息，又虧得咱們在山西，就近趕去，只怕還來得及。衡山老家那些師兄弟們，這次可錯過良機了。」另一人道：「咱們還是越早趕到越好。這種事情時時刻刻都有變化。」

令狐冲想要知道他們這麼性急趕去華山，到底有何圖謀，但這四人始終一句也不提及。藍鳳凰問道：「要不要將他們毒倒了，拷問一番？」令狐冲想起衡山掌門莫大先生待自己甚厚，不便欺侮他的門人，說道：「咱們儘快趕上華山，一看便知，卻不須打草驚蛇。」

數日後三人到了華山腳下，已是黃昏。令狐冲自幼在華山長大，於周遭地勢自是極熟，說道：「咱們從後山小徑上山，不會遇到人。」華山之險，五嶽中爲最，後山小徑更是陡極的峻壁，一大半竟無道路可行。好在三人都武功高強，險峯峭壁，一般的攀援而上，饒是如此，到得華山絕頂卻也是四更時分了。

令狐冲帶著二人逕往正氣堂，只見黑沉沉一片，並無燈火，伏在窗下傾聽，亦無聲息，再到羣弟子居住之處查看，屋中竟似無人。令狐冲推窗進去，晃火摺一看，房中空盪盪地，桌上地下都積了灰塵，連查數房都是如此，顯然華山羣弟子並未回山。

藍鳳凰大不是味兒，說道：「難道上了那些王八蛋的當？他們說是要來華山，卻去了別處？」令狐冲驚疑不定，想起那日攻入少林寺，也撲了個空，其後卻迭遇凶險，難道岳不羣這番又施故智？但此刻己方只有三人，縱然被圍，脫身也是極易，就怕他們將恆山弟子囚在極隱僻之處，這幾日一耽擱，再也找不到了。

三人凝神傾聽，唯聞松濤之聲，滿山靜得出奇。藍鳳凰道：「咱們分頭找找，一個時辰之後，再在這裏相會。」令狐冲道：「好！」他想藍鳳凰使毒本事高明之極，沒人能傷害得了她，但還是叮囑一句：「旁人你也不怕，但若遇到我師父，他出劍奇快，須得小心！」藍鳳凰見他說得懇切，昏黃燈火之下，情致殷殷，關心之意見於顏色，不由得心中感動，道：「大哥，我理會得。」推門而出。

令狐冲帶著盈盈，又到各處去查察一遍，連天琴峽岳不羣夫婦的居室也查到了，始終不見一人。令狐冲道：「這事當眞蹊蹺，往日我們華山派師徒全體下山，這裏也總留下看門掃地之人，怎地此刻山上一人也無？」

最後來到岳靈珊的居室。那屋子便在天琴峽之側，和岳不羣夫婦的住所相隔不遠。令狐冲來到門前，想起昔時常到這裏來接小師妹出外遊玩，或同去打拳練劍，今日卻再也無可得見了，不禁熱淚盈眶。他伸手推了推門，板門閂著，一時猶豫不定。盈盈從窗子中躍進，拔下門閂，將門開了。

兩人走進室內，點亮桌上蠟燭，只見床上、桌上都積滿了灰塵，房中四壁蕭然，連女兒家梳妝鏡奩之物也無。令狐冲心想：「小師妹與林師弟成婚後，自是另有新房，不再在這裏住，日常用物都帶過去了。」隨手拉開抽屜，見都是些小竹籠、石彈子、布玩偶、小木馬等等玩物，每一樣物事，不是令狐冲給她做的，便是當年兩人一起玩過的，難爲她盡數整整齊齊的收在這裏。令狐冲心頭一痛，再也忍耐不住，淚水撲簌簌的直掉下來。

盈盈悄沒聲的走到室外，慢慢帶上了房門。

令狐冲在岳靈珊室中留戀良久，終於狠起心腸，吹滅燭火，走出屋來。

盈盈道：「冲哥，這華山之上，有一處地方和你大有干係，你帶我去瞧瞧。」令狐冲道：「嗯，你說的是思過崖。好，咱們去看看。」微微出神，說道：「卻不知風太師叔是不是仍在那邊？」當下在前帶路，逕赴思過崖。這地方令狐冲走得熟了，雖路程不近，但兩人走得甚快，不多時便到了。

上得崖來，令狐冲道：「我在這山洞……」忽聽得錚錚兩響，洞中傳出兵刃相交之聲。兩人都吃了一驚，快步奔近，跟著聽得有人大叫一聲，顯是受了傷。令狐冲拔出長劍，當先搶過，只見原先封住的後洞洞口已然打開，透出火光。

令狐冲和盈盈縱身走進後洞，不由得心中打了個突，但見洞中點著數十根火把，少說也有二百來人，都在凝神觀看石壁上所刻劍招和武功家數。人人專心致志，竟沒半點聲息。令狐冲和盈盈聽得慘呼之時，料想進洞之後，眼前若非漆黑一團，那麼定是血肉橫飛的慘烈搏鬥，豈知洞內火把照映如同白晝，竟站滿了人。後洞地勢頗寬，雖站著二百餘人，仍不見擠迫，但這許多人鴉雀無聲，有如僵斃了一般，陡然見到這等詭異情景，不免大吃一驚。

盈盈身子微向右靠，右肩和令狐冲左肩相並。令狐冲轉過頭來，見她臉色雪白，眼中略有懼意，便伸出左手，輕輕摟住她腰。只見這些人衣飾各別，一凝神間，便瞧出是嵩山、泰山、衡山三派的門人弟子。其中有些是頭髮花白的中年人，也有白鬚蒼蒼的老者，顯然這三派中許多名宿前輩也已在場，華山和恆山兩派的門人卻不見在內。

三派人士分別聚觀，各不混雜，嵩山派人士在觀看壁上嵩山派的劍招，泰山與衡山兩派均分別觀看己派的劍招。令狐冲登時想起，道上遇到那四名衡山弟子，說道得到訊息趕來華山，當眞運氣極好，原來是得悉華山後洞石壁刻有衡山派精妙劍招，得有機會觀看。一凝神間，只見衡山派人羣中一人白髮蕭然，呆呆的望著石壁，正是莫大先生，令狐冲一時拿不定主意，是否要上前拜見。

忽聽得嵩山派人羣中有人厲聲喝道：「你不是嵩山弟子，幹麼來瞧這圖形？」說話的是個身穿土黃衫子的老者，他向著一個身材魁梧的中年人怒目而視，手中長劍斜指其胸。那中年人笑道：「我幾時瞧這圖形了？」嵩山派那老者道：「你還想賴？你是甚麼門派的？你要偷學嵩山劍法那也罷了，幹麼細看那些破我嵩山劍法的招數？」他這麼一呼喝，登時便有四五名嵩山門人轉過身來，圍在那中年人四周，露刃相向。

那中年人道：「我於貴派劍法一竅不通，看了這些破法，又有何用？」嵩山派那老者道：「你細看對付嵩山派劍法的招數，便不懷好意。」那中年人手按劍柄，說道：「五嶽派掌門岳先生盛情高誼，邀我們來觀摩石壁劍法，可沒限定那些招數准看，那些不准看。」嵩山派那老者道：「你想不利我嵩山派，便容你不得。」那中年人道：「五派歸一，此刻只有五嶽派，那裏更有嵩山派？若不是五派歸一，岳先生也不會容許閣下在華山石洞之中觀看劍法。」

此言一出，那老者登時語塞。一名嵩山弟子伸手在那中年人肩後推去，喝道：「你倒嘴利得很。」那中年人反手勾住他手腕甩出，那嵩山弟子一個踉蹌跌開。

便在此時，泰山派中忽然有人大聲喝道：「你是誰？穿了我泰山派的服飾，混在這裏偷看泰山劍法。」只見一名身穿泰山派服飾的少年急奔向外。洞門邊閃出一人，喝道：「站住了，甚麼人在此搗亂？」那少年挺劍刺出，跟著疾衝而前。攔門者左手伸出，抓他眼珠。那少年急退一步。攔門者右手如風，又揷向他眼珠，那少年長劍在外，難以招架，只得又退了一步。攔門者右腿橫掃，那少年縱起閃避，砰的一聲，胸口已然中掌，仰天摔倒，後面奔上兩名泰山派弟子，將他擒住。

那時嵩山派中已有四名門人圍住了那中年人，長劍霍霍急攻。那中年人出手凌厲，但劍法不屬五嶽劍派，幾名旁觀的嵩山弟子叫了起來：「這傢伙不是五嶽劍派的，是混進來的奸細。」兩起打鬥一生，寂靜的山洞之中立時大亂。

令狐冲心想：「我師父招呼這些人來此，未必有甚麼善意。我去告知莫師伯，請他率領門人退出。那些衡山派劍招，出洞之後讓我告知他便了。」輕聲對盈盈說了，便挨著石壁，在陰影中向莫大先生走去。只走出數丈，忽聽得轟隆隆一聲大響，猶如山崩地裂一般。

眾人驚呼聲中，令狐冲急忙轉身，只見洞口泥沙紛落，他顧不得去找莫大先生，急欲奔向盈盈，但眾人亂走狂竄，刀劍急舞，洞中塵土飛揚，瞧不見盈盈身在何處。他從人叢中擠了過去，閃身避開幾次橫裏砍來的刀劍，搶到洞口，不由得叫一聲苦，只見一塊數萬斤重的大石掉在洞口，已將洞門牢牢堵死，倉皇一瞥之下，似無出入的孔隙。

他大叫：「盈盈，盈盈！」似乎聽得盈盈在遠處答應了一聲，卻好像是在山洞深處，但二百餘人大叫大嚷，沒法聽清，心想：「盈盈怎地反而到了裏面？」一轉念間，立時省悟：「是了，大石掉下之時，盈盈站在洞口，她不肯自己逃命，只掛念著我。我衝向山洞口去找她，她卻衝進洞來找我。」轉身又回進洞來。

洞中原有數十根火把，當大石掉下之時，眾人一亂，有的隨手將火把丟開，有的失手落地，已熄滅了大半，滿洞塵土，望出去惟見黃濛濛一片。只聽眾人駭聲驚叫：「洞口給堵死了！洞口給堵死了！」又有人怒叫：「是岳不羣這奸賊的陰謀！」另有人道：「正是，這奸賊騙咱們來看他媽的劍法……」

數十人同時伸手去推大石。這大石便如一座小山相似，雖數十人一齊使力，卻那裏推得動分毫？又有人叫道：「快，快從地道中出去。」早有人想到此節，二十餘人你推我擁，擠在地道口邊。那地道是當年魔教的大力神魔以巨斧所開，只容一人進入，二十餘人擠在一起，如何走得進去？這一亂，火把又熄滅了十餘根。

人羣中兩名大漢用力擠開旁人，衝向地道口，並肩而前。地道口甚窄，兩人砰的一撞，誰也沒法進去。右首那人左手揮處，左首大漢一聲慘呼，胸口已爲一柄匕首插入，右首的大漢順手將他推開，便鑽入了地道。餘人你推我擠，都想跟入。

令狐冲不見盈盈，心下惶急，又想：「魔教十長老個個武功奇高，卻中了暗算，葬身於此。我和盈盈今日不知能否得脫此難？這件事倘若眞是我師父安排的，他才智過人，那可凶險得緊。」

眼見衆人在地道口推擁撕打，驚怖焦躁之下，忽動殺機：「這些傢伙礙手礙腳，須得將他們一個個都殺了，我和盈盈方得從容脫身。」挺起長劍，便欲揮劍殺人，只見一個少年蹲在地下，雙手亂抓頭髮，全身發抖，臉如土色，顯是害怕之極，令狐冲頓生憐憫，尋思：「我和他是同遭暗算的難友，該當同舟共濟才是，怎可殺他洩憤？」長劍本已提起，當下又斜斜的橫在胸前。

只聽得地道口二十餘人縱聲大叫：「快進去！」「怎麼不動了？」「爬不進去嗎？」「拖他出來！」那爬進地道的大漢雙足在外，似乎裏面也是此路不通，可是卻也不肯退出。兩個人俯身分執那大漢雙足，用力向外拉扯。突然間數十人齊聲驚呼，拉出來的竟是一具無頭屍體，頸口鮮血直冒，這大漢的首級竟在地道內給人割去了。

便在此時，令狐冲見到山洞角落中有一個人坐在地下，昏暗火光下依稀便是盈盈，他大喜之下，奔將過去，只跨出兩步，七八人急衝過來，阻住了去路。這時洞中已然亂極，諸人都如失卻了理性，沒頭蒼蠅般瞎竄，有的揮劍狂砍，有的搥胸大叫，有的相互扭打，有的在地下爬來爬去。

令狐冲擠出了幾步，雙足突然給人牢牢抱住。他伸手在那人頭上猛擊一拳，那人大聲慘叫，卻死不放手。令狐冲喝道：「你再不放手，我殺你了。」突然間小腿上一痛，竟給那人張口咬住。令狐冲又驚又怒，眼見衆人皆如瘋了一般，山洞中火把越來越少，只有兩根尚自點燃，卻已掉在地下，沒人執拾。他大聲叫道：「拾起火把，拾起火把。」一名胖大道人哈哈大笑，抬起腳來，踏熄了一根火把。令狐冲提起長劍，將咬住他小腿那人攔腰斬斷，突然間眼前一黑，甚麼也看不見了，原來最後一枝火把也已熄滅。

火把一熄，洞中諸人霎時間鴉雀無聲，均爲這突如其來的變故嚇得手足無措，但只過得片刻，狂呼叫罵之聲又即大作。

令狐冲心道：「今日局面已有死無生，天幸是和盈盈死在一起。」念及此節，心下不懼反喜，對準了盈盈的所在，摸將過去。走出數步，斜刺裏忽有人奔將過來，猛力和他一撞。這人內力既高，這一撞之勢又十分凌厲。令狐冲給他撞得跌出兩步，轉了半個圈子，急忙轉身，又向盈盈所坐處慢慢走去，耳中所聞，盡是呼喝哭叫，數十柄刀劍揮舞碰撞。

衆人身處黑暗，心情惶急，大都已如半瘋，人人危懼，便均舞動兵刃，以求自保。

有些老成持重或定力極高之人，原可鎮靜應變，但旁人兵刃亂揮，山洞中擠了這許多人，黑暗中又無可閃避，除了也舞動兵刃護身之外，更無他法。但聽得兵刃碰撞、慘呼大叫之聲不絕，跟著有人呻吟咒罵，自是發自傷者之口。

令狐冲耳聽得身周都是兵刃劈風之聲，他劍法再高，也無法可施，每一瞬間都會讓不知從那裏砍來的刀劍所傷。他心念一動，立即揮動長劍，護住上盤，一步一步的挨向洞壁，只要碰到了石壁，靠壁而行，便可避去不少危險，適才見到似是盈盈的那人倚壁而坐，這般摸將過去，當可和她會合。從他站立處走向石壁相距雖只數丈，可是刀如林，劍如雨，當眞是寸寸凶險，步步驚魂。

令狐冲心想：「要是死在一位武林高手手下，倒也心甘。現下情勢，卻是隨時隨刻都會莫名其妙的嗚呼哀哉，殺死我的，說不定只是個會些粗淺武功的笨蛋。縱然獨孤大俠復生，遇上這等情景，只怕也一籌莫展了。」一想到獨孤求敗，心中陡地一亮：「是了，今日的局面，不是我給人莫名其妙的殺死，便是我將人莫名其妙的殺死。多殺一人，我給人殺死的機會便少了一分。」長劍抖動，使出「獨孤九劍」中的「破箭式」，向前後左右點出。劍式一使開，便聽得身周幾人慘叫倒地，跟著感到長劍又刺入一人身子，忽聽得「啊」的一聲輕呼，是個女子聲音。

令狐冲大吃一驚，手一軟，長劍險些跌出，心中怦怦亂跳：「莫非是盈盈，難道我殺了盈盈！」縱聲大叫：「盈盈，盈盈，是你嗎？」

可是那女子再無半點聲息。本來盈盈的聲音他聽得極熟，這聲輕呼是不是她所發，本來極易分辨，但山洞中雜聲齊作，這女子這一聲呼叫又是甚輕，他關心過切，腦子亂了，只覺似乎是盈盈，又似乎不是她。他再叫了幾聲，仍不聞答應，俯身去摸地下，突然間飛來一腳，重重踢中了他臀部。令狐冲向前直飛，身在半空之時，左腿上一痛，給人打了一鞭。

他伸出左手，曲臂護頭，砰的一聲，手臂連頭一齊撞上山壁，落了下來，只覺頭上、臂上、腿上、臀上，無處不痛，全身骨節似欲散開一般。他定了定神，又叫了兩聲「盈盈」，自己聽得聲音嘶啞，好似哭泣一般。他心下氣苦，大叫：「我殺了盈盈，我殺了盈盈！」揮動長劍，上前連殺數人。

喧鬧聲中，忽聽得錚錚兩聲響，正是瑤琴之音。這兩聲琴音雖輕，但聽在令狐冲耳裏，直如霹靂一般驚心動魄。他狂喜之下，大叫：「盈盈，盈盈！」登時便欲向琴音奔去，但隨即想到，琴音來處相距甚遠，這十餘丈路走將過去，比之在江湖上行走十萬里還凶險百倍，要走完這十幾丈路而居然能得不死，委實難上加難。這琴音當然發自盈盈，她既健在，自己可不能貿然送死，如兩人不能手挽手的齊死，在九泉之下將飲恨無窮了。

他退回兩步，背脊靠住石壁，心想：「這所在安全得多。」忽覺風聲勁急，有人揮舞兵刃，疾衝過來。令狐冲挺劍刺出，但長劍甫動，立知不妥。「獨孤九劍」的要旨，在於一眼見到對方招式中的破綻，便即乘虛而入，後發先至，一招制勝，但在這漆黑一團的山洞之中，連敵人也見不到，何況他的招式，更何況他招式中的破綻？處此情景，「獨孤九劍」便全無用處。令狐冲長劍只遞出一尺，急忙向左閃避，只聽得喀喇聲響，跟著砰的一聲，又是「啊」的一聲慘叫，推想起來，定是那人的兵刃先撞上了石壁，折斷的兵刃卻刺入了他身子。

令狐冲耳聽得那人更無聲息，料想已死，尋思：「在黑暗之中，我劍術雖高，亦與庸手無異，只好暫且忍耐，俟機再和盈盈相聚。」但聽得兵刃舞動聲和呼喊聲已弱了不少，自是在這片刻間已有多人傷亡。他長劍急速在身前揮動，組成一道劍網，以防突然有人攻至。瑤琴聲時斷時續，然只是一個個單音，不成曲調，令狐冲又躭心起來：「莫非盈盈受了傷？又不然彈琴的並不是她？但如不是她，別人又怎會有琴？」

過得良久，呼喝聲漸止，地下有不少人在呻吟咒罵，偶爾有兵刃相交吆喝之聲，均是發自山洞靠壁之處。令狐冲心道：「剩下來沒死的，都已靠壁而立。這些人必是武功較高、心思較細的好手。」他忍不住叫道：「盈盈，你在那裏？」對面琴聲錚錚數響，似是回答。

令狐冲飛身而前，左足落地時只覺足底一軟，踏在一人身上，跟著風聲勁急，地下一柄兵刃撩將上來，總算他內力奇厚，雖見不到對方兵刃來勢，卻也能及時察覺，左足使勁，倒躍退回石壁，尋思：「地下躺滿了人，有的受傷未死，可走不過去。」

但聽得風聲呼呼，都是背靠石壁之人在舞動兵刃護身，這一刻時光中，又有幾人或死或傷。忽聽得一個蒼老的聲音說道：「衆位朋友，咱們中了岳不羣的奸計，身陷絕地，該當同心協力，以求脫險，不可亂揮兵器，自相殘殺。」許多人齊聲應道：「正是，正是！」令狐沖聽這聲音，似有六七十人。這些人都已身靠石壁，站立不動，一來本就較爲鎭靜，二來一時暫無性命之憂，便能冷靜下來想上一想。

那老者道：「貧道是泰山派玉鐘子，請各位收起刀劍。大夥兒便在黑暗之中撞到別人，也決不可出手傷人。衆位朋友，能答應嗎？」衆人轟然說道：「正該如此。」便聽得兵刃揮舞之聲停了下來。有幾人還在舞動刀劍的，隔了一會，也都先後住手。

玉鐘子道：「再請大家發個毒誓。如在山洞中出手傷人，那便葬身於此，再也不能重見天日。貧道泰山玉鐘子，先立此誓。」餘人都立了誓，均想：「這位玉鐘子道長極有見識。大夥同心協力，或者尚能脫險，否則像適才這般亂砍亂殺，非同歸於盡不可。」玉鐘子道：「很好！請各位自報姓名。」當下便有人道：「在下衡山派某某。」「在下泰山派某某。」「在下嵩山派某某。」卻沒聽到莫大先生報名說話。

衆人說了後，令狐沖道：「在下恆山派令狐沖。」羣豪「哦」的一聲，都道：「恆山掌門令狐大俠在此，那好極了。」言語中都大有欣慰之意。令狐冲心想：「我是糟極了，有甚麼好極了？」他自然明白，羣豪知他武功高強，有他在一起，便多了幾分脫險之望。

玉鐘子道：「請問令狐掌門，貴派何以只掌門孤身一人來？」這人老謀深算，疑他暗中意欲不利於衆人。令狐冲出身於華山，是岳不羣的首徒，此事天下皆知，困身於這山洞絕地的，華山與恆山兩派數百弟子中，只有他一人，未免惹人生疑。

令狐冲道：「在下另有一個同伴……」忍不住又叫：「盈……」只叫得一個「盈」字，立即想起：「盈盈是日月教教主的獨生愛女，正邪雙方，自來勢同水火，不可在這事上另生枝節。」當即住口。

玉鐘子道：「那幾位身邊有火摺的，先將火把點燃起來。」衆人大聲歡呼：「是極，是極！」「大家都胡塗了，怎地不早想到？」「快點火把！」其實適才這一番大混亂中，人人只求自保，那有餘暇去點火把？只須火光一現，立時便給旁人殺了。

但聽得噠噠數響，有人取出火刀火石打火，數點火星爆了出來，黑暗中特別顯得明亮，紙媒一點燃，山洞中又是一陣歡呼。令狐冲一瞥之間，只見山洞石壁周圍都站滿了人，身上臉上大都濺滿鮮血，有的手中握著刀劍，兀自在身前緩緩揮動，這些人自是特別謹慎小心的，雖聽大家發了毒誓，卻信不過旁人。令狐冲邁步向對面山壁走去，要去找尋盈盈。

突然之間，人叢中有人大喝一聲：「動手！」七八人手揮長劍，從地道口殺了出來。羣豪大叫：「甚麼人？」紛紛抽出兵刃抵禦，幾個回合之間，點燃了的火摺又已熄滅。

令狐冲一個箭步，躍向對面石壁，只覺右首似有兵刃砍來，黑暗中不知如何抵擋，只得往地下一撲，噹的一聲響，一柄單刀砍上石壁。他想：「此人未必眞要殺我，黑暗中但求自衛而已。」當下伏地不動，那人虛砍了幾刀，也就住手。

只聽有人叫道：「將一衆狗崽子們盡數殺了，一個活口也別留下！」十餘人齊聲答應。跟著六七人叫了起來：「是左冷禪！左冷禪！」又有人叫道：「師父，弟子在這裏！」

令狐冲聽那發號施令的聲音確是左冷禪，心想：「怎麼他在這裏？這陷阱原來是這老賊布置的，並不是我師父。」岳不羣雖數次意欲殺他，但二十多年來師徒而兼父子的親情，在他心中已根深蒂固，無法泯滅，一想到這個大奸謀的主持人並非岳不羣，便不自禁的感到欣慰，倘若死在左冷禪手下，比給師父害死是快活百倍了。

只聽左冷禪陰森森的道：「虧你們還有臉叫我師父？沒稟明我，便擅自到華山來，欺師叛門，我門下豈容得你們這些惡徒？」

一個洪亮的聲音說道：「師父，弟子得到訊息，華山思過崖石洞中刻有本派的精妙劍招，生怕回山稟明師父之後再來，往返費時，石壁上劍招已為旁人毀去，是以忙不迭的趕來，看了劍法之後，自然立即回山，將劍招稟告師父。」

左冷禪道：「你欺我雙目失明，早已不將我瞧在眼內，學到精妙劍法之後，還會認我是師父嗎？岳不羣要你們立誓效忠於他，才讓你們入洞來觀看劍招，此事可是有的？」那嵩山弟子道：「是，弟……弟子該死，但也只一時的權宜之計。咱們五嶽劍派合而爲一，他是掌門人，聽他號令，也……也是應當的。沒料到這奸賊行此毒計，將我們都困在這裏。」又一人道：「師父，請你老人家領我們脫困，大家去找岳不羣這奸賊算帳。」

左冷禪哼了一聲，說道：「你打的好如意算盤。」他頓了一頓，又道：「令狐冲，你也到了這裏，卻是來幹甚麼了？」令狐冲道：「這是我的故居，我要來便來！閣下卻來幹甚麼了？」左冷禪冷冷的道：「死到臨頭，對長輩還這般無禮。」令狐冲道：「你暗使陰謀，陷害天下英雄，人人得而誅之，還算是我長輩？」

左冷禪道：「平之，你去將他宰了！」

黑暗中有人應道：「是！」正是林平之的聲音。

令狐冲心中暗驚：「原來林平之也在這裏。他和左冷禪都是瞎了眼的，這些日子來，他們定已熟習盲目使劍，以耳代目，聽風辨器之術自練得極精。在黑暗之中，形勢倒轉，變成了我是瞎子，他們反不是瞎子，卻如何是他們之敵？」但覺背上冷汗直流下來。

只聽林平之道：「令狐冲，你在江湖上呼風喚雨，出盡了風頭，今日卻要死在我手裏，哈哈，哈哈！」笑聲中充滿了陰森森的寒意，一步步走將過來。適才令狐沖和左冷禪對答，站立之處，已給林平之聽得清清楚楚。山洞中一片寂靜，唯聞林平之腳步之聲，他每跨出一步，令狐沖便知自己是向鬼門關走近了一步。

突然有人叫道：「且慢！這令狐沖刺瞎了我眼睛，叫老子從此不見天日，讓我來殺這惡賊。」十餘人隨聲附和，一齊快步走來。

令狐沖心頭一震，知是那天夜間在破廟外爲自己刺瞎的一十五人，那日前赴嵩山參預五派歸一之時，在嵩山道上曾遇到過。這羣人瞎眼已久，以耳代目的本事自必更爲高明，一個林平之已抵禦不了，再加上這一十五人，更加不是對手了。耳聽得腳步聲響，他悄悄向左首滑開幾步，但聽得嗒嗒嗒數響，幾柄長劍刺在他先前站立處的石壁上。幸好這十餘人同時進攻，步聲雜沓，將他的腳步聲掩蓋了，誰也不知他已移向何處。

令狐沖俯下身來，在地下摸到一柄長劍，擲了出去，嗆啷一聲響，撞上石壁。十餘名瞎子衝過去，兵刃聲響起，和人鬥了起來。只聽得呼叫之聲不絕，片刻間有六七人中刃斃命，這些人本來武功均甚不弱，但黑暗中目不見物，就絕非這羣瞎子的對手。

令狐沖乘著呼聲大作，更向左滑行數步，摸到石壁上無人，悄悄蹲下，尋思：「左冷禪帶了林平之和這羣瞎子到來，自是要仗著黑暗無光之便，將我等一批人盡數殲滅。只是他怎知此處有這樣一個山洞？」一轉念間，便已恍然：「是了！當日小師妹在封禪台側，以此處石壁上所刻的絕招，打敗泰山、衡山兩派高手，在左冷禪面前施展嵩山劍法，以恆山劍法與我比劍。她既來過這裏，林平之自然知道。」想到了小師妹，心頭一陣酸痛。

只聽得林平之叫道：「令狐冲，你不敢現身，縮頭縮尾，算甚麼好漢？」

令狐冲怒氣上衝，忍不住便要挺身而出，和他決個死戰，但立時按捺住了，心想：「大丈夫能屈能伸，豈可跟他逞這血氣之勇？我沒找到盈盈，決不能這般輕易就死。」又想：「我曾答應小師妹，要照料林平之，倘若衝出去和他搏鬥，給他殺了固不值得，將他殺了也是不對。」

左冷禪喝道：「將山洞中所有的叛徒、奸細盡數殺了，諒那令狐冲也無處可躲！」頃刻之間，兵刃相交聲和呼喊之聲大作。

令狐冲蹲在地下，一時倒無人向他攻擊。他側耳傾聽盈盈的聲音，尋思：「盈盈聰明心細，遠勝於我，此刻危機四伏，自然不會再發琴音，只盼適才這一劍不是刺中她才好。」只聽得羣豪與衆瞎子鬥得甚烈，一面惡鬥，一面喝罵，時聞「滾你奶奶的」之聲。

這「滾你奶奶的」五字聽來甚爲刺耳，通常罵人，總是說「去你媽的」，或「操你奶奶的」，有時也有人罵「滾你媽的王八蛋」，卻絕少有人罵「滾你奶奶的」，尋思：「難道這是那一省特別的罵人土語？」再聽片刻，發覺這「滾你奶奶的」五字往往是兩人同罵，而這五字一出口，乒刃相交聲便即止歇，若是一人喝罵，那便打鬥不休。他一想之下，便即明白：「原來那是眾瞎子辨別同道的暗語。」黑暗中亂砍亂殺，難分友敵，眾瞎子定是事先約好，出招時先罵一句「滾你奶奶的」。兩人齊罵，便是同伴，否則便可殺戮。這五字向來沒人使用，不知暗語的敵人決不會以此罵人。

他一想明此點，當即站起身來，持劍當胸，但聽得「滾你奶奶的」之聲越來越多，兵刃相交聲和呼喝聲漸漸止歇，顯是泰山、衡山、嵩山三派已給殺戮殆盡。令狐冲一直沒聽到盈盈的聲音，既躭心她先前給自己殺了，又欣幸沒遭到眾瞎子的毒手，再想：「嵩山弟子得悉華山石洞中有本派精妙劍招，趕來瞧瞧亦是人情之常，只不過來不及先行稟告，左冷禪便將他們趕盡殺絕，未免太過辣手。他用意自是要取我性命，既沒法一一分辨，索性連他門下只犯了這一點兒小過的弟子也都殺了。」

又過片刻，打鬥聲已然止歇。左冷禪道：「大夥兒在洞中交叉來去，砍殺一陣。」眾瞎子答應了，但聽得劍聲呼呼，此來彼往。有兩柄劍砍到令狐冲身前，令狐冲舉劍架開，沙啞著嗓子罵了兩聲「滾你奶奶的」，居然沒人察覺。約莫過了一盞茶時分，除了眾瞎子的叫罵聲與金刃劈空聲外，更沒別的聲息。令狐冲卻急得幾乎哭了出來，只想大叫：「盈盈，盈盈，你在那裏？」

左冷禪喝道：「住手！」眾瞎子收劍而立。左冷禪哈哈大笑，說道：「一眾叛徒，都已清除，這些人好不要臉，爲了想學劍招，居然向岳不羣這惡賊立誓效忠。令狐冲這小賊，自然也已命喪劍底了！哈哈！哈哈！令狐冲，令狐冲，你死了沒有？」

令狐冲屏息不語。

左冷禪道：「平之，今日終於除了你平生最討厭之人，那可志得意滿了罷？」林平之道：「全仗左兄神機妙算，巧計安排。」令狐冲心道：「他和左冷禪兄弟相稱。左冷禪爲了要得他的辟邪劍譜，對他可客氣得很啊。」左冷禪道：「若不是你知道另有秘道進這山洞，咱們難以手刃大仇。」

林平之道：「只可惜混亂之中，我沒能親手殺了令狐冲這小賊。」令狐冲心想：「我從來沒得罪過你，何以你對我如此憎恨？」左冷禪低聲道：「不論是誰殺他，都是一樣。咱們快些出去。料想岳不羣這當兒正守在山洞外，乘著天色未明，咱們一擁而上，黑夜中大佔便宜。」林平之道：「正是！」

只聽得腳步聲響，一行人進了地道，腳步聲漸漸遠去，過得一會，便無聲息了。

令狐冲低聲道：「盈盈，你在那裏？」語音中帶著哭泣。忽聽得頭頂有人低聲道：「我在這裏，別作聲！」令狐冲喜極，雙足一軟，坐倒在地。

當衆瞎子揮劍亂砍之時，最安全的地方莫過於躲在高處，讓兵刃砍刺不到，原是一個極淺顯的道理，但衆人面臨生死關頭，神智一亂，竟然計不及此。

盈盈縱身躍下，令狐冲搶將上去，擲下長劍，將她摟在懷裏。兩人都喜極而泣。令狐冲輕吻她嘴唇，低聲道：「剛才可眞嚇死我了。」盈盈在黑暗中亦不閃避，輕輕的道：「你罵人『滾你奶奶的』，我卻聽得出是你聲音。」令狐冲忍不住笑了出來，問道：「你眞一點也沒受傷嗎？」盈盈道：「沒有。」令狐冲道：「先前我聽著琴聲，倒不怎麼躭心。但後來想到我曾刺中了一個女子，而琴聲又斷斷續續，不成腔調，似乎你受了重傷，到後來更一點聲息也沒有了，那可眞不知如何是好。」

盈盈微笑道：「我早躍到了上面，生怕給人察覺，又不能出聲招呼你，只好投擲一枚枚銅錢，擊打那留在地下的瑤琴，盼你省悟。」令狐冲吁了口氣，說道：「原來如此。我竟始終想不到，該打，該打！」拿起她的手來，輕擊自己面頰，笑道：「你嫁了這樣一個蠢材，也算是任大小姐倒足了大霉。我一直奇怪，倘若是你撥弄瑤琴，怎麼會不彈一句〈清心普善咒〉，又或是〈笑傲江湖之曲〉？」

盈盈讓他摟抱著，說道：「我若能在黑暗中用銅錢擊打瑤琴，彈出曲調，那變成仙人了。」令狐冲笑道：「你本來就是仙人。」盈盈聽他語含調笑，身子一掙，便欲脫開他懷抱，令狐冲緊緊抱住了她不放，問道：「後來怎地不發錢鏢彈琴了？」盈盈笑道：「我窮得要命，身邊沒多少錢，投得幾次，就沒錢了。」令狐冲嘆道：「可惜這山洞中既沒錢莊，又沒當鋪，任大小姐沒錢使，竟無處挪借。」盈盈又是一笑，道：「後來我連頭上金釵、耳上珠環都發出了。待得那些瞎子動手殺人，他們耳音極靈，我就不敢再投擲甚麼了。」

突然之間，地道口有人陰森森的一聲冷笑。

令狐冲和盈盈都「啊」的一聲驚呼，令狐冲左手環抱盈盈，右手抓起地下長劍，喝道：「甚麼人？」只聽一人冷冷的道：「令狐大俠，是我！」正是林平之的聲音。但聽得地道中腳步聲響，顯是一羣瞎子去而復回。

令狐冲暗罵自己太也粗心大意，左冷禪老奸巨滑，怎能說去便去？定是伏在地道之中，竊聽山洞內動靜。自己若是孤身一人，原可跟他耗上些時候再謀脫身，但和盈盈相互關懷太切，劫後重逢，喜極忘形，再也沒想到強敵極可能並未遠去，而是暗伺於外。

盈盈伸手在令狐冲腋下一提，低聲道：「上去！」兩人同時躍起。盈盈先前曾在一塊凸出的巖石上歇足，知道凸巖的所在，黑暗中候準了勁道，穩穩落上。令狐冲卻踏了個空，又向下落。盈盈抓住他手臂，將他拉了上去。這凸巖只不過三四尺見方，兩人擠在一起，不易站穩。

令狐冲心想：「盈盈見機好快，咱二人居高臨下，便不易爲衆瞎子所圍攻。」只聽左冷禪道：「兩個小鬼躍到了上面。」林平之道：「正是！」左冷禪道：「令狐冲，你在上面躲一輩子嗎？」

令狐冲不答，心想我一出聲，便讓你們知道了我立足之處。他右手持劍，左手環抱著盈盈的纖腰。盈盈左手握著短劍，右手伸過來也抱住了他腰。兩人心下大慰，均覺既能同在一起，就算立時死了，亦無所憾。

左冷禪喝道：「你們的眼珠是誰刺瞎的，難道忘了嗎？」十餘名瞎子齊聲大吼，躍起來揮劍亂刺。令狐冲和盈盈一聲不響，衆瞎子都刺了個空，待得第二次躍起，一名瞎子已撲到凸巖數尺之外。令狐冲聽得他躍起的風聲，一劍刺出，正中其胸。那瞎子大叫一聲，摔下地來。這麼一來，衆人已知他二人處身的所在，六七人同時躍起，揮劍刺出。令狐冲和盈盈雖瞧不見衆瞎子身形，但凸巖離地二丈有餘，有人躍近時風聲甚響，極易辨別，兩人各出一劍，又刺死了二人。衆瞎子仰頭叫罵，一時不敢再上來攻擊。

僵持片刻，突然風聲勁急，兩人分從左右躍起，令狐冲和盈盈出劍擋刺，錚錚兩聲，四劍空中相交。令狐冲右臂一酸，長劍險些脫手，心知來襲的便是左冷禪本人。盈盈「啊」的一聲，肩頭中劍，身子一晃。令狐冲左臂忙運力拉住她。

那兩人二次躍起，又再攻來。令狐冲長劍刺向攻擊盈盈的那人，雙劍一交，那人長劍變招快極，順著劍鋒直削下來。令狐冲知對手定是林平之，不及擋架，百忙中頭一低，俯身讓過，只覺冷風颯然，林平之一劍削向盈盈。他身在半空，憑著一躍之勢竟連變三招，這辟邪劍法實是凌厲無倫。

令狐冲生怕他傷到盈盈，摟著她躍下，背靠石壁，揮劍亂舞。猛聽得左冷禪一聲長笑，挺劍而進，噹的一聲響，又是長劍相交。令狐冲身子一震，覺得有股內力從長劍中傳來，不由得機伶伶的打個冷戰，驀地想起，那日任我行在少林寺中以「吸星大法」吸了左冷禪的內力，豈知左冷禪的陰寒內力十分厲害，險些兒反將任我行凍死。此刻他故技重施，可不能上他的當，急忙運力外送，只覺對方一股大力回擊，不由自主的手指一鬆，長劍脫手飛出。

令狐冲一身本領，全在一柄長劍，當即俯身，伸手往地下摸去，山洞中死了二百餘人，滿地都是兵器，隨便拾起一柄刀劍，都可擋得一時，自己和盈盈在這山洞中變成了瞎子，受這十幾名瞎而不瞎之人圍攻，原無倖存之理，但無論如何，總是不甘任由宰割。他一摸之下，摸到的是個死人臉蛋，冷冰冰的又濕又黏，忙摟著盈盈退了兩步，錚錚兩聲，盈盈揮短劍架開了刺來的兩劍，跟著呼的一響，盈盈手中短劍又給擊飛。

令狐冲大急，俯身又是一摸，入手似是根短棍，危急中那容細思，只覺勁風撲面，有劍削來，當即舉棍一擋，嗒的一聲響，那短棍給敵劍削去了一截。

令狐冲低頭讓過長劍，突然之間，眼前出現了幾星光芒。這幾星光芒極是微弱，但在這黑漆一團的山洞之中，便如是天際現出一顆明星，敵人身形劍光隱約可辨。

令狐沖和盈盈同聲歡呼，眼見左冷禪又挺劍刺到，令狐沖舉短棍便往左冷禪咽喉挑去，那正是敵人劍招中的破綻所在。不料左冷禪眼睛雖瞎，應變仍是奇速，一個「鯉躍龍門」，向後倒縱出去，口中不絕連聲的咒罵。

盈盈彎下腰去，拾起一柄長劍，從令狐沖手裏接過短棍，將長劍交了給他，舞動短棍，洞中閃動點點青光。令狐沖精神大振，生死關頭，出手豈能容情，罵一句「滾你奶奶的」，刺死一名瞎子。他手中出劍可比嘴裏罵人迅速得多，只罵了六聲「滾你奶奶的」，已將洞中十二名瞎子盡數刺死。有幾個瞎子腦筋遲鈍，聽他大罵「滾你奶奶的」，心想既是自己人，何必再打？還沒想明白一半，已然咽喉中劍，滾向鬼門關去見他奶奶去了。

左冷禪和林平之不明其中道理，齊問：「有火把？」聲帶驚惶。

令狐沖喝道：「正是！」向左冷禪連攻三劍。

左冷禪聽風辨器，三劍擋開，令狐沖但覺手臂酸麻，又是一陣寒氣從長劍傳將過來，一轉念間，當即凝劍不動。左冷禪聽不到他劍聲，心下大急，疾舞長劍，護住周身要穴。

令狐沖仗著盈盈手中短棍頭上發出的微光，慢慢轉過劍來，慢慢指向林平之的右臂，一寸寸的伸將過去。林平之側耳傾聽他劍勢來路，可是令狐沖這劍是一寸寸的緩緩遞去，那裏聽得到半點聲音？眼見劍尖和他右臂相差不過半尺，突然向前一送，嗤的一聲，林平之上臂筋骨齊斷。

林平之大叫一聲，長劍脫手，和身撲上。令狐冲唰唰兩聲，分刺他左右兩腿。林平之於大罵聲中摔倒在地。

令狐冲回過身來，凝望左冷禪，極微弱的光芒之下，但見他咬牙切齒，神色猙獰可怖，手中長劍急舞。他劍上的絕招妙著雖層出不窮，但在「獨孤九劍」之下，無處不是破綻。令狐冲心想：「此人是挑動武林風波的罪魁禍首，須容他不得！」一聲清嘯，長劍起處，左冷禪眉心、咽喉、胸口三處一一中劍。

令狐冲躍開兩步，挽住了盈盈的手，只見左冷禪呆立半晌，撲地而倒，手中長劍倒轉過來，刺入自己小腹，對穿而出。

兩人定了定神，去看盈盈手中那短棍時，光芒太弱，卻看不清楚。兩人身上均無火摺，令狐冲生怕林平之又再反撲，在他左臂補了一劍，削斷他筋脈，這才去死人身上掏摸火刀火石，連摸兩人，懷中都空空如也，登時想起，罵道：「滾你奶奶的，瞎子自然不會帶火刀火石。」摸到第五個死人，才尋到了火刀火石，打著了火點燃紙媒。

兩人同時「啊」的一聲，叫了出來。

只見盈盈手中握著的竟是一根白骨，一頭已給削尖！

盈盈一呆之下，將白骨摔在地下，笑罵：「滾你……」只罵了兩個字，覺得出口不雅，抿嘴住口。

令狐冲恍然大悟，說道：「盈盈，咱們兩條性命，是神教這位前輩搭救的。」

盈盈奇道：「神教的前輩？」令狐冲道：「當年神教十長老攻打華山，都給堵在這山洞之中，沒法脫身，飲恨而終，遺下了十具骷髏。這根大腿骨，卻不知是那一位長老的。我無意中拾起來一擋，天幸又讓左冷禪削去了一截，死人骨頭中有鬼火燐光，才使咱二人瞎子開眼。」

盈盈吁了口長氣，向那根白骨躬身道：「原來是本教前輩，可得罪了。」

令狐冲又取過幾根紙媒，將火點旺，再點燃了兩根火把，道：「不知莫師伯怎樣了？」縱聲叫道：「莫師伯，莫師伯！」卻不聞絲毫聲息。令狐冲心想莫師伯對自己愛護有加，今日慘死洞中，心下甚是難過，放眼洞中遍地屍駭，一時實難找到莫大先生的屍身，心想：「此刻未脫險地，不能多躭。我必當回來，找到莫師伯遺體，好好安葬。」回身拉住了林平之胸口，向地道中走去。

盈盈知他答應過岳靈珊，要照料林平之，當下也不說甚麼，拾起山洞角落裏那具已打穿了幾個洞的瑤琴，跟隨其後。

二人從這條當年大力神魔以巨斧所開的窄道中一步步出去。令狐冲提劍戒備，心想左冷禪極工心計，既將山洞的出口堵死，必定派人守住這窄道，以防螳螂捕蟬、黃雀在後，另有人再將他堵在洞內。但走到窄道盡頭，更不再見有人。

令狐沖輕輕推開遮住出口的石板，陡覺亮光耀眼，原來在山洞中出死入生的惡鬥良久，不覺時刻之過，天早亮了。他見外洞中空蕩蕩地並無一人，當即拉了林平之縱身而出，盈盈跟著出來。

令狐沖手中有劍，眼中見光，身在空處，那才是眞正的出了險境，一口清鮮空氣吸入胸中，當眞說不出的舒暢。

盈盈問道：「從前你師父罰你在這裏思過，就住在這個石洞裏麼？」令狐沖笑道：「正是。你看怎麼樣？」盈盈微微一笑，道：「我看你在這裏思的不是過，而是你那……」她本來想說「你那小師妹」，但想何必提到岳靈珊而惹他傷心，當即住口。

令狐沖道：「風太師叔便住在左近，不知他老人家身子是否安健。我一直好生想念。他本來說過，決計不見華山派之人，但我早就不是華山派的了。」盈盈道：「是。咱們快去參見。」令狐沖還劍入鞘，放下林平之，挽住了盈盈的手，並肩出洞。

「千秋萬載，一統江湖！」之聲震動天地，教衆一齊拜伏在地。陽光照射在任我行臉上、身上，這日月神教教主站在高處，威風凜凜，宛若天神。

三九　拒盟

剛出洞口，突然間頭頂黑影晃動，似有甚麼東西落下，令狐冲和盈盈同時縱起閃避，豈知一張極大的漁網竟兜頭將兩人罩住。兩人大吃一驚，忙拔劍去割漁網，割了幾下，竟紋絲不動。便在此時，又有一張漁網從高處撒下，罩在二人身上。

山洞頂上躍下一人，手握繩索，用力拉扯，收緊漁網。令狐冲脫口叫道：「師父！」原來那人卻是岳不羣。

岳不羣將漁網越收越緊。令狐冲和盈盈便如兩條大魚一般給裹纏在網裏，初時尚能掙扎，到後來已動彈不得。盈盈驚惶之下，不知如何是好，一瞥眼間，見令狐冲臉帶微笑，神情甚是得意，心想：「莫非他有脫身之法？」

岳不羣獰笑道：「小賊，你得意洋洋的從洞中出來，可沒料到大禍臨頭罷？」令狐冲道：「也沒甚麼大禍臨頭。人總是要死的，和我愛妻死在一起，就開心得很了。」盈盈這才明白，原來他臉露喜容，是爲了可和自己同死，驚惶之意頓消，感到了一陣甜蜜喜慰。令狐冲道：「你只能便這樣殺死我二人，可不能將我夫妻分開，一一殺死。」岳不羣怒道：「小賊，死在眼前，還在說嘴！」將繩索又在他二人身上繞了幾轉，綑得緊緊地。

令狐冲道：「你這張漁網，是從老頭子那裏拿來的罷。你待我當眞不錯，明知我二人不願分開，便用繩索縛得我夫妻如此緊法。你從小將我養大，明白我心意，這世上的知己，也只你岳先生一人了。」他嘴裏儘說俏皮話，只盼拖延時刻，看有甚麼方法能夠脫險，又盼風清揚突然現身相救。

岳不羣冷笑道：「小賊，從小便愛胡說八道，賊性兒不改。我先割了你舌頭，免得你死後再進拔舌地獄。」左足飛起，在令狐冲腰中踢了一腳，登時點了他啞穴，令他做聲不得，說道：「任大小姐，你要我先殺他呢，還是先殺你？」

盈盈道：「那又有甚麼分別？我身邊三尸腦神丹的解藥，可只有三顆。」

岳不羣登時臉上變色。他自給盈盈逼著呑服「三尸腦神丹」後，日思夜想只是如何取得解藥。他候準良機，在他二人甫脫險境、欣然出洞、最不提防之際突撒金絲漁網，將他們罩住。本來打的主意，是將令狐冲和盈盈先行殺死，再到她身上搜尋解藥，此刻聽她說身上只有三顆解藥，那麼將他二人殺死後，自己也只能再活三年，三年之後尸蟲入腦，狂性大發，死得苦不堪言，此事倒煞費思量。

他雖養氣功夫極好，卻也忍不住雙手微微顫動，說道：「好，那麼咱們做一個交易。你將製煉解藥之法跟我說了，我便饒你二人不死。」盈盈一笑，淡淡的道：「小女子雖年輕識淺，卻也深知君子劍岳先生的為人。閣下如言而有信，也不會叫作君子劍了。」岳不羣道：「你跟著令狐冲沒得到甚麼好處，就學會了貧嘴貧舌。那製煉解藥之方，你決計不說？」盈盈道：「自然不說。三年之後，我和冲郎在鬼門關前恭候大駕，只是那時閣下五官不全，面目全非，也不知是否能認得你。」

岳不羣背上登時感到一陣涼意，明白她所謂「五官不全，面目全非」，是指自己毒發之時，若非全身腐爛，便是自己將臉孔抓得稀爛，思之當眞不寒而慄，怒道：「我就算面目全非，那也是你早我三年。我也不殺你，只割去你的耳朵鼻子，在你雪白的臉蛋上劃它十七八道劍痕，看你那多情多義的冲郎，是不是還愛你這個人不像人、鬼不像鬼的醜八怪。」唰的一聲，抽出了長劍。

盈盈「啊」的一聲，驚叫了出來。她死倒不怕，但若給岳不羣毀得面目猶似鬼怪一般，讓令狐冲瞧在眼裏，雖死猶有餘恨。令狐冲給點了啞穴，手足尚能動彈，明白盈盈的心意，以手肘碰了碰她，隨即伸起右手兩根手指，往自己眼中揷去。盈盈又「啊」的一聲，急叫：「冲哥，不可！」

岳不羣並非眞的就此要毀盈盈的容貌，只不過以此相脅，逼她吐露解藥的藥方，令狐冲倘若自壞雙目，這一步最厲害的棋子便無效了。他出手迅疾無比，左臂一探，隔著漁網便抓住了令狐冲的右腕，喝道：「住手！」

兩人肌膚一觸，岳不羣便覺自己身上的內力向外直瀉，叫聲「啊喲！」忙欲掙脫，但自己手掌卻似和令狐冲手腕黏住了一般。令狐冲一翻手，抓住了他手掌，岳不羣的內力更源源不絕的洶湧而出。岳不羣大驚，右手揮劍往他身上斬去。令狐冲手一抖，拖過他身子，這一劍便斬在地下。岳不羣內力疾瀉，第二劍待欲再砍，已疲軟無力，幾乎連手臂也抬不起來。他勉力舉劍，將劍尖對準令狐冲眉心，手臂和長劍不斷顫抖，慢慢揷落。

盈盈大驚，想伸指去彈岳不羣長劍，但雙臂都壓在令狐冲身下，漁網又纏得極緊，出力掙扎，始終抽不出手。令狐冲左手給盈盈壓住了，也移動不得，見劍尖慢慢刺落，忽想：「我以慢劍之法殺左冷禪，傷林平之，此刻師父也以此法殺我，報應好快。」

岳不羣只覺內力飛快消逝，而劍尖和令狐冲眉心相去也只數寸，又歡喜，又焦急。

忽然身後一個少女的聲音尖聲叫道：「你……你幹甚麼？快撤劍！」腳步聲起，一人奔近。岳不羣眼見劍尖只須再沉數寸，便能殺了令狐冲，此時自己生死也繫於一線，如何肯即罷手？拚著餘力，使勁一挺，劍尖已觸到令狐冲眉心，便在此時，突覺後心一涼，一柄長劍自他背後直刺至前胸。

那少女叫道：「令狐師兄，你沒事罷？」正是儀琳。

令狐冲胸口氣血翻湧，答不出話來。盈盈道：「小師妹，令狐師兄沒事。」儀琳喜道：「那就好了！」怔了一怔，驚道：「是岳先生！我……我殺了他！」

盈盈道：「不錯。恭喜你報了殺師之仇。請你解開漁網，放我們出來。」儀琳道：「是，是！」見岳不羣俯伏在地，劍傷處鮮血滲出，嚇得全身都軟了，顫聲道：「是……是我殺了他？」抓起繩索想解，雙手只是發抖，使不出力，說甚麼也解不開。

忽聽得左首有人叫道：「小尼姑，你殺害尊長，今日教你難逃公道！」一名黃衫老者仗劍奔來，卻是勞德諾。

盈盈叫道：「小師妹，快拔劍抵擋！」

儀琳一呆，從岳不羣身上拔出長劍。勞德諾唰唰唰三劍快攻，儀琳擋了三劍，第三劍從她左肩掠過，劃了一道口子。

勞德諾劍招越使越快，有幾招依稀便是辟邪劍法，只是沒學得到家，僅略具其形，出劍之迅疾和林平之也相差甚遠。本來勞德諾經驗老到，劍法兼具嵩山、華山兩派之長，新近又學了些辟邪劍法，儀琳原不是他對手。好在儀和、儀清等盼她接任恆山掌門，這些日子來督導她勤練令狐冲所傳的恆山派劍法絕招，武功頗有進境，而勞德諾的辟邪劍法乍學未精，偏生急欲試招，夾在嵩山、華山兩派的劍法中使將出來，反而駁雜不純，原來的劍法大大打了個折扣。

儀琳初上手時見敵人劍法極快，心下驚慌，第三劍上便傷了左肩，但想自己要是敗了，令狐冲和盈盈未脫險境，勢必立時遭難，心想他要殺令狐師兄，不如先將我殺了，既抱必死之念，出招時便奮不顧身。勞德諾遇上她這等拚命打法，一時倒也難以取勝，口中亂罵：「小尼姑，你他媽的好狠！」

盈盈見儀琳一鼓作氣，勉力支持，鬥得久了，勢必落敗，當下滾動身子，抽出左手，解開了令狐冲的穴道，伸手入懷，摸出短劍。令狐冲叫道：「勞德諾，你背後是甚麼東西？」

勞德諾經驗老到，自不會憑令狐冲這麼一喝便轉頭去看，致給敵人可乘之機。他對令狐冲的呼喝置之不理，加緊進擊。盈盈握著短劍，想要從漁網孔中擲出，但儀琳和勞德諾近身而搏，倘若準頭稍偏，說不定便擲中了她，一時躊躇不發。忽聽得儀琳「啊」的一聲叫，左肩又中一劍。第一次受傷甚輕，這一劍卻深入數寸，青草地下登時濺上鮮血。

令狐冲叫道：「猴子，猴子，啊，這是六師弟的猴子。乖猴兒，快撲上去咬他，這是害死你主人的惡賊。」

勞德諾爲盜取岳不羣的「紫霞神功」秘笈，殺死華山派六弟子陸大有。陸大有平時常帶著一隻小猴兒，放在肩頭，身死之後，這隻猴兒也就不知去向。此刻他突然聽到令狐冲呼喝，不由得心中發毛：「這畜生若撲上來咬我，倒也礙手礙腳。」側身反手一劍，向身後砍去，卻那裏有甚麼猴子了？

便在這時，盈盈短劍脫手，呼的一聲，射向他後頸。勞德諾一伏身，短劍從他頭頂飛過，突覺左腳足踝上一緊，已給一根繩索纏住，繩索忽向後拉，登時身不由主的撲倒。原來令狐冲眼見勞德諾伏低避劍，正是良機，來不及解開漁網，便將漁網上的長繩甩了出去，纏住他左足，將他拉倒。令狐冲和盈盈齊叫：「快殺，快殺！」

儀琳揮劍往勞德諾頭頂砍落。但她既慈心，又膽小，初時殺岳不羣，只是爲了要救令狐冲，情急之下，揮劍直刺，渾沒想到要殺人，此刻長劍將要砍到勞德諾頭上，心中一軟，劍鋒略偏，嚓的一聲響，砍上他右肩。勞德諾琵琶骨立斷，長劍脫手，他怕儀琳第二劍又再砍落，忍痛跳起，掙脫漁網繩索，飛也似的向崖下逃去。

突然山崖邊衝上二人，當先一個女子喝道：「喂，剛才是你罵我女兒嗎？」正是儀琳之母、在懸空寺中假裝聾啞的那個婆婆。勞德諾飛腿向她踢去。那婆婆側身避過，啪的一聲，重重打了他一記耳光，喝道：「你罵『你他媽的好狠』，她的媽媽就是我，你敢罵我？」

令狐冲叫道：「截住他！別讓他走了！」那婆婆伸掌本欲往勞德諾頭上擊落，聽得令狐冲這麼呼喝，叫道：「天殺的小鬼，我偏要放他走！」側身一讓，在勞德諾屁股上踢了一腳。勞德諾如得大赦，直衝下山。

那婆婆身後跟著一人，正是不戒和尚，他笑嘻嘻的走近，說道：「甚麼地方不好玩，怎地鑽進漁網裏來玩啦？」儀琳道：「爹，快解開漁網，放了令狐師兄和任大小姐。」那婆婆沉著臉道：「這小賊的帳還沒跟他算，不許放！」

令狐冲哈哈大笑，叫道：「夫妻上了床，媒人丟過牆。你們倆夫妻團圓，怎不謝我這個大媒？」那婆婆在他身上踢了一腳，罵道：「我謝你一腳！」令狐冲笑著叫道：「桃谷六仙，快來救我！」

那婆婆最忌憚桃谷六仙，一驚回頭。令狐冲從漁網孔中伸出手來，解開了繩索的死結，讓盈盈鑽了出來，自己待要出來，那婆婆喝道：「不許出來！」

令狐冲笑道：「不出來就不出來。漁網之中，別有天地，大丈夫能屈能伸，屈則進網，伸則出網，何足道哉，我令狐冲……」正想胡說八道下去，一瞥眼間，見岳不羣伏屍於地，臉上笑容登時消失，突然間熱淚盈眶，跟著淚水便直瀉下來。

那婆婆兀自在發怒，罵道：「小賊！我不狠狠揍你一頓，難消心頭之恨！」左掌一揚，便向令狐冲右頰擊去。儀琳叫道：「媽，別……別……」令狐冲右手一抬，手中已多了一柄長劍，卻是當他瞧著岳不羣的屍身傷心出神之際，盈盈塞在他手中的。他長劍一指，刺向那婆婆的右肩要穴，逼得她退了一步。那婆婆更加生氣，身形如風，掌劈拳擊，肘撞腿掃，頃刻間連攻七八招。令狐冲身在漁網之中，長劍隨意揮洒，每一劍都指向那婆婆的要害，只是每當劍尖將要碰到她身子時，立即縮轉。這「獨孤九劍」施展開來，天下無敵，令狐冲若不容讓，那婆婆早已死了七八次。又拆數招，那婆婆自知武功和他差得太遠，長嘆一聲，住手不攻，臉上神色極爲難看。

不戒和尚勸道：「娘子，大家是好朋友，何必生氣？」

那婆婆怒道：「要你多嘴幹甚麼？」一口氣無處可出，便欲發洩在他身上。

令狐冲抛下長劍，從漁網中鑽出，笑道：「你要打我出氣，我讓你打便了！」那婆婆提起手掌，啪的一聲，重重打了他個耳光，令狐冲「哎唷」一聲叫，竟不閃避。那婆婆怒道：「你幹麼不避？」令狐冲道：「我避不開，有甚麼法子？」那婆婆呸的一聲，心知他是瞧在儀琳份上讓了自己，左掌已然提起，卻不再打了。

盈盈拉著儀琳的手，說道：「小師妹，幸得你及時趕到相救。你怎麼來的？」儀琳道：「我和衆位師姊，都給他（說著向岳不羣的屍身一指）……他的手下人捉了來，我和三位師姊給關在一個山洞中，剛才爹爹、媽媽和不可不戒救了我出來。爹爹、媽媽和我，還有不可不戒和那三位師姊，大家分頭去救其餘衆位師姊。我走在崖下，聽得上面有人說話，似是令狐師兄的聲音，便趕上來瞧瞧。」盈盈道：「我和他各處找尋，一個也沒見到，卻原來你們是給關在山洞裏。」

令狐冲道：「剛才那個黃袍老賊是個大壞人，給他逃走了，當眞可惜！」拾起地下長劍，道：「咱們快追。」

一行五人走下思過崖，行不多久，便見田伯光和七名恆山派弟子從山谷中攀援而上，其中有儀淸在內。相會之下，各人均甚欣喜。令狐冲心想：「華山上的地形，天下只怕沒幾人能比我更熟的。我不知這山谷下另有山洞，田兄是外人，反而知道，這可奇了？」拉一拉田伯光的袖子，兩人墮在衆人之後。令狐冲道：「田兄，華山的幽谷之中另有秘洞，連我也不知，你卻找得到，令人好生佩服。」

田伯光微微一笑，說道：「那也沒甚麼希奇。」令狐冲道：「啊，是了，原來你擒住了華山弟子，逼問而得。」田伯光道：「那倒不是。」令狐冲道：「然則你何以得知，倒要請教。」田伯光神色忸怩，微笑道：「這事說來不雅，不說也罷。」令狐冲更加好奇了，不間不快，笑道：「你我都是江湖上的浮浪子弟，又有甚麼雅了？快說出來聽聽。」田伯光道：「在下說了出來，令狐掌門請勿見責。」令狐冲笑道：「你救了恆山派的衆位師姊、師妹，立下大功，多謝你還來不及，豈有見怪之理？」

田伯光低聲道：「不瞞你說，在下一向有個壞脾氣，你是知道的了。自從太師父剃光了我頭，給我取個法名叫作『不可不戒』之後，那色戒自是不能再犯……」令狐冲想到不戒和尚懲戒他的古怪法子，不由臉露微笑。田伯光知道他心中在想甚麼，臉上一紅，續道：「但我從前學到的本事，卻沒忘記，不論相隔多遠，只要有女子聚居之處，在下……在下便覺察得到。」令狐冲大奇，問道：「那是甚麼法子？」田伯光道：「我也不知是甚麼法子，好像能聞到女人身上的氣息，與男人不同。」

令狐冲哈哈大笑，道：「據說有些高僧有天眼通、天耳通，田兄居然有『天鼻通』。」田伯光道：「慚愧，慚愧！」令狐冲笑道：「田兄這本事，原是多做壞事，歷練而得，想不到今日用來救我恆山派弟子。」盈盈轉過頭來，想問甚麼事好笑，見田伯光神色鬼鬼祟祟，料想不是好事，便即住口。

田伯光突然停步，道：「這左近似乎又有恆山派弟子。」他用力嗅了幾嗅，向山坡下的草叢走去，低頭尋找，過了一會，一聲歡呼，手指地下，叫道：「在這裏了！」他所指處堆著十餘塊大石，每一塊都有二三百斤重，當即搬開了一塊。不戒和令狐冲過去相助，片刻間將十幾塊大石都搬開了，底下是塊青石板。三人合力將石板掀起，露出一個洞來，裏面躺著幾個尼姑，果然都是恆山派弟子。

儀清和儀琳忙跳下洞去，將同門扶了出來，扶出幾人後，裏面還有，每一個都已奄奄一息。眾人忙將被囚的恆山弟子拉出，只見儀和、鄭萼、秦絹等均在其中，這地洞中竟藏了三十餘人，再過得一兩天，非盡數悶死在洞內不可。

令狐冲想起師父下手如此狠毒，不禁爲之寒心，讚田伯光道：「田兄，你這項本事當眞非同小可，這些師姊妹們深藏地底，你竟嗅得出來，實在令人佩服。」田伯光道：「那也沒甚麼希奇，幸好其中有許多俗家的師伯、師叔……」令狐冲道：「師伯、師叔？啊，是了，你是儀琳小師妹的弟子。」田伯光道：「倘若被囚的都是出家的師叔伯們，我便找不到了。」令狐冲道：「原來俗家人和出家人也有分別。」田伯光道：「這個自然。俗家女子身上有脂粉香氣。」令狐冲這才恍然。

衆人七手八腳的施救，儀淸、儀琳等用帽子舀來山水，一一灌飮。幸好那山洞有縫隙可通氣，恆山衆弟子又都練有內功，雖已委頓不堪，尙無性命之憂。儀和等修爲較深的，飮了些水後，神智便先恢復。

令狐冲道：「咱們救出的還不到三股中的一股，田兄，請你大顯神通，再去搜尋。」那婆婆橫眼瞪視田伯光，甚是懷疑，問道：「這些人給關在這裏，你怎知道？多半囚禁她們之時，你便在一旁，是不是？」田伯光忙道：「不是，不是！我一直隨著太師父，沒離開他老人家身邊。」那婆婆臉一沉，喝道：「你一直隨著他？」田伯光暗叫不妙，心想他老夫婦破鏡重圓，一路上又哭又笑，又打罵，又親熱，都給自己暗暗聽在耳裏，這位太師娘老羞成怒，那可十分糟糕，忙道：「這大半年來，弟子一直隨著太師父，直到十天之前，這才分手，好容易今日又在華山相聚。」那婆婆將信將疑，問道：

「然則這些尼姑們給關在這地洞裏，你又怎知？」田伯光道：「這個……這個……」一時找不到飾辭，甚感窘迫。

便在這時，忽聽得山腰間數十枝號角同時嗚嗚響起，跟著鼓聲蓬蓬，便如是到了千軍萬馬一般。

衆人盡皆愕然。盈盈在令狐冲耳邊低聲道：「是我爹爹到了！」令狐冲「啊」了一聲，想說：「原來是我岳父大人大駕光臨。」但內心隱隱覺得不妥，這句話卻沒出口。

皮鼓擂了一會，號角聲又再響起。那婆婆道：「是官兵到來麼？」

突然間鼓聲和號角聲同時止歇，十餘人齊聲喝道：「日月神教文成武德、澤被蒼生任教主駕到！」這十餘人都是功力十分深厚的內家高手，齊聲呼喝，山谷鳴響，羣山之間，四周回聲傳至：「任教主駕到！任教主駕到！」威勢懾人，不戒和尙等都爲之變色。

回音未息，便聽得無數聲音齊聲叫道：「千秋萬載，一統江湖！任教主中興聖教，壽與天齊！」聽這聲音少說也有二三千人。四下裏又是一片回聲：「中興聖教，壽與天齊！中興聖教，壽與天齊！」

過了一會，叫聲止歇，四下裏一片寂靜。有人朗聲說道：「日月神教文成武德、澤被蒼生任教主有令。五嶽劍派掌門人暨門下諸弟子聽者：大夥齊赴朝陽峯石樓相會。」他朗聲連說了三遍，稍停片刻，又道：「十二堂正副香主，率領座下教衆，淸査諸峯諸谷，把守要道，不許閒雜人等胡亂行走。不奉號令者格殺勿論！」登時便有二三十人齊聲答應。

令狐冲和盈盈對望了一眼，心下明白，那人號令淸查諸峯諸谷，把守要道，是逼令五嶽劍派諸人非去朝陽峯拜見任教主不可。令狐冲心想：「他是盈盈之父，我不久便要和盈盈成婚，終須去見岳父一見。」向儀和等人道：「咱們同門師姊妹尙有多人未曾脫困，請這位田兄帶路，儘快去救了出來。另請派幾位師姊到思過崖洞口去擒住林平之。任教主是任小姐的父親，想來也不致難爲咱們。我和任小姐先去東峯，衆位師姊會齊後，大夥兒到東峯相聚。」儀和、儀淸、儀琳等答應了，隨著田伯光去救人。

那婆婆怒道：「他憑甚麼在這裏大呼小叫？我偏不去見他，瞧這姓任的如何將我格殺勿論。」令狐冲知她性子執拗，難以相勸，就算勸得她和任我行相會，言語中也多半會衝撞於他，反爲不美，當下向不戒和尙夫婦行禮告別，與盈盈向東峯行去。

令狐冲道：「你爹爹叫五嶽劍派衆人齊赴朝陽峯，難道諸派人衆這會兒都在華山嗎？」盈盈道：「五嶽劍派之中，岳先生、左冷禪、莫大先生三位今天一日之中逝世，泰山派沒聽說有誰當了掌門人，五大劍派中其實只剩下你一位掌門人了。」令狐冲道：「五派菁英除恆山派外，其餘大都已死在思過崖後洞之內，而恆山派衆弟子又都困頓不堪，我怕……」盈盈道：「你怕我爹爹乘此機會，要將五嶽劍派一網打盡？」令狐冲點點頭，嘆了口氣，道：「其實不用他動手，五嶽劍派也已沒剩下多少人了。」

盈盈也嘆了口氣，道：「岳先生誘騙五嶽劍派好手，齊到華山來看石壁劍招，企圖清除各派中武功高強之士，以便他穩做五嶽派掌門人。這一著棋本來甚是高明，不料左冷禪得到了訊息，乘機邀集一批瞎子，想在黑洞中殺他。」令狐冲道：「你說左冷禪想殺的是我師父，不是我？」盈盈道：「他料不到你會來的。你劍術高明之極，早已超越石壁上所刻招數，自不會到這洞裏來觀看劍招。咱們走進山洞，只是碰巧而已。」

令狐冲道：「你說得是。其實左冷禪和我也沒甚麼仇怨。他雙眼給我師父刺瞎，五嶽派掌門之位又給他奪去，那才是切骨之恨。」

盈盈道：「想來左冷禪事先一定安排了計策，要誘岳先生進洞，然後乘黑殺他，又不知如何，這計策給岳先生識破了，他反而守在洞外，撒漁網罩人。當眞是螳螂捕蟬，黃雀在後。眼下左冷禪和你師父都已去世，這中間的原因，只怕沒人得知了。」

令狐冲淒然點了點頭。盈盈道：「岳先生誘騙五嶽劍派諸高手到來，此事早已下了伏筆。那日嵩山比武奪帥，你小師妹施展泰山、衡山、嵩山、恆山各派的精妙劍招，四派高手無不目睹，自是人人心癢難搔。只恆山派的弟子們，你已將石壁上劍招相授，她們才不希罕。泰山、衡山、嵩山三派的門人弟子，當然到處打聽，岳小姐這些劍招從何得來。岳先生暗中稍漏口風，約定日子，開放後洞石壁，這三派好手還不爭先恐後的擁來麼？」令狐冲道：「咱們學武之人，一聽到何處可以學到高妙武功，就算干冒生死大險，也非來不可，尤其是本派的高招，那更加是不見不休。」

盈盈道：「岳先生料想你恆山派不會到來，是以另行安排，用迷藥將衆人蒙倒，一舉擒上華山。」令狐冲道：「我不明白師父爲甚麼這般大費手腳，把恆山派這許多弟子擒上山來？路遠迢迢，很容易出事。當時便將她們都在恆山上殺了，豈不乾脆？」他頓了一頓，說道：「啊，我明白了，殺光了恆山派弟子，五嶽派中便少了恆山一嶽。師父要做五嶽派掌門人，少了恆山派，他這五嶽派掌門人非但美中不足，簡直名不副實。」

盈盈道：「這自是一個原因，但我猜想，另有一個更大原因。」令狐冲道：「那是甚麼？」盈盈道：「最好當然是能擒到你，便可跟我換一樣東西。否則的話，將你派中這些弟子們盡數擒來，向你要挾。我不能袖手旁觀，那樣東西也只好給他換人。」令狐冲恍然，一拍大腿，道：「是了。我師父是要三尸腦神丹的解藥。」盈盈道：「岳先生受逼吞食此藥之後，自是日夜不安，急欲解毒。他知道只有從你身上打算，才能取得解藥。」

令狐冲道：「這個自然。我是你的心肝寶貝，也只有用我，才能向你換到解藥。」盈盈啐了一口，道：「他用你來向我換藥，我才不換呢。解藥藥材採集極難，製煉更加不易，那是無價之寶，豈能輕易給他。」令狐冲道：「古詩有云：易求無價寶，難得有情郎。」盈盈紅暈滿頰，低聲道：「老鼠上天平，自稱自讚，也不害羞。」說話之間，兩人已走上一條極窄的山道。

這山道筆直向上，甚是陡峭，兩人已不能並肩而行。盈盈道：「你先走。」令狐冲道：「還是你先走，倘若摔下來，我便抱住你。」盈盈道：「不，你先走，還不許你回頭瞧我一眼，婆婆說過的話，你非聽不可。」說著笑了起來。令狐冲道：「好，我就先走。要是我摔下來，你可得抱住我。」盈盈忙道：「不行，不行！」生怕他假裝失足，跟自己鬧著玩，當下先上了山道。盈盈見他雖然說笑，卻神情鬱鬱，一笑之後，又現淒然之色，知他對岳不羣之死甚難釋然，一路上順著他說些笑話，以解愁悶。

轉了幾個彎，已到玉女峯上，令狐冲指給她看，那一處是玉女的洗臉盆，那一處是玉女的梳妝台。盈盈情知這玉女峯定是他和岳靈珊當年常遊之所，生怕更增他傷心，匆匆一瞥便即快步走過，也不細問。

再下一個坡，便是上朝陽峯的小道。山嶺上一處處都站滿了哨崗，日月教的教眾衣分七色，隨著旗幟進退，秩序井然，較之昔日黑木崖上的布置，另有一番森嚴氣象。令狐冲暗暗佩服：「任教主胸中果然大有學問。那日我率領數千人眾攻打少林寺，弄得亂七八糟，一塌胡塗，那及日月教這等如身使臂、如臂使指，數千人猶如一人？東方不敗自也是個十分了不起的人物，只後來神智錯亂，將教中大事都交了給楊蓮亭，黑木崖上便徒見肅殺，不見威勢了。」

日月教的教眾見到盈盈，都恭恭敬敬的躬身行禮，對令狐冲也極盡禮敬。旗號一級級的自峯下打到峯腰，再打到峯頂，報與任我行得知。

令狐冲見那朝陽峯自山峯腳下起，直到峯頂，每一處險要之所都布滿了教眾，少說也有二千來人。這次日月教傾巢而出，看來還招集了不少旁門左道之士，共襄大舉。五嶽劍派眾位掌門人就算一個不死，五派好手又都聚在華山，事先若未周密部署，倉卒應戰，只怕也敗多勝少，此刻人才凋零，更加不能與之相抗了。眼見任我行這等聲勢，定是意欲不利於五嶽劍派，反正事已至此，自己獨木難支大廈，只好聽天由命，行一步算一步。任我行眞要殺盡五嶽劍派，自己也不能苟安偷生，只好仗劍奮戰，恆山派弟子一齊死在這朝陽峯上便了。

他雖聰明伶俐，卻無甚智謀，更不工心計，並無處大事、應劇變之才，這時恆山全派盡已身入羅網，也想不出甚麼保派脫身之計，一切順其自然，聽天由命。又想盈盈和任教主是骨肉之親，她最多是兩不相助，決不能幫著自己，出甚麼計較來對付自己父親。當下對朝陽峯上諸教眾弓上弦、刀出鞘的局面，只好視若無睹，和盈盈說些不相干笑話。

盈盈卻早已愁腸百結，她可不似令狐冲那般拿得起、放得下，一路上思前想後，苦無良策，尋思：「冲郎是個天不怕、地不怕之人，我總得幫他想個法子才好。」料想父親率眾大舉而來，決無好事，局面如此險惡，只怕難以兩全其美。

兩人緩緩上峯，一踏上峯頂，猛聽得號角響起，砰砰砰放銃，跟著絲竹鼓樂之聲大作，竟是盛大歡迎貴賓的安排。令狐冲低聲道：「岳父大人迎接東床嬌客回門來啦！」盈盈白了他一眼，心下愁苦：「這人甚麼都不放在心上，這當口還有心思說笑。」

只聽得一人縱聲長笑，朗聲說道：「大小姐，令狐兄弟，教主等候你們多時了。」一個身穿紫袍的瘦長老者邁步近前，滿臉堆歡，握住了令狐冲的雙手，正是向問天。令狐冲和他相見，也十分歡喜，說道：「向大哥，你好，我常常念著你。」

向問天笑道：「我在黑木崖上，不斷聽到你威震武林的好消息，為你乾杯遙祝，少說也已喝了十大罈酒。快去參見教主。」攜著他手，向石樓行去。

那石樓是在東峯之上，巨石高聳，天然生成一座高樓一般，石樓之東便是朝陽峯絕頂的仙人掌。那仙人掌是五根擎天而起的大石柱，中指最高。指頂放著一張太師椅，一人端坐椅中，正是任我行。

盈盈走到仙人掌前，仰頭叫了聲：「爹爹！」

令狐冲躬身下拜，說道：「晚輩令狐冲，參見教主。」

任我行呵呵大笑，說道：「小兄弟來得正好，咱們都是一家人了，不必多禮。今日本教會見天下英豪，先敘公誼，再談家事。賢……賢姪一旁請坐。」

令狐冲聽他說到這個「賢」字時頓了一頓，似是想叫出「賢婿」來，只是名分未定，改口叫了「賢姪」，瞧他心中於自己和盈盈的婚事甚爲贊成，又說甚麼「咱們都是一家人」，說甚麼「先叙公誼，再談家事」，顯是將自己當作了家人。他心中歡喜，站起身來，突然間丹田中一股寒氣直衝上來，全身便似陡然墮入了冰窖，忍不住發抖。盈盈一驚，搶上幾步，問道：「怎樣？」令狐冲道：「我……我……」竟說不出話來。

任我行雖高高在上，但目光銳利，問道：「你和左冷禪交過手了嗎？」令狐冲點頭。任我行笑道：「不礙事。你吸了他的寒冰眞氣，待會散了出來，便沒事了。左冷禪怎地還不來？」盈盈道：「左冷禪暗設毒計，要加害令狐大哥和我，已給令狐大哥殺了。」

任我行「哦」了一聲，他坐得甚高，見不到他臉色，但這一聲之中，顯是充滿了失望之情。盈盈明白父親心意，他今日大張旗鼓，威懾五嶽劍派，要將五派人衆盡數壓服，左冷禪是他生平大敵，沒法親眼見到他屈膝低頭，不免大是遺憾。

她伸左手握住令狐冲的右手，助他驅散寒氣。令狐冲的左手卻給向問天握住了。兩人同時運功，令狐冲便覺身上寒冷漸漸消失。那日任我行和左冷禪在少林寺中相鬥，吸了他不少寒冰眞氣，以致雪地之中，和令狐冲、向問天、盈盈三人同時成爲雪人。但這次令狐冲只在長劍相交之際略中左冷禪的眞氣，爲時甚暫，又非自己吸他，所受寒氣也頗有限，過了片刻，便不再發抖，說道：「好了，多謝！」

任我行道：「小兄弟，你一聽我召喚，便上峯來見我，很好，很好！」轉頭對向問天道：「怎地其餘四派人衆，到這時還不見到來？」

向問天道：「待屬下再行催喚！」左手一揮，便有十八名黃衫老者一列排在峯前，齊聲叫喚：「日月神教文成武德、澤被蒼生任教主有令：泰山、衡山、華山、嵩山四派上下人等，儘速上朝陽峯來相會。各堂香主就近催請，不得有誤。」這十八名老者都是內功深厚的高手，齊聲呼喝，聲音遠遠傳了出去，諸峯盡聞。但聽得東南西北各處，均有數十個聲音答應：「遵命。教主千秋萬載，一統江湖！」那自是日月教各堂的應聲了。

任我行微笑道：「令狐掌門，且請一旁就座。」

令狐冲見仙人掌的西首排著五張椅子，每張椅上都鋪了錦緞，分爲黑白青紅黃五色，錦緞上各繡著一座山峯。北嶽恆山尙黑，黑緞上用白色絲線繡的正是見性峯。眼見繡工精致，單是這張椅披，便顯得日月教這一次布置周密之極。五嶽劍派向以中嶽嵩山居首，北嶽恆山居末，但座位的排列卻倒了轉來，恆山派掌門人的座位放在首席，其次是西嶽華山，嵩山派排在最後，自是任我行抬舉自己、有意羞辱左冷禪。反正左冷禪、岳不羣、莫大先生、天門道人均已逝世，令狐冲也不謙讓，躬身道：「告坐！」坐入那張黑緞爲披的椅中。

朝陽峯上衆人默然等候。過了良久，向問天又指揮十八名黃衫老者再喚了一遍，仍不見有人上來。向問天道：「這些人不識抬舉，遲遲不來參見教主，先招呼自己人上來罷！」十八名黃衫老者齊聲喚道：「五湖四海、各島各洞、各幫各寨、各山各堂的諸位兄弟，都上朝陽峯來參見教主。」

他們這「主」字一出口，峯側登時轟雷也似的叫了出來：「遵命！」呼聲聲震山谷，令狐冲不禁嚇了一跳，聽這聲音，少說也有二三萬人。這些人暗暗隱伏，不露半點聲息，猜想任我行的原意，是要待五嶽劍派人衆到齊之後，出其不意的將這數萬人喚了出來，以駭人聲勢，壓得五嶽劍派再也不敢興反抗之意。霎時之間，朝陽峯四面八方湧上無數人來。人數雖多，卻不發出半點喧嘩。各人分立各處，看來事先早已操演純熟。上峯來的約有二三千人，當是左道綠林中的首領人物，其餘屬下，自是在峯腰相候了。

令狐冲一瞥之下，見黃伯流、司馬大、祖千秋、老頭子、計無施等都在其內。這些人或受日月教管轄，或一向與之互通聲氣。當日令狐冲率領羣豪攻打少林寺，這些人大都曾經參加。衆人目光和令狐冲相接，都點頭微笑示意，卻誰也不出聲招呼，除了沙沙的腳步聲外，數千人來到峯上，更沒別般聲息。

向問天右手高舉，劃了個圓圈。數千人一齊跪倒，齊聲說道：「江湖後進參見神教文成武德、澤被蒼生聖教主！聖教主千秋萬載，一統江湖！」這些人都是武功高強之士，用力呼喚，一人足可抵得十個人的聲音。最後說到「聖教主千秋萬載，一統江湖」

之時，日月教教衆，以及聚在山腰裏的羣豪也都一齊叫喚，聲音當眞驚天動地。

任我行巍坐不動，待衆人呼畢，舉手示意，說道：「衆位辛苦了，請起！」

數千人齊聲說道：「謝聖教主！」一齊站起。

令狐冲心想：「當時我初上黑木崖，見到教衆奉承東方不敗那般無恥情狀，忍不住肉麻作嘔。不料任教主當了教主，竟然變本加厲，教主之上，還要加上一個『聖』字，變成了聖教主。只怕文武百官見了當今皇上，高呼『我皇萬歲萬萬歲』，也不會如此卑躬屈膝。我輩學武之人，向以英雄豪傑自居，如此見辱於人，還算是甚麼頂天立地的好男兒、大丈夫？」

想到此處，不由得氣往上衝，突然之間，丹田中一陣劇痛，眼前發黑，幾乎暈去。他雙手抓住椅柄，咬得下唇出血，知道自從學了「吸星大法」後，雖立誓不用，但剛才在山洞口給岳不羣以漁網罩住，生死繫於一線，只好將這法門使了出來，吸了岳不羣的內力，自己卻已大受其害，這時強行克制，才使得口中不發出呻吟之聲。

但他滿頭大汗，全身發顫，臉上肌肉扭曲、痛苦之極的神情，卻誰都看得出來。祖千秋等都目不轉睛的瞧著他，甚是關懷。盈盈走到他身後，低聲道：「冲哥，我在這裏。」在羣豪數千對眼睛注視之下，她只能說這麼一聲，卻也已羞得滿臉通紅。令狐冲回過頭來，向她瞧了一眼，心下稍覺好過了些。

他隨即想起那日任我行在杭州說過的話，說道他學了這「吸星大法」後，得自旁人的異種眞氣聚在體內，總有一日要發作出來，發作時一次厲害過一次。任我行當年所以給東方不敗篡了教主之位，便因困於體內的異種眞氣，苦思化解之法，以致將餘事盡數置之度外，才爲東方不敗所乘。任我行囚於西湖湖底十餘年，潛心鑽研，悟得了化解之法，卻要令狐冲加盟日月教，方能授他此術。

其時令狐冲堅不肯允，乃自幼受師門教誨，深信正邪不兩立，決計不肯與魔教同流合污。後來見到左冷禪等正教大宗師的所作所爲，其奸詐兇險處，比之魔教不遑多讓，這正邪之分便看得淡了。有時心想，倘若任教主定要我入教，才肯將盈盈許配於我，那麼馬馬虎虎入教，也就是了。他本性便隨遇而安，甚麼事都不認眞，入教也罷，不入教也罷，原也算不上甚麼大事。

但那日在黑木崖上，見到一衆豪傑好漢對東方不敗和任我行兩位教主如此卑屈，口中說的盡是言不由衷的肉麻奉承，不由得大起反感，心想倘若我入教之後，也須過這等奴隸般的日子，當眞枉自爲人，大丈夫生死有命，偷生乞憐之事，令狐冲可決計不幹。此刻更見到任我行作威作福，排場似乎比皇帝還要大著幾分，心想當日你在湖底黑獄之中，是如何一番光景，今日卻將普天下英雄折辱得人不像人，委實無禮已極。

正思念間，忽聽得有人朗聲說道：「啓稟聖教主，恆山派門下衆弟子來到。」

令狐冲一凜，只見儀和、儀清、儀琳等一干恆山弟子，相互扶持，走上峯來。不戒和尚夫婦和田伯光跟隨在後。鮑大楚朗聲道：「衆位朋友請去參見聖教主。」

儀清等見令狐冲坐在一旁，知任我行是他的未來岳丈，心想雖正邪不同，但瞧在掌門人的面上，以後輩之禮相見便了，各人走到仙人掌前，躬身行禮，說道：「恆山派後學弟子，參見任教主！」鮑大楚喝道：「跪下磕頭！」儀清朗聲道：「我們是出家人，拜佛、拜菩薩、拜師父，不拜凡人！」鮑大楚大聲道：「聖教主不是凡人，他老人家是神仙聖賢，便是佛，便是菩薩！」儀清轉頭向令狐冲瞧去。令狐冲搖了搖頭。

儀清道：「要殺便殺，恆山弟子，不拜凡人！」

不戒和尚哈哈大笑，叫道：「說得好，說得好！」向問天怒道：「你是那一門那一派的？到這裏來幹甚麼？」他眼見恆山派弟子不肯向任我行磕頭，勢成僵局，倘若去爲難這干女弟子，於令狐冲臉上便不好看，當即去對付不戒和尚，以分任我行之心。

不戒和尚笑道：「和尚是大廟不收、小廟不要的野和尚，無門無派，聽見這裏有人聚會，便過來瞧瞧熱鬧。」向問天道：「今日日月神教在此會見五嶽劍派，閒雜人等不得在此囉唕，你下山去罷！」向問天這麼說，那是衝著令狐冲的面子，可算已頗爲客氣，他見不戒和尚和恆山派女弟子同來，料想和恆山派有些瓜葛，不欲令他過份難堪。

不戒笑道：「這華山又不是你們魔教的，我要來便來，要去便去，除了華山派師徒，誰也管我不著。」這「魔教」二字，大犯日月教之忌，武林中人雖在背後常提「魔教」，但若非公然爲敵，當著面決不以此相稱。不戒和尚心直口快，說話肆無忌憚，聽得向問天喝他下山，十分不快，那管對方人多勢衆，竟毫無懼色。

向問天轉向令狐冲道：「令狐兄弟，這顚和尚跟貴派有甚麼干係？」

令狐冲胸腹間正痛得死去活來，顫聲答道：「這……這位不戒大師……」

任我行聽不戒公然口稱「魔教」，極是氣惱，只怕令狐冲說出跟這和尚大有淵源，可就不便殺他，不等令狐冲說畢，便即喝道：「將這瘋僧斃了！」八名黃衣長老齊聲應道：「遵命！」八人拳掌齊施，便向不戒攻了過去。

不戒叫道：「你們恃人多嗎？」只說得幾個字，八名長老已然攻到。那婆婆罵道：「好不要臉！」竄入人羣，和不戒和尚靠著背，舉掌迎敵。那八名長老都是日月教中第一等的人才，武功與不戒和那婆婆均在伯仲之間，以八對二，數招間便佔上風。田伯光拔出單刀，儀琳提起長劍，加入戰團。他二人武功顯是遠遜，八長老中二人分身迎敵，田伯光仗著刀快，尚能抵擋得一陣，儀琳卻給對方逼得氣都喘不過來，若不是那長老見她穿著恆山派服色，瞧在令狐冲臉上容讓幾分，早便將她殺了。

令狐冲左手按著肚子，右手抽出長劍，叫道：「且……且慢！」搶入戰團，長劍顫動，連出八招，逼退了四名長老，轉身過來，又是八劍。這一十六招「獨孤劍法」，每一招都指向各長老的要害之處。八名長老給他逼得手忙腳亂，又不敢當眞和他對敵，紛紛退開。令狐冲彎腰俯身，蹲在地下，說道：「任……任教主，請瞧在我面上，讓……讓他們……」下面兩個「去罷」，再也說不出口。

任我行見了這等情景，料想他體內異種眞氣發作，心知女兒非此人不嫁，自己原也愛惜於他，自己既無兒子，便盼他將來接任神教教主之位，當下點了點頭，說道：「既是令狐掌門求情，今日便網開一面。」

向問天身形一晃，雙手連揮，已分別點了不戒夫婦、田伯光和儀琳四人的穴道。他出手之快，委實神乎其技，那婆婆雖身法如電，竟也逃不開他手腳。令狐冲驚道：「向……向……」向問天笑道：「你放心，聖教主已說過網開一面。」轉頭叫道：「來八個人！」便有八名靑衫教徒越衆而出，躬身道：「謹奉向左使吩咐！」向問天道：「四個男的，四個女的。」當下四名男教徒退下，四名女教徒走上前來。

向問天道：「這四人出言無狀，本應殺卻。聖教主寬大爲懷，瞧著令狐掌門金面，不予處分。將他們背到峯下，解穴釋放。」八人躬身答應。向問天低聲吩咐：「是令狐掌門的朋友，不得無禮。」那八人應道：「是！」背負四人，下峯去了。

令狐冲和盈盈見不戒等四人逃過了殺身之厄，都舒了口長氣。令狐冲顫聲道：「多……多謝！」蹲在地下，再也站不起來。他適才連攻一十六招，雖將八名長老逼開，但這八名長老個個武功精湛，他這劍招又不能傷到他們，使這一十六招雖只瞬息間事，卻已大耗精力，胸腹間疼痛更加厲害。

向問天暗暗躭心，臉上卻不動聲息，笑問：「令狐兄弟，有點不舒服麼？」他和令狐冲當年力鬥羣豪，義結金蘭，雖相聚日少，但這份交情卻生死不渝。他攜住令狐冲的手，扶他到椅上坐下，暗輸眞氣，助他抗禦體內眞氣的劇變。

令狐冲心想自己身有「吸星大法」，向問天如此做法，無異讓自己吸取他的功力，忙用力掙脫他手，說道：「向大哥，不可！我……我已經好了。」

任我行說道：「五嶽劍派之中，只恆山一派前來赴會。其餘四派師徒，竟膽敢不上峯來，咱們可不能客氣了。」

便在此時，上官雲快步上峯來，走到仙人掌前，躬身說道：「啓稟聖教主：思過崖山洞之中，發現數百具屍首。嵩山派掌門人左冷禪便在其內，尚有嵩山、衡山、泰山諸派好手，不計其數，似是自相殘殺而死。」

任我行「哦」的一聲，道：「衡山派掌門人莫大那裏去了？」上官雲道：「屬下仔細檢視，屍首中並無莫大在內，華山各處也沒發見他蹤跡。」

令狐冲和盈盈既欣慰，又詫異，兩人對望一眼，均想：「莫大先生行事神出鬼沒，居然能夠脫險，猜想他當時多半是躺在屍首堆中裝假死，直到風平浪靜，這才離去。」

只聽上官雲又道：「泰山派的玉磬子、玉音子等都死在一起。」任我行大是不快，說道：「這……這從何說起？」上官雲又道：「在那山洞之外，又有一具屍首。」任我行忙問：「是誰？」上官雲道：「屬下檢視之後，確知是華山派掌門，也就是新近奪得五嶽派掌門之位的君子劍岳不羣岳先生。」他知令狐冲將來在本教必定執掌重權，而岳不羣是他受業師父，因此言語中就客氣了些。

任我行聽得岳不羣也已死了，不由得茫然若失，問道：「是……是誰殺死他的？」上官雲道：「屬下在思過崖山洞中檢視之時，聽得後洞口有爭鬥之聲，出去一看，見是一羣華山派門人和泰山派的道人在劇烈格鬥，都說對方害死了本派師父。雙方打得很厲害，死傷不少。現下已均拿在峯下，聽由聖教主發落。」

任我行沉吟道：「岳不羣是給泰山派殺死的？泰山派中那有如此好手？」

恆山派中儀清朗聲道：「不！岳不羣是我恆山派中一位師妹殺死的。」任我行道：「是誰？」儀清道：「便是剛才下峯去的儀琳師妹。岳不羣害死我派掌門師叔和定逸師叔，本派上下無不恨之切骨。今日菩薩保祐，掌門師叔和定逸師叔有靈，借著本派一個武功低微的小師妹之手，誅此元凶巨惡。」

任我行道：「嗯，原來如此！那也算得天網恢恢，疏而不漏了。」語氣之中，顯得十分意興蕭索。

向問天和衆長老等你瞧瞧我，我瞧瞧你，均感沒趣。此番日月教大舉前來華山，事先布置周詳異常，不但全教好手盡出，更召集了屬下各幫、各寨、各洞、各島羣豪，準擬一舉而將五嶽劍派盡數收服。五派如不肯降服，便即聚而殲之。從此任我行和日月神教威震天下。再挑了少林、武當兩派，正教中更無一派能與抗手，千秋萬載，一統江湖的基業，便於今日在華山朝陽峯上轟轟烈烈的奠下了。不料左冷禪、岳不羣以及泰山派中的幾名前輩盡皆自相殘殺而死，莫大先生不知去向，四派的後輩弟子也沒剩下多少。任我行殫精竭慮的一番巧妙策劃，竟然盡皆落空。

任我行越想越怒，大聲道：「將五嶽劍派還沒死光的狗崽子，都給我押上來。」上官雲應道：「是！」轉身下去傳令。

令狐冲體內的異種眞氣鬧了一陣，漸漸平靜，聽得任我行說「五嶽劍派還沒死光的狗崽子」，知他用意並不是罵自己，但恆山派畢竟也在五嶽劍派之列，心下老大沒趣。

過了一會，只聽得吆喝之聲，日月教的兩名長老率領教衆，押著嵩山、泰山、衡山、華山四派的三十三名弟子，來到峯上。華山派弟子本來不多，嵩山、泰山、衡山三派這次來到華山的好手十九都已戰死。這三十三名弟子不但都是無名之輩，且個個身上帶傷，若非日月教教衆扶持，根本就沒法上峯。

任我行一見大怒，不等各人走近，喝道：「要這些狗崽子幹甚麼？帶下去，都帶了下去！」那兩名長老應道：「謹遵聖教主令旨。」將三十三名受傷的四派弟子帶下峯去。

任我行空口咒罵了幾句，突然哈哈長笑，說道：「這五嶽劍派叫做自作孽，不可活，不勞咱們動手，他們窩裏反自相殘殺，從此江湖之上，再也沒他們的字號了。」

向問天和十長老一齊躬身說道：「這是聖教主洪福齊天，跳樑小醜，自行殞滅。」

向問天又道：「五嶽劍派之中，恆山派卻一枝獨秀，矯矯不羣，那都是令狐掌門領導有方之功。今後恆山派和咱們神教同氣連枝，共享榮華。恭喜聖教主得了一位少年英俠之中舉世無雙的人才，作爲臂助。」

任我行道：「正是，向左使說得好。令狐賢姪，從今日起，你這恆山一派可以散了。門下的衆位師太和女弟子們，願意到我們黑木崖去固歡迎得緊，否則仍留恆山那也不妨。這恆山下院，算是你副教主的一枝親兵罷，哈哈，哈哈！」仰天長笑，聲震山谷。

衆人聽到「副教主」三字，都是一呆，隨即歡聲雷動，四面八方都叫了起來：「令狐大俠出任我教副教主，當眞好極了！」「恭喜聖教主得個好幫手！」「恭賀聖教主，恭賀副教主！」「聖教主萬歲，副教主九千歲！」諸教衆眼見令狐冲既將做教主的女婿，又當上了副教主，他日教主之位自非他莫屬，知他爲人隨和，日後各人多半不必再像目前這般日夕惴惴，唯恐大禍臨頭。其餘江湖豪士有一大半曾隨令狐冲攻打少林寺，和他同過患難，又或受過盈盈的賜藥之恩，歡呼擁戴之意都發自衷誠。

向問天笑道：「恭賀副教主，咱們先喝一次歡迎你加盟的喜酒，跟著便喝你跟大小姐成親的喜酒。這就叫好事成雙，喜上加喜。」

令狐冲心中卻一片迷惘，只知此事萬萬不可，卻不知如何推辭才是；又想自己倘若力辭不就，與盈盈結縭之望便此絕了，任我行一怒之下，自己便有殺身之禍。自己死不足惜，但恆山全派弟子，只怕一個個都會喪生於此。該當立即推辭，還是暫且答應下來，讓恆山衆弟子脫了險再說？他緩緩轉過頭去，向恆山派衆弟子瞧去，只見有的臉現怒色，有的垂頭喪氣，有的大是惶惑，不知如何是好。

只聽得上官雲朗聲道：「咱們以聖教主爲首、副教主爲副，挑少林，克武當，崑崙、峨嵋不攻自下，再要滅了丐幫，也不過舉手之勞。聖教主千秋萬載，一統江湖！副教主壽比南山，福澤無窮！」

令狐冲心中本來好生委決不下，聽上官雲贈了自己八字頌詞，甚麼「壽比南山，福澤無窮」，比之任我行的「千秋萬載，一統江湖」似是差了一級，但也不過是「九千歲」與「萬歲」之別，倘若當了副教主，這八字頌詞，只怕就此永遠跟定在自己屁股後面，想到此處，覺得十分滑稽，忍不住嗤的一聲，笑了出來。

這一聲笑顯是大有譏刺之意，人人都聽了出來，霎時間朝陽峯上一片寂靜。

向問天道：「令狐掌門，聖教主以副教主之位相授，那是普天下武林中一人之下、萬人之上的高位，快去謝過了。」

令狐冲心中突然一片明亮，再無猶豫，站起身來，對著仙人掌朗聲說道：「任教主，晚輩有兩件大事，要向教主陳說。」

任我行微笑道：「但說不妨。」

令狐冲道：「第一件，晚輩受恆山派前掌門定閒師太的重託，出任恆山掌門，縱不能光大恆山派門戶，也決不能將恆山一派帶入日月神教，否則將來九泉之下，有何面目去見定閒師太？這是第一件。第二件乃是私事，我求教主將令愛千金許配於我爲妻。」

衆人聽他說到第一件事時，均覺事情要糟，但聽他跟著說的第二件事，竟是公然求婚，無不相顧莞爾。

任我行哈哈一笑，說道：「第一件事易辦，你將恆山派掌門之位，傳給一位師太接充便是。你自己加盟神教之後，恆山派是不是加盟，儘可從長計議。第二件呢，你和盈盈情投意合，天下皆知，我當然答允將她配你爲妻，那又何必躭心？哈哈，哈哈！」

衆人隨聲附和，登時滿山歡笑。

令狐冲轉頭向盈盈瞧了一眼，見她紅暈雙頰，臉露喜色，待衆人笑了一會，朗聲說道：「承岳父美意，邀小婿加盟貴教，且以高位相授，十分感激。但小婿是個素來不守規矩之人，若入了貴教，定要壞了岳父的大事。仔細思量，還望岳父收回成議。」

任我行心中大怒，冷冷的道：「如此說來，你是決計不入神教了？」

令狐冲道：「正是！」這兩字說得斬釘截鐵，絕無半分轉圜餘地。

一時朝陽峯上，羣豪盡皆失色。

任我行道：「你體內積貯的異種眞氣，今日已發作過了。此後多則半年，少則三月，又將發作，從此一次比一次厲害，化解之法，天下只我一人知曉。」

令狐冲道：「當日在杭州梅莊，以及在少室山腳下雪地之中，岳父曾言及此事。小婿適才嘗過這異種眞氣發作爲患的滋味，確是猶如身歷萬死。但大丈夫涉足江湖，生死苦樂，原也計較不了這許多。」

任我行哼了一聲，道：「你倒說得嘴硬。今日你恆山派都在我掌握之中，我便一個也不放你們活著下山，那也易如反掌。」

令狐冲道：「恆山派雖大都是女流之輩，卻也無所畏懼。岳父要殺，我們誓死周旋便是。」

儀清伸手一揮，恆山派衆弟子都站到了令狐冲身後。儀清朗聲道：「我恆山派弟子唯掌門之命是從，死無所懼。」衆弟子齊道：「死無所懼！」鄭萼道：「敵衆我寡，我們又入了圈套，日後江湖上好漢終究知道，我恆山派如何力戰不屈。」

任我行怒極，仰天大笑，說道：「今日殺了你們，倒說是我暗設埋伏，以計相害。令狐冲，你帶領門人弟子回去恆山，一個月內，我必親上見性峯來。那時恆山之上若能留下一條狗、一隻鷄，算是我姓任的無能。」

教衆大聲吶喊：「聖教主千秋萬載，一統江湖！殺得恆山之上，鷄犬不留！」

以日月教的聲勢，要上見性峯去屠滅恆山派，較之此刻立即動手，相差者也不過多一番跋涉而已。不論恆山派回去之後如何布置防備，日月教定能將之殺得乾乾淨淨。以前五嶽劍派和日月教爲敵，五派互爲支援，一派有難，四派齊至，饒是如此，百餘年來也只能維持個不勝不敗的局面。目下五嶽劍派中只賸下一派，自必無力和日月教相抗。這一節恆山派衆人無不了然。任我行說要將恆山派殺得鷄犬不留，並非大言。

其實在任我行心中，此刻卻已另有一番計較，令狐冲劍術雖精，畢竟孤掌難鳴，恆山一派已不足爲患。他掛在心上的，其實是少林與武當兩派，心想令狐冲回去，必然向少林與武當求援，這兩派也必盡遣高手，上見性峯去相助。他偏偏不攻恆山，卻出其不意的突襲武當，再在少室山與武當山之間設下三道厲害的埋伏。武當山與少林寺相距不過數百里，武當有事，自然就近通知少林。這時少林寺的高手一大半已去了恆山，餘下的定然傾巢而出，前往武當赴援。那時日月神教反過來挑了少林派的根本重地，先將少林寺燒了，然後埋伏盡起，前後夾擊，將赴武當應援的少林僧衆殲滅，再重重圍困武當山，卻不即進攻。等到恆山上的少林、武當兩派好手得知訊息，千里奔命，趕來武當，日月神教以逸待勞，半路伏擊，定可得手。此後攻武當、滅恆山，已易如反掌了。

他在這霎時之間，已定下除滅少林、武當兩大勁敵的大計，在心中反覆盤算，料想十九可成。令狐冲不肯入教，雖削了自己臉面，但正因此一事，反成就了日月神教一統江湖的大業，心中歡喜，實難形容。

令狐冲向盈盈道：「盈盈，你是不能隨我去的了？」盈盈早已珠淚盈眶，這時再也不能忍耐，淚水從面頰上直流下來，說道：「我若隨你而去恆山，乃是不孝；倘若負你，又是不義。孝義難以兩全，冲哥，冲哥，自今而後，勿再以我爲念。反正你……」令狐冲道：「怎樣？」盈盈道：「反正你已命不久長，我也決不會比你多活一天。」

令狐冲笑道：「你爹爹已親口將你許配於我。他是千秋萬載、一統江湖的聖教主，豈能言而無信？我就和你在此拜堂成親，結爲夫婦如何？」

盈盈一怔，她雖早知令狐冲是個膽大妄爲、落拓不羈之徒，卻也料不到他竟會說出這番話來，不由得滿臉通紅，說道：「這……這如何可以？」

令狐冲哈哈大笑，說道：「那麼咱們就此別過。」

他深知盈盈的心意，待任我行率衆攻打恆山，將自己殺死之後，她必自殺殉情，此事勢所必然，無法勸阻。倘若此刻她能破除世俗之見，肯與自己在這朝陽峯上結成夫妻，同歸恆山，得享數日燕爾新婚之樂，然後攜手同死，更無餘恨。但此舉太過驚世駭俗，我浪子令狐冲固可行之不疑，卻決非這位拘謹靦腆的任大小姐所肯爲，何況這麼一來，更令她負了不孝之名。當下哈哈一笑，向任我行躬身行禮，說道：「岳父大人，小婿今日對不住了！」又向向問天及諸長老作個四方揖，說道：「令狐冲在見性峯上，恭候諸位大駕！」說著轉身便走。

向問天道：「且慢！取酒來！令狐兄弟，今日不大醉一場，更無後期。」令狐冲笑道：「妙極，妙極！向大哥確是我知己。」日月教此番來到華山，事先詳加籌劃，百物具備，向問天一聲「酒來」，便有屬下教衆捧過幾罈酒來，打開罈蓋，斟在碗中。向問天和令狐冲各乾一碗。

人叢中走出一個矮胖子來，卻是老頭子，說道：「令狐公子，你大恩大德，小老兒永遠不忘，今日來敬你一碗。」說著舉起碗喝乾。他只是日月教管轄的一名江湖散人，和向問天的地位不可同日而語。令狐冲今日不肯入教，公然得罪任我行，老頭子這樣一個小腳色居然敢來向他敬酒，只怕轉眼間便有殺身之禍。他重義輕生，自已將生死置之度外。羣豪見他如此大膽，無不暗暗佩服。

跟著祖千秋、計無施、藍鳳凰、黃伯流等人一個個過來敬酒。令狐冲酒到碗乾，眼見來敬酒的好漢仍絡繹不絕，心想：「這許多朋友如此瞧得起我，令狐冲這一生也不枉了，卻又何必害了他們的性命？」舉起大碗，說道：「衆位朋友，令狐冲已不勝酒力，今日不能再喝了。衆位前來攻來恆山之時，我在恆山腳下斟滿美酒，大家喝醉了再打！」說著將手中一碗酒乾了。羣豪齊叫：「令狐掌門，快人快語！」有人叫道：「喝醉了酒，胡裏胡塗亂打一場，倒也有趣。」

令狐冲將酒碗一擲，醉醺醺的往峯下走去。儀淸、儀和等恆山羣弟子跟隨下峯。

當羣豪和令狐冲飲酒之時，任我行只微笑不語，心中卻在細細盤算，在少林與武當之間的三道埋伏該當如何安排；如何佯攻恆山，方能引得少林、武當兩派高手前去赴援：攻武當山如何圍開一面，好讓武當派中有人出外向少林寺求援；又須做得如何似模似樣，方能令得對方最工心計之人也瞧不破其中機關。待得令狐冲大醉下山，他破武當、克少林的諸般細節，在心中已大致盤算就緒。又想：「這些傢伙當著我面，竟敢向令狐冲這小子敬酒，這筆帳慢慢再算。眼前用人之際，暫且隱忍不發，待得少林、武當、恆山三派齊滅之後，今日向令狐冲敬酒之人，一個個都沒好下場。令狐冲這小子深得人心，確是個人才。」

忽聽得向問天道：「大家聽了：聖教主明知令狐冲倔強頑固，不受抬舉，卻仍好言相勸，固是聖教主寬大為懷，愛惜人才，但另有一番深意，卻非令狐冲這一介莽夫所能知。

咱們今日不費吹灰之力，滅了嵩山、泰山、華山、衡山四派，日月神教，威名大振！」

諸教眾齊聲呼叫：「聖教主千秋萬載，一統江湖！」

向問天待眾人叫聲一停，續道：「武林中尚有少林、武當兩派，是本教的心腹之患；聖教主正是要著落在令狐冲身上，安排巧計，掃蕩少林，誅滅武當。聖教主算無遺策，成竹在胸。他老人家算定令狐冲不肯入教，果然是不肯入教。大家向令狐冲敬酒，便是出於聖教主事先囑咐！」

教眾一聽，心中均道：「原來如此！」又都大叫：「聖教主千秋萬載，一統江湖。」

向問天追隨任我行多年，深知他的爲人，自己一時激於義氣，向令狐冲敬酒，此事定爲他所不喜，自己倒還罷了，其餘眾人也跟著敬酒，勢不免有殺身之禍，當即編了一番言語出來，以全他顏面，也盼憑著這幾句話，能救得老頭子、計無施等諸人的性命。這麼一說，眾人敬酒之事非但於任我行的威嚴一無所損，反而更顯得他高瞻遠矚，料事如神。

任我行聽向問天如此說法，心下甚喜，暗想：「畢竟向左使隨我多年，明白我的心意。然而他雖知我要掃蕩少林，誅滅武當，如何滅法，他終究猜想不到了。這個大方略此後一步步的行將出來，事先連他也不讓知曉。」

上官雲大聲說道：「聖教主智珠在握，天下大事，都早在他老人家的算計之中。他老人家說甚麼，大夥兒就幹甚麼，再也沒錯的。」鮑大楚道：「聖教主只要小指頭兒抬一抬，咱們水裏水裏去，火裏火裏去，萬死不辭。」王誠道：「爲聖教主辦事，就算死十萬次，也比胡裏胡塗的活著快活得多。」又一人道：「衆兄弟都說，一生之中，最有意思的就是這幾天了，咱們每天都能見到聖教主。見聖教主一次，渾身有勁，心頭火熱，勝於苦練內功十年。」另一人道：「聖教主光照天下，猶似我日月神教澤被蒼生，又如大旱天降下的甘霖，人人見了歡喜，心中感恩不盡。」又有一人道：「古往今來的大英雄、大豪傑、大聖賢中，沒一個能及得上聖教主的。孔夫子的武功那有聖教主高強？關王爺是匹夫之勇，那有聖教主的智謀？諸葛亮計策雖高，叫他提一把劍來，跟咱們聖教主比比劍法看？」

諸教衆齊聲喝采，叫道：「孔夫子、關王爺、諸葛亮，誰都比不上我們聖教主！」

鮑大楚道：「咱們神教一統江湖之後，把天下文廟中的孔夫子神像搬出來，又把天下武廟中關王爺的神像請出來，請他們兩位讓讓位，供上咱們聖教主的長生祿位！」

上官雲道：「聖教主聖壽一千歲，一萬歲！咱們的子子孫孫，十八代的灰孫子，都在聖教主麾下聽由他老人家驅策。」

衆人齊聲高叫：「聖教主千秋萬載，一統江湖！千秋萬載，一統江湖！」

任我行聽著屬下教衆諛詞如潮，雖然有些言語未免荒誕不經，但聽在耳中，著實受用，心想：「這些話其實也沒錯。諸葛亮武功固然非我敵手，他六出祁山，未建尺寸之功，說到智謀，難道又及得上我了？關雲長過五關、斬六將，固是神勇，可是若和我單打獨鬥，又怎能勝得我的『吸星大法』？孔夫子弟子不過三千，我屬下教衆何止三萬？他率領三千弟子，悽悽遑遑的東奔西走，絕糧在陳，束手無策。我率數萬之衆，橫行天下，從心所欲，一無阻難。孔夫子的才智和我任我行相比，卻又差得遠了。」

但聽得「千秋萬載，一統江湖！千秋萬載，一統江湖！」之聲震動天地，站在峯腰的江湖豪士跟著齊聲吶喊，四周羣山均有回聲。任我行躊躇滿志，站起身來。

教衆見他站起，一齊拜伏在地。霎時之間，朝陽峯上一片寂靜，更無半點聲息。

陽光照射在任我行臉上、身上，這日月神教教主威風凜凜，宛若天神。

任我行哈哈大笑，說道：「但願千秋萬載，永如今……」說到那「今」字，突然聲音啞了。他一運氣，要將下面那個「日」字說了出來，只覺胸口抽搐，那「日」字無論如何說不出口。他右手按胸，要將一股湧上喉頭的熱血壓將下去，只覺頭腦暈眩，陽光耀眼。

中興聖教
澤被蒼生
千秋萬載
一統江湖

椅套上繡了九條金龍，捧著中間一個剛從大海中升起的太陽。椅套四周邊緣綴著不少明珠、鑽石，和諸般翡翠寶石。

四〇 曲諧

令狐冲大醉下峯，直至午夜方醒。酒醒後始知身在曠野之中，恆山羣弟子遠遠坐著守衛。令狐冲頭痛欲裂，想起自今而後，只怕和盈盈再無相見之期，不由得心下大痛。

一行人來到恆山見性峯上，向定閒、定靜、定逸三位師太的靈位祭告大仇已報。眾人料想日月教旦夕間便來攻山，一戰之後，恆山派必定覆滅，好在勝負之數早已預知，眾人反放寬胸懷，無所掛心。不戒夫婦、儀琳、田伯光等四人在華山腳下便已和眾人相會，一齊來到恆山。眾人均想，就算勤練武功，也不過多殺得幾名日月教的教眾，於事毫無補益，大家索性連劍法也不練了。虔誠之人每日裏勤唸經文，餘人滿山遊玩。恆山派本來戒律精嚴，朝課晚課，絲毫無怠，這些日子中卻得輕鬆自在一番。

過得數日，見性峯上忽然來了十名僧人，為首的是少林寺方丈方證大師。

令狐冲正在主庵中自斟自飲，擊桌唱歌，自得其樂，忽聽方證大師到來，不由得又驚又喜，忙搶出相迎。方證大師見他赤著雙腳，鞋子也來不及穿，滿臉酒氣，微笑道：「古人倒履迎賓，總還記得穿鞋。令狐掌門不履相迎，待客之誠，更勝古人了。」

令狐冲躬身行禮，說道：「方丈大師光降，令狐冲不曾遠迎，實深惶恐。方生大師也來了。」方生微微一笑。令狐冲見其餘八名僧人都白鬚飄動，叩問法號，均是少林寺「方」字輩的高僧。令狐冲將衆位高僧迎入庵中，在蒲團上就座。

令狐冲以前本在庵外客房住宿，自華山回歸後，各人自忖在世爲日無多，不必多加拘束，他便遷入主庵，以圖處事近便。這主庵本是定閒師太清修之所，向來一塵不染，自從令狐冲入居後，滿屋都是酒罈、酒碗，亂七八糟。令狐冲臉上一紅，說道：「小子無狀，衆位大師勿怪。」

方證微笑道：「老僧今日拜山，乃爲商量要事而來，令狐掌門不必客氣。」頓了一頓，說道：「聽說令狐掌門爲了維護恆山一派，不受日月教副教主之位，固將性命置之度外，更甘願割捨任大小姐這等生死同心的愛侶，武林同道，無不欽仰。」

令狐冲一怔，心想：「我不願爲了恆山一派而牽累武林同道，不許本派弟子洩漏此事，以免少林、武當諸派來援，大動干戈，多所殺傷。不料方證大師還是得到了訊息。」說道：「大師謬讚，令人好生慚愧。晚輩和日月教任教主之間，恩怨糾葛甚多，說之不盡。有負任大小姐恩義，事出無奈，大師不加責備，反加獎勉，晚輩萬萬不敢當了。」

方證大師道：「任教主要率衆來和貴派爲難。今日嵩山、泰山、衡山、華山四派俱已式微，恆山一派別無外援，令狐掌門卻不遣人來敝寺傳訊，莫非當我少林派僧衆是貪生怕死、不顧武林義氣之輩？」

令狐冲站起說道：「決計不敢。當年晚輩不自檢點，和日月教首腦人物結交，此後種種禍事，皆由此起。晚輩自思一人作事一人當，連累恆山全派，已然心中不安，如何再敢驚動大師和冲虛道長？倘若少林、武當兩派仗義來援，損折人手，晚輩之罪，更加萬死莫贖了。」

方證微笑道：「令狐掌門此言差矣。魔教要毀我少林、武當與五嶽劍派，百餘年前便已存此心，其時老衲都未出世，跟令狐掌門又有何干？」

令狐冲點頭道：「先師昔日常加教誨，自來正邪不兩立，魔教和我正教各派連年相鬥，仇怨極重。晚輩識淺，只道雙方各讓一步，便可化解，殊不知任教主與晚輩淵源雖深，到頭來終於仍須兵戎相見。」

方證道：「你說雙方各讓一步，便可化解，這句話本來不錯。日月教和我正教各派連年相鬥，其實也不是有甚麼非拚個你死我活的原由，只是雙方首領都想獨霸武林，意欲誅滅對方。那日老衲與冲虛道長、令狐掌門三人在懸空寺中晤談，深以嵩山左掌門混一五嶽劍派爲憂，便是怕他這獨霸武林的野心。」說著嘆了口長氣，緩緩的道：「聽說日月教中有句話，說道是『千秋萬載，一統江湖』，既存此心，武林中如何更有寧日？江湖上各幫各派宗旨行事，大相逕庭。一統江湖，既無可能，亦非衆人之福。」

令狐冲深然其說，點頭道：「方丈大師說得甚是。」

方證道：「任教主既說一個月之內，要將恆山之上殺得鷄犬不留。他言出如山，決無更改。現下少林、武當、崑崙、峨嵋、崆峒各派好手，都已聚集在恆山腳下了。」

令狐冲吃了一驚，「啊」的一聲，跳起身來，說道：「有這等事？諸派前輩來援，晚輩矇然不知，當眞該死之極。」恆山派既知魔教一旦來攻，人人均無倖理，甚麼放哨、守禦等等盡屬枉費力氣，是以將山下的哨崗也早都撤了。令狐冲又道：「請諸位大師在山上休息，晚輩率領本門弟子，下山迎接。」方證搖頭道：「此番各派同舟共濟，攜手抗敵，這等客套也都不必了，大夥兒一切都已有安排。」

令狐冲應道：「是。」又問：「不知方丈大師何以得知日月教要攻恆山？」方證道：「老衲接到一位前輩的傳書，方才得悉。」令狐冲道：「前輩？」心想方證大師在武林中輩份極高，如何更有人是他的前輩。方證微微一笑，道：「這位前輩，是華山派的名宿，曾經教過令狐掌門劍法的。」

令狐冲大喜，叫道：「風太師叔！」方證道：「正是風前輩。這位風前輩派了六位朋友到少林寺來，示知令狐掌門當日在朝陽峯上的言行。這六位朋友說話有點纏夾不清，不免有些囉唆，又喜互相爭辯，但說了幾個時辰，老衲耐心聽著，到後來終於也明白了。」說到這裏，忍不住微笑。令狐冲笑道：「是桃谷六仙？」方證笑道：「正是桃谷六仙。」

令狐冲喜道：「晚輩到了華山後，便想去拜見風太師叔，但諸種事端，紛至沓來，直至下山，始終沒能去向他老人家磕頭。想不到他老人家暗中都知道了。」

方證道：「風前輩行事如神龍見首不見尾。他老人家既在華山隱居，日月教在華山肆無忌憚的橫行，他老人家豈能置之不理？桃谷六仙在華山胡鬧，便給風老前輩擒住了，關了幾天，後來就命他們到少林寺來傳書。」

令狐冲心想：「桃谷六仙給風太師叔擒住，只怕他們反要說，是他們擒住了風太師叔，只因好心，這才來替風太師叔傳言。」說道：「不知風太師叔要咱們怎麼辦？」

方證道：「風老前輩的話說得很是謙沖，只說聽到有這麼一回事，特地命人通知老衲，又說令狐掌門是他老人家心愛的弟子，這番在朝陽峯上力拒魔教之邀，他老人家瞧著很歡喜，要老衲推愛照顧。其實令狐掌門武功遠勝老衲，『照顧』二字，他老人家言重了。」令狐冲心下感激，躬身道：「方丈大師照顧晚輩，早已非止一次。」

方證道：「不敢當。老衲既知此事，別說風老前輩有命，自當遵從，單憑著貴我兩派的淵源，令狐掌門與老衲的交情，也不能袖手。何況此事關涉各派的生死存亡，魔教毀了恆山之後，難道能放過少林、武當各派？因此立即發出書信，通知各派集齊恆山，共與魔教決一死戰。」

令狐冲那日自華山朝陽峯下來，便已心灰意懶，眼見日月教這等聲勢，恆山派決非其敵，只等任我行那一日率眾來攻，恆山派上下奮力抵抗，一齊戰死便是。雖然也有人獻議向少林、武當諸派求救，但令狐冲只問得一句：「就算少林、武當兩派一齊來救，能擋得住魔教嗎？」獻議之人便即啞口無言。令狐冲又道：「既沒法救得恆山，又何必累得少林、武當徒然損折不少高手？」在他內心，實不願和任我行、向問天等人相鬥，和盈盈共結連理之望既絕，不知不覺間便生自暴自棄之念，只覺活在世上索然無味，還不如早早死了的乾淨。此刻見方證等受了風清揚之託，大舉來援，精神為之一振，但眞要和日月教中這些人拚死相鬥，卻還是提不起興致。

方證又道：「令狐掌門，出家人慈悲為懷，老衲決不是好勇鬥狠之徒。此事如能善罷，自然再好也沒有，但咱們讓一步，任教主進一步。今日之事，並不是咱們不肯讓，而是任教主非將我正教各派盡數誅滅不可。除非咱們人人向他磕頭，高呼『聖教主千秋萬載，一統江湖！阿彌陀佛！』」

他在「聖教主千秋萬載，一統江湖」的十一字之下，加上一句「阿彌陀佛」，聽來十分滑稽，令狐冲不禁笑了出來，說道：「正是。晚輩只要一聽到甚麼『聖教主』，甚麼『千秋萬載，一統江湖』，全身便起鷄皮疙瘩。晚輩喝酒三十碗不醉，多聽得幾句『千秋萬載，一統江湖』，忍不住頭暈眼花，當場便會醉倒。」

方證微微一笑，道：「他們日月教這種咒語，當眞厲害得緊。」頓了一頓，又道：「風前輩在朝陽峯上，見到令狐掌門頭暈眼花的情景，特命桃谷六仙帶來一篇內功口訣，要老衲代傳令狐掌門。桃谷六仙說話纏夾不清，口授內功秘訣倒是條理分明，十分難得，想必是風前輩硬逼他們六兄弟背熟了的。便請令狐掌門帶路，赴內堂傳授口訣。」

令狐冲恭恭敬敬的領著方證大師來到一間靜室之中。這是風淸揚命方證代傳口訣，猶如太師叔本人親臨一般，當即向方證跪了下去，說道：「風太師叔待弟子恩德如山。」

方證也不謙讓，受了他跪拜，說道：「風前輩對令狐掌門期望極厚，盼你依照口訣，勤加修習。」令狐冲道：「是，弟子遵命。」

當下方證將口訣一句句的緩緩唸了出來，令狐冲用心記誦。這口訣也不甚長，前後只一千餘字。方證一遍唸畢，要令狐冲心中暗記，過了一會，又唸了一遍。前後一共唸了五次，令狐冲從頭背誦，記憶無誤。

方證道：「風前輩所傳這內功心法，雖只寥寥千餘字，卻博大精深，非同小可。咱們叨在知交，恕老衲直言。令狐掌門劍術雖精，於內功一道，卻似乎並不擅長。」令狐冲道：「晚輩於內功所知只是皮毛，大師不棄，還請多加指點。」方證點頭道：「風前輩這內功心法，和少林派內功頗為不同，但天下武學殊途同歸，其中根本要旨，亦無大別。令狐掌門若不嫌老衲多事，便由老衲試加解釋。」

令狐冲知他是當今武林中數一數二的高人，得他指點，無異是風太師叔親授，風太師叔所以託他傳授，當然亦因他內功精深之故，忙躬身道：「晚輩恭聆大師教誨。」

方證道：「不敢當！」當下將那內功心法一句句的詳加剖析，又指點種種呼吸、運氣、吐納、搬運之法。令狐冲背那口訣，本來只是強記，經方證大師這麼一加剖析，這才知每一句口訣之中，都包含著無數精奧的道理。

令狐冲悟性原本甚高，但這些內功的精要每一句都足供他思索半天，好在方證大師不厭其詳的細加說明，令他登時窺見了武學中另一個從未涉足的奇妙境界。他嘆了口氣，說道：「方丈大師，晚輩這些年來在江湖上大膽妄為，實因不知自己淺薄，思之殊為汗顏。雖晚輩命不久長，沒法修習風太師叔所傳的精妙內功。但古人好像有一句話，說甚麼只要早上聽見大道理，就算晚上死了也不打緊，是不是這樣說的？」方證道：「朝聞道，夕死可矣！」令狐冲道：「是了，便是這句話，我聽師父說過的。今日得聆大師指點，眞如瞎子開了眼一般，就算以後沒日子修練，也一樣的歡喜。」

方證道：「我正教各派俱已聚集在恆山左近，把守各處要道，待得魔教來攻，大夥兒和之周旋，也未必會輸。令狐掌門何必如此氣短？這內功心法自非數年之間所能練成，但練一天有一天的好處，練一時有一時的好處。這幾日左右無事，令狐掌門不妨便練了起來。乘著老衲在貴山打擾，正好共同參研。」令狐冲道：「大師盛情，晚輩感激不盡。」

方證道：「這當兒只怕冲虛道兄也已到了，咱們出去瞧瞧如何？」令狐冲忙站起身來，說道：「原來冲虛道長大駕到來，當眞怠慢。」當下和方證大師二人回到外堂，只見佛堂中已點了燭火。二人這番傳功，足足花了三個多時辰，天早黑了。

只見三個老道坐在蒲團之上，正和方生大師等說話，其中一人便是冲虛道人。三道見方證和令狐冲出來，一齊起立。

令狐冲拜了下去，說道：「恆山有難，承諸位道長千里來援，敝派上下實不知何以爲報。」冲虛道人忙即扶起，笑道：「老道來了好一會啦，得知方丈大師正和小兄弟在內室參研內功精義，不敢打擾。小兄弟學得了精妙內功，現買現賣，待任我行上來，便在他身上使使，教他大吃一驚。」

令狐冲道：「這內功心法博大精深，晚輩數日之間又怎學得會？聽說峨嵋、崑崙、崆峒諸派前輩也都到了，該當請上山來，共議大計才是。不知衆位前輩以爲如何？」

冲虛道：「他們躲得甚爲隱秘，以防任老魔頭手下的探子查知，若請大夥兒上山，只怕洩漏了消息。我們上山來時，也都是化裝了的，否則貴派子弟怎地不先來通報？」

令狐冲想起和冲虛道人初遇之時，他化裝成一個騎驢的老者，另有兩名漢子相隨，其實也均是武當派中的高手。此時細看之下，認得另外兩位老道，便是昔日在湖北道上曾和自己比過劍的那兩個漢子，躬身笑道：「兩位道長好精的易容之術，若非冲虛道長提及，晚輩竟想不起來。」那兩個老道那時扮著鄉農，一個挑柴，一個挑菜，氣喘吁吁，似乎全身是病，此刻卻精神奕奕，只不過眉目還依稀認得出來。

冲虛指著那扮過挑柴漢子的老道說：「這位是清虛師弟。」指著那扮過挑菜漢子的老道說：「這位是我師姪，道號玄高。」四人相對大笑。清虛和玄高都道：「令狐掌門好高明的劍術。」令狐冲謙謝，連稱：「得罪！」

冲虛道：「我這位師弟和師姪，劍術算不得很精，但他們年輕之時，曾在西域住過十幾年，卻各學得一項特別本事，一個精擅機關削器之術，一個則善製炸藥。」令狐冲道：「那是世上少有的本事了。」冲虛道：「令狐兄弟，我帶他們二人來，另有一番用意。盼望他們二人能給咱們辦一件大事。」

令狐冲不解，隨口應道：「辦一件大事？」冲虛道：「老道不揣冒昧，帶了一件物事來到貴山，要請令狐兄弟瞧一瞧。」他為人洒脫，不如方證之拘謹，因此一個稱他為「令狐兄弟」，另一個卻叫他「令狐掌門」。令狐冲頗感奇怪，要看他從懷中取出甚麼物事來。冲虛笑道：「這東西著實不小，懷中可放不下。淸虛師弟，你叫他們拿進來罷。」

淸虛答應了出去，不久便引進四個鄉農模樣的漢子來，各人赤了腳，都挑著一擔菜。淸虛道：「見過令狐掌門和少林寺方丈。」那四名漢子一齊躬身行禮。令狐冲知他們必是武當派中身分不低的人物，當即客客氣氣的還禮。

淸虛道：「取出來，裝起來罷！」四名漢子將擔子中的青菜蘿蔔取出，下面露出幾個包袱，打開包袱，是許多木條、鐵器、螺釘、機簧之屬。四人行動甚爲迅速，將這些傢伙拼嵌鬥合，片刻間裝成了一張太師椅子。令狐冲更是奇怪，尋思：「這張太師椅中裝了這許多機關彈簧，不知有何用處，難道是專供修練內功之用？」

椅子裝成後，四人從另外兩個包袱中取出椅墊、椅套，放在太師椅上。靜室之中，霎時間光彩奪目，但見那椅套以淡黃錦緞製成，金黃色絲線繡了九條金龍，捧著中間一個剛從大海中升起的太陽，左邊八個字是「中興聖教，澤被蒼生」，右邊八個字是「千秋萬載，一統江湖」。那九條金龍張牙舞爪，神采如生，這十六個字更是銀鉤鐵劃，令人瞧著說不出的舒服。在這十六個字的周圍，綴了不少明珠、鑽石，和諸般翡翠寶石。簡陋的小小庵堂之中，突然間滿室珠光寶氣。

令狐冲拍手喝采，想起冲虛適才說過，淸虛曾在西域學得一手製造機關削器的本事，便道：「任教主見到這張寶椅，非上去坐一下不可。椅中機簧發作，便可送了他性命，是不是？」

冲虛低聲道：「任我行應變神速，行動如電，椅中雖有機簧，他只要一覺不妥，立即躍起，須傷他不到。這張椅子腳下裝有藥引，通到一堆火藥之中。」

他此言一出，令狐冲和少林諸僧均臉上變色。方證口唸佛號：「阿彌陀佛！」

冲虛又道：「這機簧的好處，在於有人隨便一坐，並無事故，一定要坐到一炷香時分，藥引這才引發。那任我行性格多疑，又極精細，突見恆山見性峯上有這樣一張椅子，一定不會立即就坐，定是派手下人先坐上去試試。這椅套上既有金龍捧日，又有甚麼『千秋萬載，一統江湖』的字樣，魔教的頭目自然誰也不敢久坐，而任我行一坐上去之後，又一定捨不得下來。」令狐冲道：「道長果然設想周到。」

冲虛道：「清虛師弟又另有布置，倘若任我行竟然不坐，叫人拿下椅套、椅墊，甚或拆開椅子瞧瞧，只要一拆動，一樣的引發機關。玄高師姪這次帶到寶山來的，共有二萬斤炸藥。毀壞寶山靈景，恐怕是在所不免的了。」

令狐冲心中一寒，尋思：「二萬斤炸藥！這許多火藥一引發，玉石俱焚，任教主固遭炸死，盈盈和向大哥也必不免。」

冲虛見他臉色有異，說道：「魔教揚言要將貴派盡數殺害，滅了恆山派之後，自即來攻我少林、武當，生靈塗炭，大禍難以收拾。咱們設此毒計對付任我行，用心雖然險惡，但除此魔頭，用意在救武林千千萬萬性命。」

方證大師雙手合什，說道：「阿彌陀佛！我佛慈悲，爲救衆生，卻也須辟邪降魔。殺一獨夫而救千人萬人，正是大慈大悲的行逕。」他說這幾句話時神色莊嚴，一衆老僧老道都站起身來，合什低眉，齊聲道：「方丈大師說得甚是。」

令狐冲也知方證所言甚合正理，日月教要將恆山派殺得鷄犬不留，正教各派設計將任我行炸死，那是天經地義之事，無人能說一句不是。但要殺死任我行，他心中已頗爲不願，要殺向問天，更是寧可自己先死；至於盈盈的生死，反而不在顧慮之中，總之兩人生死與共，倒不必多所操心。眼見衆人的目光都射向自己，微一沉吟，說道：「事已至此，日月教逼得咱們無路可走，冲虛道長這條計策，恐怕是傷人最少的了。」

冲虛道：「令狐兄弟說得不錯。『傷人最少』四字，正是我輩所求。」

令狐冲道：「晚輩年輕識淺，今日恆山之事，便請方證大師、冲虛道長二位主持大局。晚輩率領本派弟子，同供驅策。」冲虛笑道：「這個可不敢當。你是恆山之主，我和方丈師兄豈可喧賓奪主？」令狐冲道：「此事絕非晚輩謙退，實在非請二位主持不可。」方證道：「令狐掌門之意甚誠，道兄也不必多所推讓。眼前大事由我三人共同爲首，但由道兄發號施令，以總其成。」

沖虛再謙虛幾句，也就答應了，說道：「通上恆山的各處道路之上，咱們均已伏下人手，魔教何日前來攻山，事先必有音訊。那日令狐兄弟率領羣豪攻打少林寺，咱們由左冷禪策劃，擺下個空城計……」令狐沖臉上微微一紅，說道：「晚輩胡鬧，惶恐之至。」沖虛笑道：「咱們再擺此計，那是不行的了，勢必啓任我行之疑，以老道淺見，恆山全派均在山上抵禦，少林和武當兩派，也各選派數十人出手。明知魔教來攻，少林和武當倘若竟無人來援，大違常情，任我行這老賊定會猜到其中有詐。」

方證和令狐沖都道：「正是。」

沖虛道：「其餘崑崙、峨嵋、崆峒諸派卻不必露面，大夥兒都隱伏在山洞之中。魔教來攻之時，恆山、少林、武當三派人手便竭力相抗，必須打得似模似樣。咱三派出手的都須是第一流好手，將對方殺得越多越好，自己須得儘量避免損折。」

方證嘆道：「魔教高手如雲，此番有備而至，這一仗打下來，雙方死傷必衆。」

沖虛道：「咱們找幾處懸崖峭壁，安排下長繩鐵索，鬥到分際，眼見不敵，一個個便從長繩縋入深谷，讓敵人難以追擊。任我行大獲全勝之後，再見到這張寶椅，當然得意洋洋的坐了上去，炸藥一引發，任老魔便有天大本領，那也插翅難逃。跟著恆山十三條上下山峯的通道之上，三十二處地雷同時爆炸，魔教教衆，再也沒法下山了。」

令狐沖奇道：「三十二處地雷？」

沖虛道：「正是。玄高師姪從明日一早起，便要在十三條上落山峯的要道之中，每一條路選擇幾個最險要的所在，埋藏強力地雷，地雷一炸，上山下山，道路全斷。魔教教衆有一萬人上山，教他們餓死一萬；二萬人上山，餓死二萬。咱們學的是左冷禪之舊計，但這一次卻不容他們從地道中脫身了。」

令狐冲道：「那次能從少林寺逃脫，也眞僥倖之極。」突然想起一事，「哦」的一聲。沖虛問道：「令狐兄弟可覺安排之中，有何不妥？」令狐冲道：「晚輩心想，任教主來到恆山之上，見了這寶椅自然十分喜歡。但他必定生疑，何以恆山派做了這樣一張椅子，繡了『千秋萬載，一統江湖』這八個字？此事若不弄明白，只怕他未必就會上當。」

沖虛道：「這一節老道也想過了。其實任老魔頭坐不坐這張椅子，也非關鍵之所在，咱們另外暗伏藥引，一樣的能引發炸藥。只不過當他正在得意洋洋的千秋萬載、一統江湖之際，突然間禍生足底，更足成爲武林中談助罷了。」令狐冲點頭道：「是。」

玄高道人道：「師叔，弟子有個主意，不知是否可行？」沖虛笑道：「你便說出來，請方丈大師和令狐掌門指點。」玄高道：「聽說令狐掌門和任教主的大小姐原有婚姻之約，只因正邪不同道，才生阻梗。倘若令狐掌門派兩位恆山弟子去見任教主，說道瞧在任大小姐面上，特地覓得巧手匠人，製成一張寶椅，送給岳丈大人乘坐，盼望兩家休戰言和。不管任教主是否答應，但當他上了恆山，見到這張椅子之時，也就不會起疑了。」冲虛拍手笑道：「此計大妙，一來……」

令狐冲搖頭道：「不成！」冲虛一怔，知已討了個沒趣，問道：「令狐兄弟有何高見？」令狐冲道：「任教主要殺我恆山全派，我就盡力抵擋，智取力敵，皆無不可。他來殺人，咱們就炸他，可是我決不說假話騙他。」

冲虛道：「好！令狐兄弟光明磊落，令人欽佩。咱們就這麼辦！任老魔頭生疑也好，不生疑也好，只要他上恆山來意圖害人，便叫他大吃苦頭。」

當下各人商量了禦敵的細節，如何抗敵，如何掩護，如何退卻，如何引發炸藥地雷，一一都商量定當。冲虛極爲心細，生怕臨敵之際，負責引發炸藥之人遇害，另行派定了幾名副手。

次日清晨，令狐冲引導衆人到各處細察地形地勢，淸虛和玄高二人選定了埋炸藥、安藥引、布地雷、伏暗哨的各處所在。冲虛和令狐冲選定了四處絕險之所，作爲退路。方證、冲虛、令狐冲、方生四人各守一處，不讓敵人迫近，以待禦敵之人盡數縋著長索退入深谷，這才最後入谷，然後揮劍斬斷長索，令敵人沒法追擊。

當日下午，武當派中又有十人扮作鄉農、樵子，絡繹上山，在淸虛和玄高指點之下，安放炸藥。恆山派女弟子把守各處山口，不令閒人上山，以防日月教派出探子，得悉機密。如此忙碌了三日，均已就緒，靜候日月教大舉來攻。

屈指計算，離任我行朝陽峯之會已將近一月，此人言出必踐，定不誤期。這幾日中，冲虛、玄高等人甚是忙碌，令狐冲反極清閒，每日裏默唸方證轉授的內功口訣，依法修習，遇有不明之處，便向方證請教。

這日下午，儀和、儀清、儀琳、鄭萼、秦絹等女弟子在練劍廳練劍，令狐冲在旁指點，見秦絹年紀雖小，對劍術要旨卻頗有悟心，讚道：「秦師妹聰明得緊，這一招已合訣竅，只不過……」一句話沒說完，突然丹田中一陣劇痛，登時坐倒。衆弟子大驚，搶上相扶，齊問：「怎麼了？」令狐冲心知又是體內異種眞氣發作，苦於說不出話。

衆弟子正亂間，忽聽得撲簌簌幾聲響，兩隻白鴿直飛進廳來。衆弟子齊叫：「啊喲！」

恆山派養得許多信鴿，當日定靜師太在福建遇敵，定閒、定逸二師太受困龍泉鑄劍谷，均曾遣信鴿求救。眼前飛進廳來這兩頭信鴿，是守在山下的本派弟子所發，鴿背塗有紅色顏料，一見之下，便知是日月敎大敵攻到了。自從方證大師、冲虛道長來到恆山，衆弟子見有強援到來，一切布置就緒，原已寬心，不料正在這緊急關頭，令狐冲卻忽然病發，實是大大的意外。

儀清叫道：「儀質、儀文二位師妹，快去稟告方證大師和冲虛道長。」二人應命而去。儀清又道：「儀和師姊，請你撞鐘。」儀和點了點頭，飛身出廳，奔向鐘樓。

只聽得鏜鏜鏜，鏜鏜，鏜鏜鏜，鏜鏜，三長兩短的鐘聲從鐘樓上響起，傳遍全峯，跟著通元谷、懸空寺、黑龍口各處寺庵中的大鐘也都響動。方證大師事先吩咐，一有敵警，便以三長兩短的鐘聲示訊，但鐘聲必須舒緩，以示閒適，不可顯得張惶。只是儀和十分性急，法名中雖有一個「和」字，行事卻一點不和，鐘聲中還是流露了急躁之意。

恆山派、少林派、武當派三派人手，當即依照事先安排，分赴各處，以備迎敵。爲了減少傷亡，從山腳下到見性峯峯頂的各處通道均無人把守，索性門戶大開，讓敵人來到峯上之後再行接戰。鐘聲停歇後，峯上峯下便鴉雀無聲。崑崙、峨嵋、崆峒諸派來援的高手，都伏在峯下隱僻之處，只待魔教教衆上峯之後，一得號令，便截住他們退路。冲虛爲防洩漏機密，於山道上埋藏地雷之事並不告知諸派人士。魔教神通廣大，在崑崙等派門人弟子之中暗伏內奸，刺探消息，絕不爲奇。

令狐冲聽得鐘聲，知道日月教大舉來攻，小腹中卻如千萬把利刀亂攢亂刺，只痛得抱住肚皮，在地下打滾。儀琳和秦絹嚇得臉上全無血色，手足無措，不知如何是好。

儀清道：「咱們扶著掌門人去無色庵，且看少林方丈和冲虛道長是何主意。」當下于嫂和另一名老尼姑伸手托在令狐冲脅下，半架半抬將他扶入無色庵中。

剛到庵門，只聽得峯下砰砰砰砰號砲之聲不絕，跟著號角嗚嗚，鼓聲咚咚，日月教果然以堂堂之陣，大舉前來攻山。

方證和沖虛已得知令狐沖病發，從庵中搶出。沖虛道：「令狐兄弟，你儘可放心。我已吩咐凌虛師弟代我掩護武當派退卻，由老道負責掩護貴派。」令狐沖點頭示謝。方證道：「令狐掌門還是先行退入深谷，免有疏虞。」令狐沖忙道：「萬萬……萬萬不可！拿……拿劍來！」沖虛也勸了幾句，但令狐沖執意不允。

突然鼓角之聲止歇，跟著叫聲如雷：「聖教主千秋萬載，一統江湖！」聽這聲音，至少也有四五千人之衆。方證、沖虛、令狐沖三人相顧一笑。秦絹捧著令狐沖的長劍遞過去。令狐沖伸手欲接，右手不住發抖，竟拿不穩劍。秦絹便持劍站在他身旁，說道：「待會你說個『劍』字，我便遞劍給你。」

忽聽得嗩吶之聲響起，樂聲悅耳，並無殺伐之音。數人朗聲齊道：「日月神教聖教主欲上見性峯來，和恆山派令狐掌門相會。」正是日月教諸長老齊聲呼叫。

方證道：「日月教先禮後兵，咱們也不可太小氣了。令狐掌門，便讓他們上峯如何？」令狐沖點了點頭，便在此時，腹中又一陣劇痛。

方證見他滿臉冷汗淋漓，說道：「令狐掌門，丹田內疼痛難當，不妨以風前輩所傳的內功心法，試加導引盤旋。」令狐沖體內十數股異種眞氣正自糾纏衝突，攪擾不清，如加導引盤旋，那無異是引刀自戕，痛上加痛，但反正已痛到了極點，當下也不及細思後果，便依法盤旋。果然真氣撞擊之下，小腹中的疼痛比之先前更爲難當，但盤旋得數下，十餘股眞氣便如細流歸支流、支流匯大川，隱隱似有軌道可循，雖劇痛如故，卻已不是亂衝亂撞，衝擊之處，心下已先有知覺。

只聽得方證提氣緩緩說道：「恆山派掌門令狐冲、武當派掌門冲虛道人、少林派掌門方證，恭候日月神教任教主大駕。」他聲音並不甚響，緩緩說來，卻送得極遠。

令狐冲暗運內功心法有效，索性盤膝坐下，目觀鼻，鼻觀心，左手撫胸，右手按腹，依照方證轉授的法門練了起來。他練這心法不過數日，雖有方證每日詳加解說，畢竟修爲極淺，但這時依法引導，十餘股異種眞氣竟能漸漸歸聚。他不敢稍有怠忽，凝神致志的引氣盤旋，心想：「恆山派今日遭逢大劫，恰於此時我內息作反，當是大數使然，我於今日畢命便了。」初時還聽得鼓樂絲竹之聲，到後來卻甚麼也聽不到了。

方證見令狐冲專心練功，臉露微笑，耳聽得鼓樂之聲大作，日月教教衆叫道：「日月神教文成武德、澤被蒼生聖教主，大駕上恆山來啦！」過了一會，鼓樂之聲漸漸移近。

上見性峯的山道甚長，日月教教衆腳步雖快，走了好一會，鼓樂聲也還只到山腰。伏在恆山各處的正教門下之士心中都在暗罵：「臭教主好大架子，又不是死了人，吹吹打打的幹甚麼了？」預備迎敵之人心下更怦怦亂跳，各人本來預計，魔教教衆殺上山來，便即躍出惡鬥一場，殺得一批教衆後，待敵人越來越多，越來越強，便循長索而退入深谷。卻不料任我行裝模作樣，好似皇帝御駕出巡一般，吹吹打打的來到峯上，眾人倒不便先行動手，只心弦反扣得更加緊了。

過了良久，令狐冲覺得丹田中異種眞氣給慢慢壓了下去，痛楚漸減，心中一分神，立時想起：「是任教主要上峯來？」「啊」的一聲，跳起身來。方證微笑道：「好些了嗎？」令狐冲道：「動上了手嗎？」方證道：「還沒到呢！」令狐冲道：「好極！秦師妹，劍！」秦絹將劍柄交在他手中。卻見方證、冲虛等手上均無兵刃，儀和、儀清等女子在無色庵前的一片大空地上排成數行，隱伏恆山劍陣之法，長劍卻兀自懸在腰間，這才想起任我行尚未上山，自己未免過於惶急，哈哈一笑，將劍交還給秦絹拿了。

只聽得嗩吶和鐘鼓之聲停歇，響起了簫笛、胡琴、月琴、琵琶的細樂，心想：「任教主花樣也眞多，細樂一作，他老人家是大駕上峯來啦。」越見他古怪多端，越覺肉麻。

細樂聲中，兩行日月教的教眾一對對的並肩走上峯來。眾人眼前一亮，但見一個個教眾均穿著嶄新的墨綠錦袍，腰繫白帶，鮮艷奪目，前面一共四十人，每人手托盤子，盤上鋪緞，不知放著些甚麼東西。這四十人腰間竟未懸掛刀劍。四十名錦衣教眾上得峯來，便遠遠站定。跟著走上一隊二百人的細樂隊，也都是一身錦衣，簫管絲絃，仍不停吹奏。其後上來的是號手、鼓手、大鑼小鑼、鐃鈸鐘鈴，一應俱全。

令狐冲看得有趣，心想：「待會打將起來，有鑼鼓相和，豈不是如同在戲台上做戲？任教主如此排場，倒也好笑！」

鼓樂聲中，日月教教眾一隊隊的上來。這些人顯是按著堂名分列，衣服顏色也各不同，黃衣、綠衣、藍衣、黑衣、白衣，一隊隊的花團錦簇，比之做戲賽會，衣飾還更光鮮，只每人腰間各繫白帶。上峯來的卻有三四千之眾。

冲虛尋思：「乘他們立足未定，便一陣衝殺，我們較佔便宜。但對方裝神弄鬼，要來甚麼先禮後兵。我們若即動手，倒未免小氣了。」眼見令狐冲笑嘻嘻的不以爲意，方證則視若無睹，不動聲色，心想：「我如顯得張惶，未免定力不夠。」

各教眾分批站定後，上來十名長老，五個一邊，分站左右。音樂聲突然止歇，十名長老齊聲說道：「日月神教文成武德、澤被蒼生聖教主駕到。」

便見一頂藍呢大轎抬上峯來。這轎子由十六名轎伕抬著，移動既快且穩。轎伕腳步整齊，一頂轎子便如是一位輕功高手，輕輕巧巧的便上到峯來，足見這一十六名轎伕個個身懷不弱的武功。令狐冲定眼看去，見轎伕之中竟有祖千秋、黃伯流、計無施等人在內。料想若不是老頭子身子太矮，沒法和祖千秋等一起抬轎，那麼他也必被迫做一名轎伕了。令狐冲氣往上衝，心想：「祖千秋他們均是當世豪傑，任教主卻迫令他們做抬轎子的賤事。如此奴役天下英雄，當眞令人氣炸了胸膛。」

藍呢大轎旁，左右各有一人，左首是向問天，右首是個老者。這老者甚是面熟，令狐冲一怔，認得是洛陽城中教他彈琴的綠竹翁。這人叫盈盈作「姑姑」，以致自己誤以爲盈盈是個年老婆婆，自從離了洛陽之後，便沒再跟他相見，今日卻跟了任我行上見性峯來。他一顆心怦怦亂跳，尋思：「何以不見盈盈？」突然間想起一事，眼見日月教教衆人人腰繫白帶，似是服喪一般，難道盈盈眼見父親率衆攻打恆山，苦諫不聽，竟爾自殺死了？

令狐冲胸口熱血上湧，丹田中幾下劇痛，當下便想衝上去問向問天，但想任我行便在轎中，終於忍住。

見性峯上雖聚著數千之衆，卻鴉雀無聲。那頂大轎停了下來，衆人目光都射向轎帷，只待任我行出來。

忽聽得無色庵中傳出一陣喧笑之聲。一人大聲道：「快讓開，該給我坐了！」另一人道：「大家別爭，自大至小，輪著坐坐這張九龍寶椅！」正是桃花仙和桃枝仙的聲音。方證、冲虛、令狐冲等立時駭然變色。桃谷六仙不知何時闖進了無色庵中，正在爭坐這張九龍寶椅，如坐得久了，提早引動藥引，那便如何是好？冲虛忙搶進庵中。

只聽他大聲喝道：「快起來！這張椅子是日月教任教主的，你們坐不得！」桃谷六仙的聲音從庵中傳出來：「爲甚麼坐不得？我偏要坐！」「快起來，該讓我坐了！」「這椅子坐著眞舒服，軟軟的，好像坐在大胖子的屁股上一般！」「你坐過大胖子的屁股麼？」

令狐冲心知桃谷六仙正在爭坐九龍寶椅，你坐一會，他坐一會，終將壓下機簧，引發埋藏於無色庵下的數萬斤炸藥，見性峯上日月教和少林、武當、恆山派衆人，勢必玉石俱焚。他初時便欲衝進庵中制止，但不知怎的，內心深處卻似乎盼望炸藥炸將起來，反正盈盈已死，自己也不想活了，大家一瞬之間同時畢命，豈不乾淨？一瞥眼間，驀地見到儀琳的一雙俏目在凝望自己，但和自己眼光一接，立即避開，心想：「儀琳小師妹年紀還這樣小，卻也給炸得粉身碎骨，豈不可惜？但世上有誰不死？就算今日大家安然無恙，再過得一百年，此刻見性峯上的每一個人，還不都成爲白骨一堆？」

只聽得桃谷六仙仍爭鬧不休：「你已坐了第二次啦，我一次還沒坐過。」「我第一次剛坐上去，便給拉了下來，那可不算。」「我有個主意，咱們六兄弟一起擠在這張椅上，且看坐不坐得下？」「妙極，妙極！大家擠啊，哈哈！」「你先坐，我坐在上面。」「大的坐上面，小的坐下面！」「不，大的先坐！年紀越小，坐得最高！」

方證大師見危機只在頃刻之間，又不能出聲勸阻，洩漏了機關，當即快步入殿，大聲說道：「貴客在外，不可爭鬧，別吵！」這「別吵」二字，是運起了少林派至高無上內功「金剛禪獅子吼」功夫，一股內家勁力，對準了桃谷六仙噴去。

冲虛道長只覺頭腦一暈，險些摔倒。桃谷六仙已同時昏迷不醒。冲虛大喜，出手如風，先將坐在椅上的兩人提開，隨即點了六人穴道，都推到了觀音菩薩的供桌底下，俯身在椅旁細聽，幸喜並無異聲，只覺手足發軟，滿頭大汗，只要方證再遲得片刻進來，藥引一發，那是人人同歸於盡了。

沖虛和方證並肩出來，說道：「請任教主進庵奉茶！」可是轎帷紋風不動，轎中始終沒動靜。沖虛大怒，心想：「老魔頭架子恁大！我和方證大師、令狐掌門三人，在當今武林之中，位望何等崇高，站在這裏相候，你竟不理不睬！」若不是九龍椅中伏有機關，他便要長劍出手，挑開轎帷，立時和任我行動手了。他又說了一遍，轎中仍無人答應。

向問天彎下腰來，俯耳轎邊，聽取轎中人的指示，連連點頭，站直身子後說道：「敝教任教主說道，少林寺方證大師、武當山沖虛道長兩位武林前輩在此相候，極不敢當，日後自當親赴少林、武當，致歉謝罪。」方證與沖虛謙稱：「不敢當！」

向問天又道：「任教主說道，教主今日來到恆山，是專爲和令狐掌門相會而來，單請令狐掌門一人，在庵中相見。」說著作個手勢，十六名轎伕便將轎子抬入庵中觀音堂上放下。向問天和綠竹翁陪著進去，卻和衆轎伕一起退了出來，庵中便只留下一頂轎子。

沖虛心想：「其中有詐，不知轎子之中，藏有甚麼機關。」向方證和令狐沖瞧去。方證不善應變，不知如何才是，臉現迷惘之色。令狐沖道：「任教主既欲與晚輩一人相見，便請兩位在此稍候。」沖虛低聲道：「小心在意。」令狐沖點了點頭，從秦絹手中接過劍來，大踏步走進庵中。

那無色庵只是一座小小瓦屋，觀音堂中有人大聲說話，外面聽得淸淸楚楚，只聽得令狐冲道：「晚輩令狐冲拜見任敎主。」卻沒聽見任我行說甚麼話，跟著令狐冲突然「啊」的一聲叫了出來。

冲虛吃了一驚，只怕令狐冲遭了任我行的毒手，一步跨出，便欲衝進相援，但隨即心想：「令狐兄弟劍術之精，當世無雙，他進庵時攜有長劍，不致一招間便爲任老魔頭所制。倘若眞的不幸遭了毒手，我便奔進去動手，也已救不了他。任老魔頭如沒殺令狐兄弟，那是最好，倘若令狐兄弟已遭毒手，老魔頭獨自一人留在觀音堂中，必去九龍椅上坐坐，我衝將進去，反而壞了大事。」一時心中忐忑不寧，尋思：「任老魔頭這會兒只怕已坐到了椅上，再過片刻，觸發藥引，這見性峯的山頭都會炸去半個。我如此刻便即趨避，未免顯得儒怯，給向問天這些人瞧了出來，立即出聲示警，不免功敗垂成。但若炸藥一發，身手再快，也來不及閃避，那可如何是好？」

他本來計算周詳，日月敎一攻上峯來，便如何接戰，如何退避，預計任我行坐上九龍椅之時，少林、武當、恆山三派人衆均已退入了深谷。不料日月敎一上來竟不動手，來個甚麼先禮後兵，任我行更要和令狐冲單獨在庵中相會，全是事先算不到的變局。他雖饒有智計，一時卻渾沒了主意。

方證大師也知局面緊急，亦甚掛念令狐冲的安危，但他修爲既深，胸懷亦極通達，只覺生死榮辱，禍福成敗，其實並非甚麼了不起的大事，謀事在人，成事在天，到頭來結局如何，皆是各人善業、惡業所造，非能強求。因此他內心雖隱隱覺得不安，卻淡然置之，當眞炸藥炸了起來，屍骨爲灰，那也是捨卻這皮囊之一法，又何懼之有？

九龍椅下埋藏炸藥之事極爲機密，除方證、冲虛、令狐冲之外，動手埋藥的淸虛、玄高等此刻都在峯腰相候，只待峯頂一炸，便即引發地雷。見性峯上餘人便均不知情。少林、武當、恆山三派人衆，只等任我行和令狐冲在無色庵中說僵了動手，便拔劍對付日月教教衆。

冲虛守候良久，不見庵中有何動靜，當即運起內功，傾聽聲息，隱隱聽到似乎令狐冲低聲說了句甚麼話，他心中一喜：「原來令狐兄弟安然無恙。」心情一分，內功便不精純，一時再也聽不到甚麼，又躭心適才只不過自己一廂情願，心有所欲，便耳有所聞，未必眞是令狐冲的言語，否則爲甚麼再也聽不到他的話聲？

又過了好一會，卻聽得令狐冲叫道：「向大哥，請你來陪送任教主出庵。」

向問天應道：「是！」和綠竹翁二人率領了一十六名轎伕，走進無色庵去，將那頂藍呢大轎抬了出來。站在庵外的日月教教衆一齊躬身，說道：「恭迎聖教主大駕。」那頂轎子抬到原先停駐之處，放了下來。

向問天道：「呈上聖教主贈給少林寺方丈的禮物。」

兩名錦衣教衆托了盤子，走到方證面前，躬身奉上盤子。

方證見一隻盤子中放的是一串混以沉香木的菩提子念珠，另一隻盤子中是一部手抄古經，封皮上寫的是梵文，識得乃是《金剛經》，不由得一陣狂喜。他精研佛法，於《金剛經》更有心得，只是所讀到的是東晉時高僧鳩摩羅什的中文譯本，其中頗有難解之處，生平渴欲一見梵文原經，以作印證，但中原無處可覓，此刻一見，當眞歡喜不盡，合什躬身，說道：「阿彌陀佛，老僧得此寶經，感激無量！」恭恭敬敬的伸出雙手，將那部梵文《金剛經》捧起，然後取過念珠，念珠入手，便聞到一陣香氣。方證說道：「敬謝任教主厚賜，實不知何以爲報。」

向問天道：「這串念珠，乃敝教先輩得自天竺名山，謹奉方丈大師。敝教教主說道，敝教對天下英雄無禮，深以爲愧，方丈大師不加怪責，敝教已感激不盡。」側頭說道：「呈上任教主贈給武當派掌門道長的禮物。」

兩名錦衣教衆應聲而出，走到冲虛道人面前，躬身奉上盤子。

那二人還沒走近，冲虛便見一隻盤子中橫放著一柄長劍，待二人走近時凝神看去，只見長劍劍鞘銅綠斑斕，以銅絲嵌著兩個篆文：「眞武」。冲虛忍不住「啊」的一聲。武當派創派之祖張三丰先師所用佩劍名叫「眞武劍」，向來是武當派鎮山之寶，八十餘年前，日月教幾名高手長老夜襲武當山，將寶劍連同張三丰手書的一部《太極拳經》一併盜了去。當時一場惡鬥，武當派死了三位一等一的好手，雖也殺了日月教四位長老，但一經一劍卻未能奪回。這是武當派的奇恥大辱，八十餘年來，每一代掌門臨終時留下遺訓，必定是奪還此經此劍。但黑木崖壁壘森嚴，武當派數度明奪暗盜，均無功而還，反而每次都送了幾條性命在黑木崖上，想不到此劍竟會在見性峯上出現。他斜眼看另一隻盤子時，盤中赫然是一部手書的冊頁，紙色早已轉黃，封皮上寫著「太極拳經」四字。冲虛道人在武當山見過不少張三丰的手書遺跡，一見便知這「太極拳經」四字確是祖師眞跡。

他雙手發顫，捧過長劍，右手握住劍柄，輕輕抽出半截，頓覺寒氣撲面。他知三丰祖師到晚年時劍術如神，輕易已不使劍，即使迫不得已與人動手，也只用尋常鐵劍、木劍，這柄「眞武劍」是他中年時所用的兵刃，掃蕩羣邪，威震江湖，是一口極鋒銳的利器。他兀自生怕給任我行騙了，再翻開那《太極拳經》一看，果然是三丰祖師所書。他將經書寶劍放還盤中，跪倒在地，向一經一劍磕了八個頭，站起身來，說道：「任教主寬洪大量，使武當祖師爺的遺物重回眞武觀，冲虛粉身難報大德。」將一經一劍接過，心中激動，雙手顫個不住。

向問天道：「敝教教主言道，敝教昔日得罪了武當派，好生慚愧，今日原璧歸趙，還望武當派上下見諒。」冲虛道：「任教主可說得太客氣了。」

向問天又道：「呈上聖教主贈給恆山派令狐掌門的禮物。」

方證和冲虛均想：「不知他送給令狐掌門的，又是甚麼寶貴之極的禮品。」

只見這次上來的共二十名錦衣教衆，每人也都手托盤子，走到令狐冲身前。盤中所盛的卻是袍子、帽子、鞋子、酒壺、酒杯、茶碗之類日常用具，雖均十分精致，卻顯然並非甚麼出奇物事。只有一隻盤子中放著一根玉簫，一隻盤子中放著一具古琴，較爲珍貴，但和贈給方證、冲虛的禮物相比，卻不可同日而語了。

令狐冲拱手道：「多謝。」命恆山派于嫂等收了過來。

向問天道：「敝教教主言道，此番來到恆山，諸多滋擾，甚是不當。恆山派每一位出家的師太，致送新衣一襲，長劍一口，每一位俗家的師姊師妹，致送飾物一件，長劍一口，還請笑納。敝教又在恆山腳下購置良田五千畝，奉送無色庵，作爲庵產。這就告辭。」說著向方證、冲虛、令狐冲三人深深一揖，轉身便行。

冲虛叫道：「向先生！」向問天轉過身來，笑問：「道長有何吩咐？」冲虛道：「承蒙貴教主厚賜，無功受祿，心下不安。不知……不知……」他連說了二個「不知」，再也接不下口去，他想問的是「不知是何用意」，但這句話畢竟問不出口。

向問天笑了笑，抱拳說道：「物歸原主，理所當然。道長何必不安？」一轉身，喝道：「教主起駕！」樂聲奏起，十名長老開道，一十六名轎伕抬起藍呢大轎，走下峯去。其後是號角隊、金鼓隊、細樂隊，更後是各堂教眾，魚貫下峯。

冲虛和方證一齊望著令狐冲，均想：「任教主何以改變了主意，其中原由，只有你才知情。」但從令狐冲的臉色中卻一點也看不出來，但見他似乎有些歡喜，又有些哀傷。耳聽得日月教教眾走了一會，樂聲便即止歇，甚麼「千秋萬載，一統江湖」的呼聲也不再響起，竟是耀武揚威而來，偃旗息鼓而去。

冲虛忍不住問道：「令狐兄弟，任教主忽然示惠，自必是衝著你的天大面子。不知……不知……」他自是想問「不知跟你說了甚麼」，但隨即心想，這其中原由，如果令狐冲願說，自然會說，若不願說，多問只有不妥，是以說了兩個「不知」，便即住口。

令狐冲道：「請兩位前輩見諒，適才晚輩已答允了任教主，其中原由，暫且不便見告。但其中亦無大不了的隱秘，兩位日後自知。」

方證哈哈一笑，說道：「一場大禍消弭於無形，實是武林之福。看任教主今日的舉止，於我正教各派實無敵意，化解了無量殺劫，實乃可喜可賀。」

冲虛沒法探知其中原由，實是心癢難搔，聽方證這麼說，也覺甚有理由，說道：「不是老道過慮，只是日月教詭詐百出，咱們還是小心爲妙。說不定任教主得知咱們有備，生怕引發炸藥，是以今日故意賣好，待得咱們不加防備之時，再加偷襲。以二位之見，是否會有此一著？」方證道：「這個……人心難測，原也不可不防。」令狐冲搖頭道：「不會的，一定不會。」冲虛道：「令狐掌門認定不會，那再好也沒有了。」心下卻頗不以爲然。

過了一會，山下報上訊來，日月敎一行已退過山腰，守路人衆沒接到訊號，未加截殺，亦未引發地雷。冲虛命人通知淸虛、玄高，將連接於九龍椅及各處地雷的藥引都割斷了。

令狐冲請方證、冲虛二人回入無色庵，在觀音堂中休息。方證翻閱梵文《金剛經》。冲虛撫弄一會「眞武劍」，讀幾行《太極拳經》，喜不自勝，心下的疑竇也漸漸忘了。

突然之間，供桌下有人說道：「啊，盈盈，是你！」另一人道：「冲哥，你……你……你……」正是桃谷六仙的聲音。

令狐冲「啊」的一聲驚叫，從椅中跳了起來。

只聽得供桌下不斷發出聲音：「冲哥，我爹爹，他……他老人家已過世了。」「怎麼會過世的？」「那日在華山朝陽峯上，你下峯不久，我爹爹忽然從仙人掌上摔了下來。向大哥和我接住了他身子，只過得片刻，便即斷了氣。」「那……那……有人暗算他老人家麼？」「不是的。向大哥說，他老人家年紀大了，在西湖底下又受了這十幾年苦，近年來以十分霸道的內功，強行化除體內的異種眞氣，實是大耗眞元。這一次為了布置誅滅五嶽劍派，又耗了不少心血。他老人家是天年已盡。」「當眞想不到。」「當日在朝陽峯上，向大哥與十長老會商，一致舉我接任日月神教教主。」「原來任教主是任大小姐，不是任老先生。」

適才桃谷六仙爭坐九龍椅，方證以「獅子吼」佛門無上內功將之震倒。冲虛生怕洩漏機密，將六人點了穴道，塞入供桌之下。不料六人內功也頗深厚，不多時便即醒轉，將令狐冲和「任教主」的對話都聽在耳裏，這時便一字不漏的照說出來。方證和冲虛聽到任我行已死，盈盈接了教主之位，其餘種種，無不恍然，心下又驚又喜。盈盈贈送二人重禮，送給令狐冲的卻是衣履用品，那自是二人交換文定的禮物了。

只聽得桃谷六仙還在你一句、我一句的說個不休：

「冲哥，今日我上恆山來看你，倘若讓正教中人知道了，不免惹人笑話。」「那又有甚麼要緊？你就是會怕羞。」「不，我不要人家知道。」「好罷，我答允你不說便是。」「我吩咐他們仍大叫甚麼文成武德、澤被蒼生聖教主，甚麼千秋萬載，一統江湖，是要使旁人不瞧出破綻。可不是對你恆山派與方證方丈、冲虛道長無禮狂妄。」「那不用躭心，大師和道長不會知道的。」「再說，日月教和恆山派、少林派、武當派化敵為友，我也不要讓人家說是我的主意。江湖上好漢一定會說，因為我……跟你……跟你的緣故，連一場大架也不打了，說來可多難爲情。」「嘻嘻，我倒不怕。」「你臉皮厚，自然不怕。爹爹故世的信息，日月教瞞得很緊，外間只道是我爹爹來到恆山之後，跟你談了一會，就此和好。這於我爹爹的聲名也有好處。待我回到黑木崖後，再行發喪。」「是，我這女婿可得來磕頭弔孝了。」「你能夠來，當然最好。那日華山朝陽峯上，我爹爹本來已親口許了我們的婚事，不過……不過那得我服滿之後……」

令狐冲聽他六人漸漸說到他和盈盈安排成親之事，當即大喝：「桃谷六仙，你們再不出來，在桌底下胡說八道，我剝你們的皮，抽你們的筋。」

卻聽得桃幹仙幽幽嘆了口氣，學著盈盈的語氣說道：「我卻躭心你的身子。爹爹沒傳你化解異種眞氣的法門，其實就是傳了，也不管用。爹爹他自己，唉！」桃幹仙逼緊著嗓子，說得極盡哀傷。

方證、冲虛、令狐冲三人聽著，亦不禁都有悽惻之意。任我行一代怪傑，雖生平惡行不少，但如此下場，亦令人爲之嘆息。令狐冲對任我行的心情更爲奇特，雖憎他威福自用，橫行霸道，卻也不禁佩服他的文武才略，尤其他肆無忌憚、獨行其是的性格，倒和自己頗爲相投，只不過自己絕無「一統江湖」的野心而已。

一時三人心中，同時湧起了一個念頭：「自古帝皇將相，聖賢豪傑，奸雄大盜，元凶巨惡，莫不有死！」

桃實仙逼緊了嗓子道：「冲哥，我……」冲虛心想再說下去，於令狐冲面上須不好看，笑道：「六位桃兄，適才多有得罪。不過你們的話也說得夠了，倘若惹得令狐掌門惱了，點了你們的『終身啞穴』，只怕犯不著。」桃谷六仙大驚，齊問：「甚麼『終身啞穴』？」冲虛道：「那『終身啞穴』一點，一輩子就成了啞巴，再也不會說話。至於吃飯喝酒，倒還可以。」桃谷六仙齊嚷：「說話第一，吃飯喝酒尚在其次。」冲虛道：「你們剛才的話，一句也說不得的。令狐掌門，你就瞧在方丈大師和老道面上，別點他們的『終身啞穴』。方丈大師和老道負責擔保，他六位在供桌底下偷聽到你和任大小姐的說話，決不洩漏片言隻字。」桃花仙道：「冤枉，冤枉！我們又不是自己要偷聽，聲音鑽進耳朶來，又有甚麼法子？」

冲虛道：「你們聽便聽了，誰也不來多管，聽了之後亂說，那可不成。」桃谷六仙齊道：「好，好！我們不說，我們不說。」桃根仙道：「不過日月教聖教主那兩句八字經改了，說不說得？」令狐冲大喝：「說不得，更加說不得！」桃枝仙嘰哩咕嚕：「不說就不說。偏你和任大小姐說得，我們就說不得。」

冲虛心下納悶：「日月教的那句八字經改了？八字經自然是『千秋萬載，一統江湖』那八個字。任大小姐當了教主，不想一統江湖了，卻不知改了甚麼？」

三年後某日，杭州西湖孤山梅莊掛燈結綵，陳設得花團錦簇，這天正是令狐冲和盈盈成親的好日子。

這時令狐冲已將恆山派掌門之位交給了儀清接掌。儀清極力想讓給儀琳，說道儀琳手刃恆山大仇，爲師尊雪恨，該當接任掌門之位。但儀琳說甚麼也不肯，急得當衆大哭。畢竟還是依著令狐冲之議，由儀清掌理恆山門戶。至於嵩山、華山、泰山、衡山等派，由各派自行推舉掌門人，慢慢培養人才，恢復元氣。盈盈也辭去日月教教主之位，交由向問天接任。向問天雖是個桀傲不馴的人物，卻無吞併正教諸派的野心，數年來江湖上倒也太平無事。

這日前來賀喜的江湖豪士擠滿了梅莊。行罷大禮，酒宴過後鬧新房時，羣豪要新郎、新娘演一演劍法。當世皆知令狐冲劍法精絕，賀客中卻有許多人未曾見過。令狐冲笑道：「今日動刀使劍，未免太煞風景，在下和新娘合奏一曲如何？」羣豪齊聲喝采。

當下令狐冲取出瑤琴、玉簫，將玉簫遞給盈盈。盈盈不揭霞帔，伸出纖纖素手，接過簫管，引宮按商，和令狐冲合奏起來。

兩人所奏的正是那〈笑傲江湖〉之曲。這三年中，令狐冲得盈盈指點，精研琴理，已將這首曲子奏得頗具神韻。令狐冲想起當日在衡山城外荒山之中，初聆衡山派劉正風和日月教長老曲洋合奏此曲。二人相交莫逆，只因教派不同，難以爲友，終於雙雙斃命。今日自己得與盈盈成親，教派之異不復得能阻擋，比之撰曲之人，自幸運得多了。又想劉曲二人合撰此曲，原有弭教派之別、消積年之仇的深意，此刻夫婦合奏，終於完償了劉曲兩位前輩的心願。想到此處，琴簫奏得更是和諧。羣豪大都不懂音韻，卻無不聽得心曠神怡。

一曲既畢，羣豪紛紛喝采，道喜聲中退出新房。喜娘請了安，反手掩上房門。

突然之間，牆外響起了悠悠的幾下胡琴之聲。令狐冲喜道：「莫大師伯……」盈盈低聲道：「別作聲。」

只聽胡琴聲纏綿宛轉，卻是一曲〈鳳求凰〉，但淒淸蒼涼之意終究不改。這三年來，令狐冲一直掛念莫大先生，但派人前往衡山打聽，始終不得確訊。衡山派也已推舉了新掌門人，三年來倒也安然無事。此時令狐冲聽到琴聲，心下喜悅無限：「莫大師伯果然沒死，他今日來奏此曲，是賀我和盈盈的新婚。」琴聲漸漸遠去，到後來曲未終而琴聲已不可聞。

令狐冲轉過身來，輕輕揭開罩在盈盈臉上的霞帔。盈盈嫣然一笑，紅燭照映之下，當眞是人美如玉，突然間喝道：「出來！」令狐冲一怔，心想：「甚麼出來？」

盈盈笑喝：「再不出來，我用滾水淋了！」

床底下鑽出六個人來，正是桃谷六仙。六人躲在床底，只盼聽到新郎、新娘的說話，好到大廳上去向羣豪誇口。令狐冲心神俱醉之際，沒再留神。盈盈心細，卻聽到了他六人壓得極細的呼吸之聲。令狐冲哈哈大笑，說道：「六位桃兄，險些兒又上了你們的當！」

桃谷六仙走出新房，張開喉嚨，齊聲大叫：「千秋萬載，永爲夫婦！千秋萬載，永爲夫婦！」

冲虛正在花廳上和方證談心，聽得桃谷六仙的叫聲，不禁莞爾一笑，三年來壓在心中的啞謎，此時方始揭開：原來那日令狐冲和盈盈在觀音堂中山盟海誓，桃谷六仙卻道是改了日月教的八字經。

四個月後，正是草長花穠的暮春季節。令狐冲和盈盈新婚燕爾，攜手共赴華山。令狐冲要帶同妻子去拜見太師叔風清揚，叩謝他傳劍授功之德。可是兩人踏遍了華山五峯三嶺，各處幽谷，始終沒發見風清揚的蹤跡。

令狐冲怏怏不樂。盈盈道：「太師叔是世外高人，當眞是神龍見首不見尾，不知到那裏雲遊去了。」令狐冲嘆道：「太師叔固然劍術通神，他老人家的內功修爲也算得當世無雙。這三年半來，我修習他老人家所傳的內功，幾乎已將體內的異種眞氣化除淨盡。」盈盈道：「那可得多謝少林寺的方證大師了。咱們既見不到風太師叔，明日就動身去少林寺，向方證大師叩頭道謝。」令狐冲道：「方證大師代傳神功，多所解說引導，便好比是半個師父，原該去謝的。」盈盈抿嘴笑道：「冲哥，你到今日還是不明白，你所學的，便是少林派的《易筋經》內功。」

令狐冲「啊」的一聲，跳起身來，說道：「這……這便是《易筋經》？你怎知道？」

盈盈笑道：「當日聽你說，這內功是風太師叔叫桃谷六仙帶口訊，告知方證大師的。我心下生疑，尋思這內功精微奧妙，修習時若有釐毫之差，輕則走火入魔，重則送了性命，如何能叫桃谷六仙代帶口訊？桃谷六仙纏夾不清，又怎說得明白？方證大師雖說，多半是風太師叔逼他們背熟了，但終究太過凶險。後來我去問這六位仁兄，他們一口咬定確有其事。但要他們背誦幾句，一個說早已忘得乾乾淨淨，一個說只能告知方證老和尚，不能說給別人聽。六個人再說得幾句，更加前言不對後語，破綻百出。後來露出口風，抵賴不得，才說是方證大師為了救你性命，卻不願讓你得知，才假託風太師叔傳功，你若問起，叫他們代為隱瞞。」

令狐冲張大了口，半晌做聲不得。盈盈又道：「但風太師叔叫他們傳訊，卻是有的，只是叫他們告知方證大師，說日月教要攻打恆山，請少林、武當兩派援手。」

令狐冲道：「你也壞得夠了，早知此事，卻直到今日才說出來。」盈盈笑道：「那日在少林寺中，你脾氣倔強得很。方證大師要你拜師，改投少林，便傳你《易筋經》神功，但你說甚麼也不肯，一拂袖子便出了山門。方證大師倘若再提傳授《易筋經》之事，生怕你老脾氣發作，寧可性命不要，也不肯學，那豈不糟了？因此他只好假託風太師叔之名，讓你以為這是華山派本門內功，自是學之無礙。」

令狐冲道：「啊，是了，你一直不跟我說，也怕我牛脾氣發作，突然不練了？現下得知我異種眞氣化解殆盡，這才吐露眞相。」

盈盈又抿嘴笑了笑，道：「你這倔脾氣，大家知道是惹不得的。」

令狐冲嘆了口氣，拉住她手，說道：「盈盈，當年你將性命捨在少林寺，為的是要方證大師傳我《易筋經》，雖然你並沒死，方證大師卻認定是答允了你的事沒有辦到。他是武林前輩，最重然諾，終於還是將這門神功傳了給我。這是你用性命換來的功夫，就算我不顧死活，難道……難道一點也不顧到你，竟會恃強不練嗎？」

盈盈低聲道：「我原也想到的，只是心中害怕。」

令狐冲道：「咱們明天便下山去少林寺，我既學了《易筋經》，也只好到少林寺出家做和尚去了。」盈盈知他說笑，說道：「你這野和尚大廟不收，小廟不要，少林寺的清規戒律嚴謹得很，沒半天便將你這酒肉和尚亂棒打將出來。」

兩人攜手而行，一路閒談。令狐冲見盈盈不住東張西望，似乎在找尋甚麼，問道：「你在尋甚麼？」盈盈道：「且不跟你說，等找到了你自然知道。這次來到華山，沒能拜見風太師叔，固是遺憾之極，但若見不到那人，卻也可惜。」令狐冲奇道：「咱們還要見一個人，那是誰？」

盈盈微笑不答，說道：「你將林平之關在梅莊地底的黑牢之中，確是安排得十分聰明。你答應過你小師妹，要照顧林平之一生，他在黑牢之中，有飯吃，有衣穿，誰也不會去害他，確是照顧了他一生。我對你另一位朋友，也想出了一項特別的照顧法子。」

令狐冲更奇怪了，心想：「我另一位朋友？卻又是誰？」心知妻子行事往往出人意表，她既不肯說，多問也是無用。

當晚二人在令狐冲的舊居之中，對月小酌。令狐冲雖面對嬌妻，但想起種種往事，仍不禁傷感，飲了十幾杯酒，已微有酒意。盈盈突然面露喜色，放下酒杯，低聲道：「多半是他來了，咱們去瞧瞧。」令狐冲聽得對面山上有幾聲猴啼，不知盈盈說的是誰來了，跟著她走出屋去。

盈盈循著猴啼之聲，快步奔到對面山坡上。令狐冲隨在她身後，月光下只見七八隻猴子聚在一起。華山猴子甚多，令狐冲也不以爲意，卻見羣猴之中赫然有一個人，凝目看去，竟是勞德諾。他喜怒交集，轉身便欲往屋中取劍。盈盈拉住他手臂，低聲道：「咱們走近些，再看看清楚。」二人再奔近十餘丈，只見勞德諾夾在兩隻極大的馬猴之間，給兩隻馬猴拖來拖去，竟似身不由主。他一身武功，但對兩隻馬猴，卻全無反抗之力。

令狐冲駭然問道：「那是甚麼緣故？」盈盈笑道：「你只管瞧，慢慢再跟你說。」

猴子性躁，跳上縱下，沒半刻安寧。勞德諾給左右兩隻馬猴東拉西扯，偶然發出幾聲吼叫，兩隻馬猴便伸爪往他臉上抓去。令狐冲這時已看得明白，原來勞德諾的右手和右邊馬猴的左腕相連，左手和左邊馬猴的右腕相連，顯然是以鐵銬之類扣住了的。他明白了大半，問道：「這是你的傑作了？」盈盈道：「怎麼樣？」令狐冲道：「你廢了勞德諾的武功？」盈盈道：「那倒不是，是他自己作孽。」

羣猴聽得人聲，吱吱連聲，帶著勞德諾翻過山嶺而去。

令狐冲本欲殺了勞德諾爲陸大有報仇，但見他身受之苦，遠過於一劍加頸，也就任其自然，心下頗感復仇快意，心想：「這人老奸巨猾，爲惡遠在林師弟之上，原該讓他多吃些苦頭。」說道：「原來這幾日來，你一直要找他來給我瞧瞧。」

盈盈道：「那日我爹爹來到朝陽峯上，這廝便來奉承獻媚，說道得了『辟邪劍法』的劍譜，前來獻給爹爹。爹爹問他有何用意，他說想當日月敎的一名長老。爹爹沒空跟他多說，叫人將他看管起來。後來爹爹逝世，大夥兒忙成一團，誰也沒去理他，將他帶到了黑木崖。過了十幾天，我才想起這件事來，叫他來一加盤問，卻原來他自練『辟邪劍法』不得其法，竟自己將一身武功盡數廢了。這人是害你六師弟的兇手，而你六師弟生平愛猴，因此我叫人覓了兩隻大馬猴來，跟他鎖在一起，放在華山之上。」說著伸手過去，扣住令狐冲的手腕，嘆道：「想不到我任盈盈，竟也終身和一隻大馬猴鎖在一起，再也不分開了。」說著嫣然一笑，嬌柔無限。

令狐冲一生但求逍遙自在，笑傲江湖，自與盈盈結褵，雖償了平生之願，喜樂無已，但不免受到嬌妻溫柔的管束，眞要逍遙自在，無所拘束，卻做不到了。突然之間，心中響起了〈笑傲江湖之曲〉的曲調，忽想：「我奏這曲子，要高便高，要低便低，只有自己一個人奏琴，才可自由自在，然如和盈盈合奏，便須依照譜子奏曲，不能任意放縱，她高我也高，她低我也低，這才說得上和諧合拍。佛家講求涅槃，首先得做到無欲無求，這才能無拘無束。但人生在世，要吃飯，要穿衣，要顧到別人，豈能當眞無欲無求？涅槃是『無爲境界』，我們做人是『有爲境界』。在有爲境界中，只要沒有不當的欲求，就不會受不當的束縛，那便是逍遙自在了。」

（全書完）

後記

聰明才智之士，勇武有力之人，極大多數是積極進取的。通常的道德標準把他們劃分爲兩類：努力目標是爲大多數人（包括國家、社會）謀福利的，是好人；只著眼於自己的權力名位、物質欲望而去損害旁人的，是壞人。好人或壞人的大小，以其嘉惠或損害的人數和程度而定。政治上大多數時期中是壞人當權，於是不斷有人想取而代之；有人想進行改革；另有一種人對改革不存期望，也不想和當權派同流合污，他們的抉擇是退出鬥爭漩渦，獨善其身。所以一向有當權派、造反派、改革派，以及隱士。

中國的傳統觀念，是鼓勵人「學而優則仕」，學孔子那樣「知其不可而爲之」，但對隱士也有很高的評價，認爲他們淸高。隱士對社會並無積極貢獻，然而他們的行爲和爭權奪利之徒截然不同，提供了另一種範例。中國人在道德上對人要求很寬，只消不是損害旁人，就算是好人了。《論語》記載了許多隱者：晨門、楚狂接輿、長沮、桀溺、荷蓧丈人、伯夷、叔齊、虞仲、夷逸、朱張、柳下惠、少連等等，孔子對他們都很尊敬，雖然，並不同意他們的作風。

孔子對隱者分爲三類：像伯夷、叔齊那樣，不放棄自己意志，不犧牲自己尊嚴（「不降其志，不辱其身」）；像柳下惠、少連那樣，意志和尊嚴有所犧牲，但言行合情合理（「降志辱身矣，言中倫，行中慮，其斯而已矣」）；像虞仲、夷逸那樣，則是逃世隱居，放肆直言，不做壞事，不參與政治（「隱居放言，身中清，廢中權」）。孔子對他們評價都很好，顯然認爲隱者也有積極的一面。

參與政治活動，意志和尊嚴不得不有所捨棄，那是無可奈何的。柳下惠做法官，曾遭三次罷官，人家勸他出國。柳下惠堅持正義，回答說：「直道而事人，焉往而不三黜？枉道（暫時委屈一下）而事人，何必去父母之邦？」（《論語》）。關鍵是在「事人」（服從長官意志）以及「直」或「枉」。爲了大衆利益而從政，非事人不可；堅持原則而爲公衆服務，不以自己的功名富貴爲念，雖然不得不服從上級命令，但也可以說是「隱士」——至於一般意義的隱士，基本要求是求個性的解放自由而不必事人。

我寫武俠小說是想寫人性，就像大多數小說一樣。寫《笑傲江湖》那幾年，中共的文化大革命奪權鬥爭正進行得如火如荼，當權派和造反派爲了爭權奪利，無所不用其極，人性的卑污集中地顯現。我每天爲《明報》寫社評，對政治中齷齪行逕的強烈反感，自然而然反映在每天撰寫一段的武俠小說之中。這部小說並非有意的影射文革，而是通過書中一些人物，企圖刻劃中國三千多年來政治生活中的若干普遍現象。影射性的小說並無多大意義，政治情況很快就會改變，只有刻劃人性，才有較長期的價值。不顧一切的奪取權力，是古今中外政治生活的基本情況，過去幾千年是這樣，今後幾千年恐怕仍會是這樣。任我行、東方不敗、岳不羣、左冷禪這些人，在我設想時主要不是武林高手，而是政治人物。林平之、向問天、方證大師、冲虛道人、定閒師太、莫大先生、余滄海、木高峯等人也是政治人物。這種形形色色的人物，每一個朝代中都有，相信在別的國家中也都有，在各大小企業、學校，以及各種團體內部中也會存在。

「千秋萬載，一統江湖」的口號，在六十年代時就寫在書中了。任我行因掌握大權而腐化，那是人性的普遍現象。這些都不是書成後的增添或改作。有趣的是，當「四人幫」掌權而改動中華人民共和國國歌，所改的歌詞中，居然也有「千秋萬載」的字眼。

《笑傲江湖》在《明報》連載之時，西貢的中文報、越文報和法文報有二十一家同時連載。南越國會中辯論之時，常有議員指責對方是「岳不羣」（偽君子）或「左冷禪」（企圖建立霸權者）。大概由於當時南越政局動盪，一般人對政治鬥爭特別感到興趣。

令狐冲是天生的「隱士」，對權力沒有興趣。盈盈也是「隱士」，她對江湖豪士有生殺大權，卻寧可在洛陽隱居陋巷，琴簫自娛。她生命中只重視個人的自由，個性的舒展。惟一重要的只是愛情。這個姑娘非常怕羞靦腆，但在愛情中，她是主動者。令狐冲當情意緊纏在岳靈珊身上之時，是不得自由的。只有到了青紗帳外的大路上，他和盈盈同處大車之中，對岳靈珊的痴情終於消失了，他才得到心靈上的解脫。本書結束時，盈盈伸手扣住令狐冲的手腕，嘆道：「想不到我任盈盈竟也終身和一隻大馬猴鎖在一起，再也不分開了。」盈盈的愛情得到圓滿，她是心滿意足的，令狐冲的自由卻又被鎖住了。或許，只有在儀琳的片面愛情之中，他的個性才極少受到拘束。

人生在世，充分圓滿的自由根本是不能的。解脫一切欲望而得以大徹大悟，那是佛家所追求的最高境界「涅槃」，不是常人之所能。那些熱中於政治和權力的人，受到心中權力欲的驅策，身不由己，去做許許多多違背自己良心的事，其實都是很可憐的。

在中國的傳統藝術中，不論詩詞、散文、戲曲、繪畫，追求個性解放向來是最突出的主題。時代越動亂，人民生活越痛苦，這主題越是突出。

「人在江湖，身不由己」，要退隱也不是容易的事。劉正風追求藝術上的自由，重視莫逆於心的友誼，想金盆洗手；梅莊四友盼望在孤山隱姓埋名，享受琴棋書畫的樂趣；他們都沒法做到，卒以身殉，因爲權力鬥爭（政治）不容許。政治，存在於任何團體組織之中。王蒙先生說，讀到本書的「金盆洗手」時曾經流淚，相信便是爲此。

對於郭靖那樣捨身赴難，知其不可而爲之的大俠，在道德上當有更大的肯定。令狐冲不是大俠，是陶潛那樣追求自由和個性解放的隱士。風清揚是心灰意懶、慚愧懊喪而退隱。令狐沖卻是天生的不受羈勒。在黑木崖上，不論是楊蓮亭或任我行掌握大權，旁人隨便笑一笑都會引來殺身之禍，傲慢更加不可。「笑傲江湖」的自由自在，是令狐沖這類人物所追求的目標。

因爲想寫的是一些普遍性格，是政治生活中的常見現象，所以本書沒有歷史背景，這表示，類似的情景可以發生在任何時代、任何團體之中。

一九八〇・五月

內地有若干文學批評家評論：岳夫人寧中則得知丈夫卑鄙下流，心灰意懶而自殺，不合人情，她大可不必自殺。也有人認爲蕭峯自殺不合理，他掌擊阿朱不合理。當然，俄國托爾斯泰筆下的「安娜・卡列妮娜」也大可不必自殺。對於人生的價值觀，人人不同。有的是以現代人功利心代入武俠人物，有的是以「韋小寶價值觀」去評論蕭峯、寧中則，等於有人認爲史可法、文天祥不投降，岳飛不抗命爲十分「愚蠢」。香港有人評論北京佘氏子孫十幾代爲袁崇煥守墓爲「愚忠」，當然也有人以董存瑞、雷鋒爲「不近情理」。以「市儈動機」去看歷史人物，只有昏君、奸臣、貪官污吏、卑鄙小人才是合理的。

有評論家查問：東方不敗自宮後搞同性戀是否可能？自宮並非同性戀之必要條件或

必然發展。男性同性戀是歷史事實，希臘、羅馬、印度軍隊中普遍存在，發掘之地下文物甚多，今日如去意大利彭貝城參觀古蹟即可見到，印度東部古塔中亦多。英國史家吉朋在《羅馬帝國衰亡史》中說，羅馬帝國最初十四個皇帝之中，除一人外，其餘十三人皆好男色，或男女皆喜。中國更極普遍，龍陽、分桃、斷袖之典故，董賢、鄧通等皆史實也，漢文帝爲賢君尚且不免。性習慣向來隱晦，同性戀合法與否，一般法律不作規定，今日若干歐美國家規定兩個男性可正式結婚。同性戀自居女性者常喜作女妝，此爲性癖好，與自宮與否無關，亦有先同性戀而再作變性手術者。埃及、中國數千年宮廷中皆有太監，無男性性徵，但並非必轉女性性格。

本書幾次修改，情節改動甚少。

二〇〇三・五月

笑傲江湖(大字版) / 金庸作.　-- 二版.
-- 臺北市：遠流，2017.10
冊；　公分. --(大字版金庸作品集；55–62)

ISBN 978-957-32-8112-2 (全套：平裝).

857.9　　　　　　　　　　　　106016830